金牌虎妻

3 完

橘子汽水 著

文創風 929

目錄

第五十四章

這幾日，喬勐在平江忙得焦頭爛額，要查看菜園、火鍋店的帳本，還要監督繡坊。子坎先生他們已經在幹活了，許多東西都須他過目。以前擺件、選材之類的，來問蘇婉即可，現在統統要他決定。

還有徐遙，他在平江住得不想走了，不過如今是想走也走不了，山水圖不是那麼好畫的，也不是一、兩日就能畫成。而且，蘇婉離開前找他談過，請他做了蘇繡坊的畫師。因此，徐遙和子坎先生他們住在喬家不太方便了，喬勐幫他們另租了一處院子，如今已經搬進去。

這兩日，徐遙連山水也畫不成了，整日被蓮香堵在房裡，幫著畫蘇婉設想的花樣子。以前蓮香是帶著她的小徒弟們在喬家學刺繡，現在是守在徐遙的住處。一個繡花，一個畫畫，也頗有一番歲月靜好的韻味。

錢管家看著兩人在書房裡的樣子，不免浮想聯翩，就是——

「徐大家，您怎麼又躺下了，快起來畫呀！我這幅繡圖都快繡完了，您的畫才畫一半，這麼憊懶可怎麼好？」

唉，少訓斥他家老爺幾句就好了。

就在喬勐馬不停蹄地料理完平江的事，趕往稽郡時，蘇婉的觀音像也繡好了，派人送往平江縣令府上。

黃氏為著賢名，免了蘇婉的請安。蘇婉便日日督促自己早起去慈安院，向喬老夫人請安，順便蹭一頓午膳。下午再陪喬老夫人禮佛，完美地錯開那幾位姨娘。

為此，黃氏還命人將孫嬤嬤打了一頓。

孫嬤嬤心裡著實的苦。

日子雖是波瀾不驚，可蘇婉依舊過得如履薄冰，膽戰心驚，因為不知道黃氏會突然在哪天發難。

喬勐也一直沒有消息，倒是孫嬤嬤幫著那位神秘的使女遞信進來。

那日，孫嬤嬤告訴蘇婉故人之事後，蘇婉讓九斤他們跟著孫嬤嬤，沒發現什麼不對勁，也沒見她與黃氏的人私下往來，倒是打聽到她的兒子已許久未出現在人前。

這日，蘇婉從慈安院回來，一進院子，孫嬤嬤便迎上來，臉上有一絲喜色。

蘇婉想著，應是那位故人來約她見面了。

她無視孫嬤嬤，回房磨蹭了好一會兒後，隨意找了個理由斥責孫嬤嬤，讓她在自己屋裡罰跪，又讓白果給若柳和弗香安排事情做，打發出去。

「那位使女約您明日巳時三刻在飛花樓見。」等人一走開，孫嬤嬤便對蘇婉說道。

蘇婉點頭，讓她起來回話。

「這飛花樓是做什麼的？」

「同婉娘子的繡坊差不多，賣繡品及上等繡線。」

賣繡線？蘇婉捏捏手裡的帕子，約見她的人心思縝密，連出去的理由都幫她想好了。身為一個喜愛刺繡的人，愛逛的地方不就是那裡嗎？

不過，她得再尋個更必須的理由，確保她能出門。

蘇婉想著想著，突然想起喬老夫人每日唸的佛經，眼睛一亮，她可以近日禮佛有所感悟為由，繡一套佛經。

佛經需檀金線繡製，她手裡沒有這種繡線，又怕下面的人不識此種繡線選錯了，需要她親自去買。

蘇婉想好理由，抬眼發現孫嬤嬤還沒有走，輕瞄她一下，道：「我會幫妳帶話的，說妳想見兒子一面。」

孫嬤嬤喜道：「謝謝婉娘子！」

喬勐到稽郡已三日有餘，但他想見的人一直沒能見他，不過他沒氣餒，繼續守著。

那日在詩畫會上，無意提及喬勐生母的那位先生，是蒙西先生的好友，亦是稽郡的名士，人稱筆刀先生。

他下筆如刀，不僅字勁如松，亦是辭藻鋒利。可他的人卻只敢躲在筆後，不敢輕易出現在人前。

喬勐見不到筆刀先生，倒是見到了其他幾位名士，三天兩頭請他們吟詩作畫，喝小酒，談天論地，也不忘叫上他看好的幾位學子，如孟益等人。

這些日子，孟益隨先生們一起博古論今，解了不少學業上的疑惑，覺得進益不小，對喬勐更加感恩戴德。

「喬兄，我定要考上明年的省試。」

集會散後，臉上依舊有著回味之色的孟益與喬勐結伴走在回程路上，想著想著，心潮澎湃，鄭重對喬勐說道。

喬勐微微詫異了下，很快反應過來，一巴掌拍在孟益身上。「好好好，我說你肯定行的。你啊就是太謙虛，憑你的才學，明年定能高中。」

「那就借喬兄的吉言了。」興奮感褪去，孟益又有些害羞起來。

喬勐心中微動。「這樣吧，過幾日你跟我一起去臨江，那邊的名家大儒多，學子也多，你可以同他們一起鑽研學問。年底我要去上京，到時候送你過去。」

孟益大喜，連忙向喬勐作揖。「那就多謝喬兄了，小弟……」

喬勐跨前一步，抬起他的手。「孟弟，你既稱我一聲喬兄，你我就是好兄弟了。兄弟之間，哪裡需要言謝。」

孟益是個純善之人，也曾想過喬勐為何要平白無故幫助他，會不會對他有所圖？後來知道喬勐不只幫了他，還暗中幫助許多貧困學子，心中不免對這些猜忌感到羞愧。

這次，喬勐竟然還帶他參加名士們的聚會，讓他受益匪淺，心裡就更加難受了。

「喬兄，若是日後你有需要幫忙的地方，我孟益定義不容辭。」孟益鄭重地看著喬勐的眼睛說道。

他是個讀書人，最重氣節，一諾千金。

喬勐要的就是他這句話。

「那我提前謝過孟弟了。」喬勐狀似不在意地勾住孟益的肩膀。

孟益重重點了頭。

突然間，孟益想起一件事來，停下腳步。「對了，喬兄，最近稽郡好多人在打聽你家娘子的繡坊開業請帖呢，我聽說有人開到二十兩一張了。」

喬勐腦子轉了下，看來賣給章景的那幅繡圖，以及教給章景的話起作用了，難怪最近老有人跟他要帖子。

「那你沒把請帖賣了，掙點去上京的盤纏？」喬勐指了指前頭，示意孟益繼續走。

孟益連忙擺手。「使不得，喬兄娘子繡坊開業，我定會去捧場，怎麼能將你給我的請帖賣了換錢呢。」

喬勐噗哧一笑。「沒關係，我再給你一張不就得了。」說到這裡，靈光一閃，俯身到孟益耳邊說了幾句。

「我再給你幾張請帖，你幫我拿到稽郡的黑市賣，抬抬價，到時候咱們五五分帳。」

孟益驚訝地睜圓了眼睛。

喬劭哈哈大笑起來。

今日，蘇婉照例去慈安院請安，陪著喬老夫人用了早膳。

「祖母，昨日佛祖入我夢了。」用完早膳，蘇婉陪喬老夫人在院子裡走動，高興地說。

喬老夫人信佛，不疑有他，驚訝道：「哦？夢境裡是什麼樣的？」

蘇婉便將後世形容佛祖的樣子描述給喬老夫人聽，隨後又講起她的夢。

「夢裡，我站在一座長長的石階梯下，石梯金光閃閃，我睜不開眼，但好像有一道渾厚的聲音在我耳邊說話，讓我踏上石階，我就不由自主抬腳上去了。

「石階好長好長，我走得好累好累，不知道走了多久，我覺得肚子好疼，就像……就像是要生了！」

她聲情並茂，跟在她們身後的姚氏和知琴聽得一愣一愣，連姚氏都懷疑她家娘子昨晚真的有作過這個夢。

喬老夫人也被蘇婉感染了，語氣微急。「然後呢？」

蘇婉回想。「有一道金光照進我的肚子裡，佛祖現身，我聽見一陣嬰兒的啼哭聲，然後就醒了。」

喬老夫人聽完，不由看向蘇婉的肚子。

蘇婉似渾然未覺。「祖母，您說，是不是我近日總是跟著您禮佛，佛祖覺得我心誠，特意降福給我的孩子？」笑著撫撫自己的肚子。

喬老夫人點點頭。「好孩子，過兩天我帶妳去寺裡拜拜。」

蘇婉欣然點頭，不好意思地說：「孫媳沒別的本事，只會做做針線，想繡一篇佛經，到時供奉在寺裡。」

喬老夫人看看她，想了想，道：「也好。」

「不過，繡佛經的繡線比較特別，祖母可知臨江哪裡能買到檀金線？」檀金線也是蘇婉要讓孫嬷嬷傳給對方的暗號。

她一手挽著喬老夫人、一手撐著腰，走得微喘，看看喬老夫人身後的知琴。

知琴道：「回婉娘子的話，奴婢可以去飛花樓問一問。」

蘇婉露出笑意。「好呀，不過這檀金線與暈金線有相似之處，常有店家以暈金充當檀金，妳可辨別仔細了。」

知琴哪裡懂得分辨這些特殊繡線，不由望向喬老夫人。

「二郎媳婦，妳身邊可有識線之人？讓她同知琴去一趟。」喬老夫人道。

蘇婉將鬢髮勾到耳後，嬌嗔起來。「有倒是有，就是沒帶來。早知道帶上銀杏了，白果就知道吃。」

「讓飛花樓把繡線送到家裡來吧。」喬老夫人點了下蘇婉的頭，吩咐知琴。

知琴面露難色。「老夫人不知，這飛花樓的東家性格古怪至極，從不給客人面子，不上門送貨，也不上門供客挑貨。」

「哦？臨江什麼時候出了這麼一家店鋪？」喬老夫人還沒聽說過。

「這飛花樓是一年前開的，聽聞與上京那邊的王府有關係。」知琴是老夫人身邊的大丫鬟，消息自然靈通。

蘇婉心裡一驚。王府？這是姓王，還是……故人究竟是何人？

喬老夫人側耳問：「哪個王？」

知琴小聲回答。「臨安王殿下。」

臨安王乃是當今皇帝的親叔叔，雖已不太過問朝政，卻頗受倚重，是個惹不起的人物。

蘇婉的心怦怦跳。

「幫二郎媳婦備頂轎子，等會兒送她去飛花樓。」喬老夫人皺起眉頭，本想勸蘇婉換線，可轉念一想，這般心就不誠了，還是讓蘇婉親自去一趟。「知琴，妳陪著婉娘子去，多帶些人，切莫讓人傷著婉娘子。」

「是。」知琴應下。

蘇婉揉了揉腰。「看來，孫媳想躲個懶都不行呢。」

喬老夫人失笑。「妳啊，現在多動動，將來才好生養。」

蘇婉把手中的帕子揪得亂七八糟，腦子裡亂亂的，一會兒覺得喬勐怎會跟臨安王府扯上關係，一會兒又覺得，對方可能只是藉著飛花樓，約她見面罷了，是她胡思亂想。

片刻後，知琴派人備轎，送蘇婉去了飛花樓。

「婉娘子，到了。」

在蘇婉胡思亂想間，知琴的聲音從轎外傳來。待她回神，轎子落了地，知琴和姚氏撩開轎簾，伸手欲攙她出來。

九斤也立在轎子一側，觀察周圍的人群。

蘇婉深吸一口氣，摒除雜念，決定既來之則安之。

飛花樓裡的客人還挺多，她們一進店，就有人迎上來。

「這位娘子，可需要些什麼？」

蘇婉未答話，目光掃過店內女客，打量一圈後，感覺約她的人不在其中。

知琴上前一步。「店裡可有檀金線？」

夥計沒聽過這種繡線，立即去找掌櫃。

掌櫃過來，打量蘇婉與知琴，露出招牌笑容。「兩位請隨我上樓看吧。」

蘇婉一行隨著掌櫃上樓，剛到二樓，就聽有人叫了聲婉娘子。

九斤立即戒備地望向出聲方向。

蘇婉也不知道是不是在叫她，轉頭去看。二樓過道微暗，只感覺那人影有些面熟。

「婉娘子怎麼來臨江了？」

那人確實在叫蘇婉，待她走到蘇婉跟前，蘇婉才認出她來，是曹二太太身邊的鄭氏。

「原來是鄭嬤嬤，許久不見，二太太可安好？」蘇婉笑著寒暄。

鄭氏微微彎膝行禮。「都好，我們太太在樓上呢。」

蘇婉道：「那敢情好，快帶我去見二太太。」說著便要跟鄭氏走。

知琴訝然，也認出那是曹二太太身邊的人了。

「這……」飛花樓的掌櫃一時不知道怎麼辦。

蘇婉指點他。「掌櫃可先去取繡線，我稍後便至。」

掌櫃領命而去。

鄭氏見到蘇婉，很是高興。「今早二太太來看繡品時，還提起了婉娘子，念叨著婉娘子的繡坊怎麼還不開業。我們家三姑娘出嫁前，也念叨著要去見您呢。」

蘇婉只當她嘴甜客氣。「煩勞二太太和三姑娘惦記了。」

鄭氏手腳麻利地走在快蘇婉一步的位置，很快地把她領到走廊東邊靠窗的廂房，到了門口，通報一聲。

「太太，我遇見婉娘子了，把她請過來。」
「進來吧。」
鄭氏立即推開門，蘇婉帶著姚氏進去。知琴想跟上，蘇婉轉頭道：「妳去幫我看看掌櫃的繡線。」
知琴也想進去瞧瞧，但蘇婉這樣說了，只得應下。
蘇婉進門後，發現坐在廂房裡的人真是曹二太太，心裡鬆了口氣，又有些失望。
「請二太太安。」
剛剛曹二太太正挑著繡品，見到蘇婉後，便起了身。「我早聽聞妳來臨江了，妳婆母對外說是把妳接回喬家安胎，我就想著，咱們好歹有些交情，妳怎麼不來找我？」
原本蘇婉鬆了口氣，這會兒一聽，心又提了起來。曹二太太是什麼身分，怎會用如此熟稔的口氣與她說話。
「謝二太太愛重。我身子重，不愛走動，勞二太太掛念。」蘇婉只裝不知，寒暄著。
曹二太太招呼她。「來，快坐下吧。」
蘇婉入座。廂房屏風後，出現一名戴著帷帽的女子。
曹二太太一見到她，便點點頭，隨後帶著鄭氏，從廂房的另一扇門退到另一間廂房了。

第五十五章

曹二太太離開時，把姚氏也帶走了。

蘇婉心中驚訝，此人到底有什麼目的，竟然能讓曹二太太相助，必定不簡單，頓時緊張起來，暗想不應該這麼貿然就與對方見面。

「婉娘子好。」

女子聲音清雅，向蘇婉問好後，解下繫帷帽的絲帶，露出真面容，清秀妍麗，看起來年紀不大。

蘇婉握緊手心站起身，直勾勾瞧著她，怎麼也看不出對方與喬勐能有什麼交情。

「請問姑娘是？」

女子一看就受過大家教導，對蘇婉福身行禮，動作行雲流水，頗為賞心悅目。

「奴婢明雪，見過婉娘子。」

這樣的人物居然自稱奴婢？蘇婉抿緊唇不說話，等著她的下一步。

明雪感覺出蘇婉的緊張，請蘇婉入座，隨後坐在她的另一側。

兩人中間有張桌几，上面有沏茶的茶具，明雪輕輕提袖，手腕反轉，沏起茶來。

「莫怕，我對婉娘子無半分惡意，不光不會害妳，還會幫助妳。」明雪的目光落在茶上，沒有逼視蘇婉。
可蘇婉不清楚她的來歷，自然時刻警惕著。
「敢問姑娘到底是誰，又為何要幫我？」蘇婉故作鎮定地問。
明雪道：「婉娘子若不放心，可喚一聲門口的人，他一直都在。」
蘇婉看著碧綠的茶水隨著熱氣緩緩落入杯盞，朝門外喊了一聲。「九斤！」
九斤立即應聲。「婉娘子，我在！」
蘇婉暗暗吐了口氣。「無事。」
九斤困惑地抓了抓腦袋。
「婉娘子可知二爺的生母為何人？」明雪沏好茶，卻沒有端給蘇婉，只遞了杯水給她。自己也不喝，只留了滿室的茶香。
「不知。」蘇婉搖頭，心裡有了猜測，目光落在冒著茶香的杯盞上。
「此茶有安神定心之效，如今婉娘子有孕，不宜飲茶，不過這香氣也有功效。」明雪見她看著茶盞，解釋一句。
蘇婉聽了，不知道怎麼形容此刻的心情，乾笑一聲。
明雪顯然也不想把工夫浪費在這茶上，對蘇婉道：「二爺的生母姓秦，名柔宜。我家主子也姓秦，名雲盼。」
都姓秦？

「所以呢？他們是什麼關係？」

明雪並沒有想隱瞞，撥了撥茶碗裡的茶葉，繼續說道：「我家主子是二爺生母的姑姑，她們年紀相仿，從小一起長大。」

蘇婉愣住，那豈不是她和喬勐的外姑婆？喬勐有這麼一個感覺挺有權勢的外姑婆，怎麼還會任由喬家欺辱？

明雪看出了蘇婉的疑惑。「秦家人並不知道主子還活著。這個故事有點長，咱們工夫緊迫，我便長話短說。」

這個房間臨街，窗戶半開著，街邊人聲吵嚷，喧鬧聲隱隱蓋過廂房裡的說話聲，很是能防止偷聽。

蘇婉正色，挺直腰背，認真聽起了明雪接下來要說的，關於上一輩的事。

原來，喬勐生母的父親乃是先帝時期的翰林學士，名秦中隱，頗具才名。喬勐生母秦柔宜從小得父親天資，深受其父喜愛，帶在身邊出入左右。

秦家與喬家乃是世交，秦柔宜從小便與喬知鶴訂親。兩人算是青梅竹馬，感情很好。只是天意弄人，秦中隱被人誣陷，捲入前太子謀逆案，最後落得滿門抄斬的下場。

當時秦柔宜與秦雲盼都不在上京，逃過一劫，從此亡命天涯。

喬家與秦家有故，為了避禍，喬仁平不僅沒有替秦中隱喊冤，還落井下石，狠狠踩了秦家一腳。又當機立斷，請求放任回鄉，到臨江做父母官。因著這個大義滅親的清名，後來官拜一方太守。

兩年後，喬知鶴早已另娶他人，暗中找到秦柔宜，帶她回去，讓她隱姓埋名，做了他後院裡的姨娘。

後來，一次宴客，秦柔宜無意進了喬家宴廳，因許多名士及其夫人曾見過她，當即認了出來。雖然大家理解喬家之舉，也相信秦中隱絕不會行悖逆之事，願意閉口不提，可喬知鶴依舊很恐慌，喬仁平也不願這件事如同把柄一樣被人拿著。

秦柔宜有個與她年紀相仿的小姑姑秦雲盼，自幼體弱，鮮少在人前出現。後來跟著秦柔宜來到喬家，扮成秦柔宜的丫鬟，苟且偷生。

為了保住秦柔宜，喬知鶴將秦雲盼說成她，然後將她的行蹤舉報給朝廷。秦雲盼逃亡途中，他更是藉秦柔宜的名義誘出她，想將她推下山崖，幸虧當時官兵及時趕至，沒有得手。

秦柔宜聰慧至極，很快發現了這件事，當時她剛生下喬劼不久，大鬧喬家一場，惹得喬仁平與喬老夫人很不滿。

後來，秦柔宜被幽禁，沒幾年就死了。

被關起來的那幾年，秦柔宜怕喬知鶴，卻恨喬劼，在喬劼還不知事的時候，暗暗虐待過他。但在喬知鶴面前卻是唯唯諾諾，直到她死去。

再來，就是喬劼在喬家長大的血淚史了。

聽完這個故事，蘇婉全身發冷，揪著領口，愣愣望著茶盞。

她總算知道，明雪為什麼要先沏茶，就是怕她聽完這個故事，心神不寧。

「秦……外姑婆是怎麼活下來的？現在人在何處？妳們為何不找二爺，卻是找我說這些事？」蘇婉有很多疑問。

明雪嘆口氣。「主子也是這兩年，才慢慢能自己作主。起初是找二爺的，可發現他這幾年自暴自棄，搞得自己聲名狼藉，主子很失望。」

為什麼失望，是因為秦雲盼對他報以希望，希望他們攜手為秦家翻案，為秦柔宜報仇。

蘇婉頓時不知道該心疼喬勐，還是該罵罵他。

「那些年，二爺過得很艱難。」蘇婉還是為喬勐辯解一句。

明雪站起來，起身走到蘇婉面前跪下。

「明雪替主子謝謝婉娘子，將二爺拉回來，走回正道。」

蘇婉沒想到她來這一齣，立即去扶她。

「我也沒做什麼，二爺本性不壞，只是以前落在大太太手裡，無可奈何。」

明雪替秦雲盼謝過蘇婉後，起了身。「二爺性子還是急了些，我觀婉娘子做事沈穩，素有章法，這才來尋。」

蘇婉聽了，不知道該高興還是不高興。以她獨善其身的準則，之前若知曉喬勐生母的故事是這樣的，不會讓喬勐去查。

「外姑婆可有孩子？」蘇婉突然問道。

明雪低下頭。「沒有，主子的身體不宜有孕。」

那喬勐真是秦雲盼在這世上唯一的親人了，蘇婉想著，腦子有點懵，還有點亂。

「婉娘子放心，你們如今還式微，很多事做不了。主子說，先讓她來做。」明雪見蘇婉這般，以為她是因幫不上秦雲盼而愧疚，寬慰道。

蘇婉雖然好奇對方到底想做什麼，但她沒有過問。

「這些事，我不能僅憑妳一人之言，就斷定是真的。」蘇婉覺得自己還是小心為上，雖然她覺得這些過去很可能是真的。

明雪有想到她會這樣說。「當年伺候過秦柔宜的人，還有人活著，如果妳想見她們，我亦可安排。」

蘇婉點頭。「這件事，我會如實告訴二爺，至於要不要見那些人，他說了算。」

明雪嗯了聲，走至一邊，抱出一只小木箱，在蘇婉面前打開，是一箱白花花的銀子。

「主子說，金子過於招眼，所以命我備了這些銀子。她聽說，你們過得有些拮据。」

蘇婉被這麼多銀子亮花了眼，但手就是伸不出去。

她掙扎一番，最終還是沒有接下那箱銀子。

「這銀子，我們不能要。外姑婆的心意，我和二爺心領了。」蘇婉把箱子推離眼前，堅決不要。

明雪又勸幾句，見蘇婉實在堅持，便收了起來。

收好東西，明雪再提起一事。

「這次我約婉娘子見面，一是想讓婉娘子知曉二爺生母的事，二是想叫婉娘子小心黃氏和喬老夫人。」

明雪這話，蘇婉微微詫異，要她小心黃氏尚能理解，可她和喬老夫人相處幾日，見喬老夫人通情達理，雖不能與之交心，但還是敬著的。

「當年秦柔宜之所以會出現在宴廳，就是黃氏騙她過去，這是主子後來回想發現的。」明雪解釋道：「而幫著出主意陷害主子的，正是喬老夫人。二爺剛生下來的時候，喬老夫人身邊的嬤嬤，差點掐死二爺。」

蘇婉簡直不敢相信，在喬勐口中，唯一對他好過的人，曾經想要他死。

「這……是不是有什麼誤會？」

「那嬤嬤事敗後，畏罪自殺，但她家人卻發了筆意外之財。不過，很快就去陪她了。」

蘇婉突然站起來，不想再聽下去了，想要回平江，回到她和喬勐的小家，遠離這些是是非非。

「我累了，想先回去，等二爺得空過來，我會同他講的。若是他想見妳，我會再聯絡妳。」蘇婉說著，搖晃著起身，腳步虛浮地往門口走去。

待走到門口，蘇婉的手放在門上，要推開它時，頓住了。

她穩了穩心神，回首去看明雪。

其實她有很多問題想問，想問秦雲盼是怎麼活下來的，現在在哪裡，在做什麼？和臨江王府及曹家是什麼關係，她的復仇計劃又是什麼？

可這些念頭一一閃過時，她看著明雪的眼睛，耳裡是街道上人來人往的吵雜聲，彷彿一邊是深淵、一邊是人間。

她嘴唇微動，但什麼話也說不出。

明雪迎視著蘇婉，笑了笑。「婉娘子，奴婢知道您現在難以接受這些事，不過沒有關係，你們大可去查證。近日奴婢都會留在臨江，若婉娘子和二爺想見奴婢，隨時可以來。」

「那孫嬤嬤的兒子？」蘇婉想起孫嬤嬤的事。

「婉娘子放心，此事自有奴婢處理。」

這時，隔壁有聲響傳來，是曹二太太在示意她們時辰差不多了。

姚氏過來，滿臉擔心地走向蘇婉，扶著她，見她臉色不太好，忙問：「娘子，還好嗎？」

蘇婉搖頭。「沒事。」說完，定了定神，在心底嘲笑自己一聲。

她想得真多，有些事就算問了，人家也未必會告訴她。

片刻後，蘇婉打開門走出去，守在門口的九斤立即迎上來，目光凶惡地看著她的身後。
「婉娘子。」
知琴站在另一邊，怯怯地叫了蘇婉，顯然是被九斤嚇著了，站得離這間廂房有點遠。
「知琴。」蘇婉帶著溫柔的笑意，慢慢走過去。「掌櫃把檀金線拿來了嗎？」
「已經送來這邊了。」知琴指了指掌櫃幫她們開的另一間廂房。
蘇婉點頭，讓姚氏扶她過去。
知琴轉身上前，也輕輕扶著蘇婉的手臂。
蘇婉僵了一瞬，很快放鬆下來。
「婉娘子認識曹二太太？」知琴好奇地問道。
「有些交情。」蘇婉淡淡地說，並未多提。
知琴見蘇婉不想多說，為免她厭煩，便噤了聲。
飛花樓的檀金線確實是真的，但也非常貴。蘇婉訂下三打，又挑了其他在別處沒見過的羽絲。這樣下來，就要百兩銀子了。
在蘇婉忍痛準備讓姚氏掏錢時，知琴搶先幫著付了。
因為蘇婉要繡佛經，喬老夫人特地不讓那些姨娘們去叨擾蘇婉，也對蘇婉說，沒必要日日過來請安。

蘇婉應下，依舊日日去慈安院，只是不那麼早了，少蹭一頓早膳。

這讓黃氏鑽了空子，早早過來跟蘇婉一起用早膳，然後同蘇婉去慈安院請安。

黃氏當了二十幾年的宗婦，與喬知鶴也算是相敬如賓。能讓心有所屬的喬知鶴對她如此愛重，可見哄人手段也是不一般。

好幾次，蘇婉差點被她拐出不少心裡話，好在一直有所警惕，才及時閉嘴。

黃氏是在打聽火鍋店鍋底的秘方，仔細聽她的語氣，還有幾分急切。

不過蘇婉依舊裝傻，一問三不知，若黃氏問得急了，她就哭。

黃氏快恨死她了，恨她比男人還要難哄。

「婉娘子，趙夫人來信了。」

這日，姚氏從外間走進內室，悄聲對坐在窗前繡佛經的蘇婉說道。

蘇婉抬頭看姚氏，姚氏看了下左右，從寬袖裡取出一封信，是剛剛九斤交給她的。

蘇婉不作聲接過信，打開來看，上面只有三個字。

事已成。

她有些疑惑，不過沒多想，把信還給姚氏，讓她收起來。

「二爺還沒有消息嗎？」蘇婉隨口又問一句，低頭重新繡起佛經。金線閃閃，針起針落間，勾勒出一個清麗的簪花小楷字。
「我問了九斤，他說沒有，應該還在稽郡。」姚氏回道。前幾天喬勐託人來信，說是人在稽郡。
自從見過明雪後，蘇婉的心就一直沒安過。
「不知道二爺怎麼樣了。」
蘇婉抬頭望望院落裡隨風起起落落的樹葉，泛起一抹相思。
午間，王氏信上說的事已成，顯現了出來。
「婉娘子，大太太請您去觀廳。」黃氏身邊的大丫鬟來喚蘇婉。
蘇婉詫異。「母親喚我有何事？」這觀廳似乎是喬家內院的會客廳。
丫鬟道：「是趙大太太來了，說要見婉娘子。」
蘇婉心下了然，看來王氏說的事已成，指的是她繡的觀音像到了趙大太太手裡。
可她納悶的是，趙大太太的生辰未到，王氏為何這麼早就把繡圖送給趙大太太？

第五十六章

到了觀廳，蘇婉還在想這件事。

「大太太，婉娘子來了。」

隨著這聲通報，蘇婉跨進觀廳，微微低著頭，給坐在上首的兩人請安，沒有去看穿著華貴的趙大太太。

「哎喲，別見外了，快起來。真真是個美人，不僅人好看，繡出來的東西也是好看的。」趙大太太見了蘇婉便笑，接著就是一頓誇。

黃氏面上也是高興，只是眼底沒有絲毫笑意。

「母親，這是？」蘇婉撐腰，眨著一雙朦朧的杏眼瞧向黃氏。

黃氏心裡哼一聲，都搭上了，還裝什麼裝？卻笑吟吟地道：「這是西灣趙家的趙大太太，咱們兩家一向交好，二郎與三郎也親如兄弟。」趙家住在臨江西灣，人稱西灣趙家。

蘇婉立即露出恍然的表情，對趙大太太露齒一笑。

「妳的觀音像繡得真是出神入化，我險些以為，真是觀音入世了呢。」趙大太太看著慈眉善目，說話也是溫溫柔柔。

趙家無論嫡子或庶子，無一紈袴子弟，就算平庸些，亦是知書達禮。臨江城無人不誇趙家太太持家有方。

黃氏名聲僅在趙大太太之後。當然，其中有喬勐很大的功勞。

「觀音像？」蘇婉一臉迷惑。

黃氏微微一笑。「是啊，是妳繡的吧？我還聽說，母親對妳的女紅也是愛不釋手，就是我呀，沒這個福分。」

趙大太太淡淡地看了黃氏和蘇婉一眼。

黃氏面露苦笑。

蘇婉委屈。「母親，並非媳婦不想孝敬您，實是我與二爺在大婚第二日給您請安後，您便讓我和二爺離家分府。兒媳不知您的喜好，這次您催得急，來得匆忙，沒來得及備禮。」

黃氏一聽，急道：「妳這孩子，說什麼胡話！長者尚在，哪來的分府別過，只是讓你們夫妻回去幫忙照看祖宅。」

蘇婉狀似被嚇了一跳，連忙捂嘴。「兒媳說錯了。」表情可憐兮兮的。

趙大太太和黃氏打了這麼多年的交道，哪裡不明白她的為人，端起茶抿了一口，一言不發，靜靜看著眼前的婆媳交鋒。

「二郎和三郎的感情是真好，我倒還不知道妳給趙大太太繡了觀音像。前些日子，妳父親的那些姨娘向妳要個靠枕，還要收她們的銀子。」經過這些日子的相處，黃氏倒也看清蘇婉扮豬吃虎的真面目了。

「母親，媳婦是繡過一幅觀音像，但不是給趙大太太，而是平江的縣令夫人託我繡的。」蘇婉一副被黃氏誤會的樣子，急急解釋。待在喬家這些日子，她覺得自己都能當演員了。

黃氏微愣。

蘇婉繼續說：「縣令夫人的觀音像是我繡的，靠枕卻是繡坊的繡娘們繡的，這可不一樣。而且，縣令夫人對我多有照顧，之前黃家表舅請了縣令的表舅母來找繡坊的麻煩，要不是她，兒媳差點被打了呢。」

「胡說什麼！」

蘇婉越說越離譜，黃氏立即高聲喝道。

「我說的都是真的……」蘇婉縮著脖子，聲音不小不大，剛好能讓人聽見。

趙大太太不想聽家私，見了繡出讓她喜歡不已的繡圖的蘇婉，發現她的繡圖如此有靈性，卻善於作戲，黃氏在她手上沒討得半分好，頓時有些不喜，打算起身告辭。

「大太太，曹通判家的二太太遞了拜帖，想要見您，人已經在門外候著了。」黃氏的大丫鬟突然在門外稟道。

黃氏擰眉，曹二太太怎麼今日也來了？

從飛花樓回去後，知琴告訴喬老夫人，蘇婉認識曹二太太，喬老夫人讓她切勿往外說，所以喬家其他人並不知道。

慈安院的消息，能讓黃氏知道的，便會讓她知曉；不能的，她也知不了。

原本要起身告辭的趙大太太聽到曹二太太來了，又坐回去，靜靜地喝著茶。

「我也有些日子沒見意君了。」趙大太太笑著對黃氏道。曹二太太閨名意君。

「快去請。」黃氏立即招來自己的貼身嬤嬤，同大丫鬟一起去接曹二太太。

蘇婉有些不安，那日她走得匆忙，也沒問明雪與曹二太太是什麼關係，不知道這會兒曹二太太過來，是為何事，是不是衝著她來的？

曹二太太還未到觀廳，黃氏就帶了人早早迎上去。蘇婉雖有身孕，到底是小輩，也跟在後面。

「真真是稀客啊，自從三姑娘大喜後，就聽說妳不愛出門了，今日怎麼有空來我這裡？」黃氏蓮步款款，迎上曹二太太，用熟稔的語氣說道。

兩人的手交握在一起，彰顯兩家的親近。

「妳說的是什麼話？我是了了樁心事，人就鬆快下來，懶得動彈。這不，一有精神，便尋妳來了。」曹二太太也是八面玲瓏，說的話直叫人舒坦。

黃氏拿著帕子捂嘴，咯咯咯地笑。

曹二太太狀似不經意地將目光落到蘇婉身上，面露疑惑。「這是？」

黃氏道：「這就是二郎媳婦。」

曹二太太恍然大悟。「原來是她呀。我雖不曾出門，倒也聽說妳將二郎媳婦接回來照顧的事，妳啊，心腸就是太好了。」

蘇婉看著這兩位貴婦的一來一往，深感佩服。要不是她見過曹二太太，也確信那天在飛花樓見過的人就是曹二太太，這會兒怕也相信曹二太太是真的心疼黃氏了。

「二郎媳婦，這是曹通判家的二太太，還不快過來行禮。」黃氏與曹二太太手挽手，喚了蘇婉一聲。

蘇婉微低著頭，以為黃氏下一句又要接「她小門小戶出來的，沒什麼見識，不懂規矩，妳別跟她計較」。

蘇婉微微抬頭，對上曹二太太的目光，立即收到一抹異樣的眼色。

「給二太太請安。」蘇婉很是乖巧地對曹二太太道。

曹二太太從黃氏的舉止和眼神裡發現，黃氏並不知道她認識蘇婉，心思一轉，便當是第一次見蘇婉。

「嗯，模樣看起來倒是不錯。」曹二太太仔細打量蘇婉一番。

「謝二太太誇獎。」蘇婉搶先黃氏說道。

曹二太太愣了下，很快恢復過來，看向黃氏。

黃氏面上微惱。「還有沒有規矩了！」

蘇婉故作可愛地吐舌頭。「曹二太太這般好看的夫人誇讚媳婦，媳婦不免高興了些，還請母親莫怪。」

黃氏知道蘇婉之前伏低做小是裝的，這會兒見她在人前也敢「頂嘴」了，心裡惱怒，但面上依舊不顯。

「妳聽這小嘴甜的，我哪還能怪她，心裡只恨少疼她了。」黃氏瞥蘇婉一眼，對曹二太太道。

曹二太太也跟著笑了起來。「確實嘴甜，妳這媳婦不錯。」

兩人說著，跨過門檻，走進觀廳。

趙大太太還在，瞧見她們來了，立即起身，揚起笑意。

就是因為趙大太太在喬家，曹二太太才過來的，這會兒見著人，自然也是一臉笑意。兩人見過，自然也是言語親熱了一番。

三位太太沒有入座，正寒暄著。蘇婉轉了轉腳踝，站得有點累，可這些人不發話，她也不能隨意坐下。

宅門裡的小媳婦真可憐，現在她又慶幸喬勐被趕到平江了，不然新婦進門，光是立規矩，她就要累死了。

好不容易等三人親熱完，各自坐下。黃氏好似忘了蘇婉般，一直沒叫她坐下或下去，蘇婉只能挺著肚子站在一邊。

「哎，這孩子怎麼還傻站著？」曹二太太一直在關注蘇婉，見她一直沒入座，知道黃氏有意搓磨她。

黃氏笑道：「哎喲，看我，怎麼把妳給忘了。妳也是個傻的，沒叫妳坐下，就硬扛啊，平白讓兩位太太看我笑話，真是白疼妳了。」

蘇婉只當沒聽見。「謝過母親，母親疼我，兩位太太也是知道的，怎麼會笑話您呢，只會說您心善。」

黃氏擺擺手。「我是說不過妳了，就盼著妳平安將孩子生下，好讓二郎收收心。」

蘇婉滿臉疑惑。「母親，二爺很好的，需要收什麼心？」

兩人一來一往，趙大太太聽得眉心微皺。

曹二太太倒是聽得挺樂，但也不能讓兩人一直這樣說下去，遂對黃氏道：「好啦，妳也真是的，我算是看出來，妳是真喜歡這個媳婦了。」

黃氏心裡咬牙，面上笑呵呵。「那是自然。妳瞧她這伶牙俐齒的，我能不歡喜嗎？算是給我湊個趣。」

我倒成逗樂妳的小丑了。蘇婉在心裡撇撇嘴。

她身子乏了，不過現在還不知道曹二太太過來的目的，不能藉口累了離開。

「是個開心果。這樣吧，下月初三，我來辦一場花宴，妳帶她過來認認人。」曹二太太隨口道。

喬大太太臉色微僵，曹二太太這話雖是好心，但並不合她的心意。她根本不想帶蘇婉出去，讓蘇婉結交臨江的各家夫人們。

但，曹二太太這話一說，她有些騎虎難下。

她目光一轉，見到在一旁沈默不語的趙大太太，道：「她一個小輩，哪能讓妳特地為她辦花宴，說出去要笑死人。我是準備在趙大太太生辰那日，帶她過去認認人的。」

趙大太太微訝地看黃氏，剛剛她並未聽說，黃氏要帶蘇婉來自己的生辰宴。

這次生辰，她本不願大辦，但她家老爺近來有喜，雖未公布，但也差不離了，所以藉著她的生辰，廣邀親朋，好好熱鬧一番。

今日她來，一是想見見繡出觀音像的蘇氏，二來是送請帖。帖子送了，想帶誰去，她是不會管的。

只是，曹二太太的態度有些奇怪，趙大太太不免又多看了蘇婉幾眼。

這時蘇婉無甚神情，整個人添了幾分沈靜、溫婉靈動之氣，與之前判若兩人。

可這抹氣質很快消失，與喬大太太說話時，蘇婉又變成她不喜的模樣。

到底哪個才是蘇婉？

趙大太太心中微動，開口道：「好啊，讓她來。」

黃氏手中的帕子握了又握。

「也好，這樣省得我辦花宴呢，如今我是越發憊懶嘍。」曹二太太沒多堅持，直接道。

黃氏鬆了口氣，怕曹二太太還不肯罷休，真要為蘇氏辦一場花宴，到時候她的臉面就要在臨江丟光了。

聽到這裡，蘇婉才明白曹二太太的目的，是讓她參加趙大太太的壽宴。

「母親待我真好。」蘇婉笑得一臉幸福。

「妳知道便好，日後要稱我心才更好。」黃氏一語雙關。

蘇婉只當不知，露出疲憊的神色。

疼兒媳婦的善良嫡母形象不能崩，黃氏便讓蘇婉下去休息了。

蘇婉謝過黃氏，向趙大太太和曹二太太行禮後，退了下去。

曹二太太同趙大太太及黃氏又說了會兒家常，便起身告辭，趙大太太同她一道走。

「意君可是很喜歡那蘇氏？」趙大太太出了喬家，突然問曹二太太。

曹二太太腳步微頓，轉過身看她。「晚蘭何以此見解？」晚蘭是趙大太太的閨名。

「見妳今日在言語上多有幫她。」趙大太太道。

曹二太太聽了，對她淡淡地笑了笑，轉身上了馬車。

她為什麼要幫蘇氏，自然是喬家，不，應該說，喬仁平在這個位置上待得有點久了。

曹家亦是。

所以，喬家必須動一動。喬家動了，曹家才能動。

曹二爺是曹家最想動的人。

臨安王府把這個機會送來了，他們當然要好好把握住。

另一邊，整日陪著那些文人雅士的喬勐也收到了九斤的傳書，知曉蘇婉即將要去參加趙大太太的生辰宴。

趙大老爺要入上京述職的事，喬勐前幾日已經知道了，是趙立文偷偷跟他說的。

趙立文去不了上京，因為臨江這邊需要他。更準確地說，趙大太太想帶嫡子上京，庶子們留在臨江，身為關鍵人物的趙立文，當然更要在臨江打理祖業。

趙立文也明白，趙大太太有些顧忌他了。這幾年，他在臨江的名聲隱隱要趕上她生的嫡子，如今還有個強而有力的外家。

趙立文的岳家看中的，也是他的經商本事，還將家裡的一部分產業交給他打理。有了錢，官途也就更順了。

這次趙大老爺升遷，裡面當然有錢的作用。

喬勐看了趙立文寫給他的信，不由牙酸。

不過，他轉而想起蘇婉，覺得只要有他家娘子在，他們以後不會過得比旁人差。他家娘子很厲害，他也要變得更強。

近日他與孟益合作，賣了好些繡坊開業請帖，賺了筆小錢。又藉著孟益的名頭，連日請了當日在詩畫會上的學子們喝酒，也包括了章景。
在他的三寸不爛之舌下，章景與孟益也在表面上和解了。
喬勐又經由章景，認識了些家裡有點小錢，卻無實權，人品還不錯的富商公子，哄得他們掏錢加入他在稽郡開火鍋店的大業中。
這些人素來愛名，喬勐也不怕他們幹壞事。
在各地開店的想法，是喬勐自己想的。而找人掏錢的加盟方式，是蘇婉聽了他的計劃時，給他的建議。
喬勐一點就通，又加入自己的想法，所以平江火鍋店的第一家分店，就風風火火，準備在稽郡辦起來了。
話說回來，喬勐捏著九斤寫的字跟狗爬一樣的信，忽然靈光一現。
稽郡有幾位名士也受邀參加趙大太太的壽宴，聽聞徐遙家中也收到請帖。許是因為趙立文外家這層關係，趙家也想與這些人交好。
喬勐眼珠轉了轉，想出了怎麼把他家娘子救出狼窩，還能噁心黃氏的主意。

第五十七章

趙大太的壽宴，在蘇婉和黃氏的鬥智鬥勇中來了。

其間，蘇婉終於收到喬勐的來信，信上只交代一句，讓她好好的，等著他來接她回家。

蘇婉見了信，這才稍稍安心，不是為了他說的能帶她回家，而是知曉他平安。

這日，蘇婉穿上喬老夫人為她準備的新衣，遠遠跟在黃氏身後。一同去趙家的，還有府裡幾位未出嫁的姑娘。

喬老夫人身邊，一邊是黃氏、一邊是嫡長孫媳，蘇婉是庶孫媳婦，自然輪不上她伺候。

不過，就在蘇婉要跟著幾位姑娘擠一輛馬車時，知琴走了過來。

「婉娘子，老夫人說了，您身子重，讓您坐她的車。」

喬老夫人的馬車是家裡最好、最舒坦的馬車，蘇婉自然樂意，謝過知琴後，跟著去了，讓姑娘們嫉妒了好一番。

趙家與喬家離得不算太遠，很快就到了。

因是坐喬老夫人的車，雖有些顛簸，但尚能忍耐，蘇婉下車時，比以往感覺好太多了。

趙大老爺正帶著幾個兒子在門口迎客，蘇婉一眼就瞧見趙立文，隨後想起吳氏，等會兒大概就會見到她了，幸好還能有個說話的人。

喬家女眷跟在喬老夫人身後，男人則是跟著喬知鶴，喬仁平沒過來。

女眷被引進內門，如今已是深秋，趙家園子裡依舊花團錦簇，綠意不減。

因著是喜慶日子，府內張燈結綵，僕役來往匆匆，越靠近內院，笑聲越清晰，顯得熱鬧至極。

喬家女眷剛跨過月亮門，趙大太太的長子媳婦已帶了人在門口迎接。

蘇婉瞧見了吳氏，吳氏站在趙大娘子身後，對她眨眨眼，蘇婉也朝她笑了笑。

「請喬老夫人安，大太太安。」

趙大娘子請著安，從蘇婉手裡接過喬老夫人的胳膊，扶著喬老夫人進去。

蘇婉不甚在意地退後幾步，也沒在意幾位喬家姑娘的嘲笑。

她一落後，吳氏也跟著退幾步，與她走在一起。

「我早聽說妳來了，但三爺不讓我去喬家，妳可別生我的氣。」吳氏小聲地對蘇婉說。

蘇婉目視前方，搖搖頭，也同樣小聲地說：「不會，妳去了，反而我們兩個都要遭殃。」兩家都不是什麼好地方。

「唉，我最近在家天天被訓，煩都煩死了，還不讓我回娘家。」吳氏在趙家也沒什麼可說話的人，好不容易遇著蘇婉，便倒起苦水來。

蘇婉詫異。「這是怎麼了？」吳氏雖非嫡長女，可吳家女孩少，也頗為得寵。

吳老爺官職不高，但在士林裡頗有威望，趙立文能娶到吳氏，是因人品樣貌，且談吐不凡，而吳老爺也需要跟趙家聯姻，便在矮子裡取了個高的，便宜了趙立文。

「還不是因為我沒懷孕嘛。」吳氏撇撇嘴，露出羨慕的眼神，瞄向蘇婉的肚子。

蘇婉看看前頭，趁沒人注意她倆，拍拍吳氏的手，悄聲道：「這種事急不來的，放寬心。」又問她有無看大夫之類的事，用自己在現代習得的淺薄常識開導吳氏。

吳氏哪裡聽過這些，不免驚奇，聽得很入神，連進待客廳時也沒走開，還和蘇婉待在一起，惹得趙大娘子看了她好幾眼。

蘇婉一進去，就吸引了大家的目光，因為坐在上首的曹二太太喚了她。

蘇婉宛若明星，在眾人的注視中走上前。

喬老夫人目光閃閃，微微垂著眼皮，不知在想什麼。

曹二太太叫了人，黃氏不能再裝傻，只好向眾家夫人介紹蘇婉。

蘇婉氣質溫婉嬌柔，很是討喜，女眷們見著，覺得她看起來不像是個會忤逆婆母、性子跋扈的人啊，怎麼會傳出那種名聲？

蘇婉只當未察覺眾夫人的怪異眼神，細聲細語向她們請安，黃氏指一個，她叫一個，乖巧得很。遇著誇她的，也極真誠地誇回去，嘴甜哄得人家歡喜。

黃氏見狀，也只能咬牙笑著，一副這孩子被她慣壞的模樣。

但眾夫人也不是省油的燈，自然懂其中的蹊蹺。只是，誰會因為一個庶子媳婦，去得罪喬家大太太？

蘇婉也不在意，她不會讓自己拘泥於後宅，受制於喬家，但她需要這些人脈。

在幾位德高望重的夫人面前賣了一會兒乖後，蘇婉同吳氏退了出去。

待客廳旁邊還有間屋子，專供未出閣的姑娘或小娘子玩耍。

蘇婉問吳氏，這裡有無她相熟的，還極愛美的姊妹？

吳氏笑了。「哪個女子不愛美？」

蘇婉想想也是，對她眨眼，拿出最近繡的巴掌大小香包，一共兩只。一只繡滿山茶花，另一只是可愛的擬人錦鯉。

「哇，好可愛！」吳氏一眼看中那隻錦鯉，上身是白胖穿肚兜的嬰兒，下身是魚尾，正咧嘴笑著吐泡泡，旁邊還繡了些水草和珊瑚。

她這聲驚呼不小，引來不少側目，與她平日裡有交情的小娘子們便走過來。

「什麼東西讓妳這樣大呼小叫？」說話的是城中元大儒家的五姑娘。元五姑娘家裡規矩嚴，但她偏喜歡跟像吳氏這樣活潑的人玩。

吳氏見元五姑娘過來，怕她愛上這香包，要跟自己搶，連忙藏起來。

「妳還藏！」元五姑娘眼尖，早看見了那只香包，立即小小跺了下腳。

「我也看見了！」

相好的幾個小姊妹紛紛說道，有好動的，直接跑到吳氏跟前，要看她把東西藏哪兒了。

「殷六，快來按住吳娘子！」

幾個人鬧成一團，吳氏在圍攻中哇哇叫，一會兒笑、一會兒嬌呼。

蘇婉看著小姊妹之間的玩鬧，也沒勸阻，抓著姚氏的手臂坐好，拿著帕子笑。

「這是妳繡的嗎？」

就在蘇婉看熱鬧時，有個小娘子走到蘇婉身邊，拿起她擱在桌上的山茶花香包看起來。

蘇婉點點頭，大方道：「是啊。」

小娘子梳著婦人頭，不知道是哪家的，看香包的樣子很認真。好一會兒後，抬眼發現蘇婉在看她，不好意思地把香包還給蘇婉。

「對不起，我就是覺得繡得很漂亮，不小心看入神了。」

蘇婉接回香包。「沒關係。」

小娘子很靦覥，張了幾次嘴後，終於又吐出一句話。「妳的女紅真好。」

「謝謝。」

蘇婉說完謝謝後，另一邊的打鬧也結束了。

那群小姑娘們正搶著看錦鯉香包，連連發出驚呼，看過的都想要。

吳氏盯著小嬰兒模樣的錦鯉，不肯割愛。若是其他樣式，讓就讓了，但這個她不想讓。

小姑娘們哪裡懂得她的小心思，看著香包樣式新奇，自然想要。

「這是婉娘子的繡坊出的，要不妳們問她，看看還有沒有？」吳氏一把從元五姑娘手裡拿過香包，指著蘇婉說道。

幾位姑娘立即看向蘇婉。

「她是不是喬家二爺的娘子？」有人認出了蘇婉。

「呀，不是說她壞，不孝婆母，二爺也整日欺凌鄉民，聽說還有個外號叫娃霸！」

元五姑娘家裡絕不會讓下人在姑娘們面前說這些，她是第一次聽說蘇婉的事，不由好奇地多看幾眼，又看向那只錦鯉香包。

寫字肖人，刺繡大概也是如此吧。從繡紋來看，這只香包很溫柔。

「妳們都是聽說的，哪裡說得準。我看，婉娘子不像那種人。」元五姑娘打斷幾個小姊妹的議論。

小姑娘們紛紛望向蘇婉，覺得她既漂亮又溫柔，連連點頭。

「元五這麼一說，我也覺得是這樣。能繡出這麼可愛的香包，肯定是個好人。」

「走，我們去問問她吧！」她們說著，就向蘇婉走去。

此時，蘇婉正與那位看著山茶花香包發呆的小娘子無聲坐著。

「婉娘子，殷娘子。」元五姑娘率先行禮，後面幾個小姑娘也紛紛福身。

與眾人打鬧的殷六姑娘，喊那位殷娘子時，稱呼變了一下。「三嫂。」

蘇婉先是對幾位跟她年紀差不了多少的小姑娘笑了笑，又看看那位殷娘子。

「婉娘子，吳娘子說，她的香包是妳的繡坊出的，妳那邊還有沒有這種樣式的啊？」元五姑娘道。

蘇婉心道終於來了，她拿出那只香包，就是為了吸引這些小娘子的。

「自然是有，不過我這次來得急，只帶了這兩個。」

殷六姑娘問她。「妳家繡坊在哪裡？我明日就去！」

蘇婉笑道：「我的繡坊在平江呢，現在還沒有正式開業。」

幾位姑娘失望，這下才反應過來，蘇婉的丈夫被喬家送去平江，是因她有身孕，才接回來的。

「婉娘子，妳的繡坊什麼時候開業啊？」元五姑娘問。

蘇婉聽到她問，神色黯淡下去，拿起桌上的山茶花香包。「我也不知道。本來挑在近日開張，但是……」

她沒說完，幾位姑娘一知半解，很是疑惑，遂記在心裡，等回去了，再問問自家娘親。

「這只山茶花的也好看。」元五姑娘又道。

蘇婉看著她。「妳喜歡啊，那就送給妳了。」說完便把香包遞給元五姑娘。

元五姑娘欣喜接過，一旁的殷娘子便急了。她最喜歡山茶花，家鄉以此聞名，她的院子裡也種滿山茶花。但嫁來臨江後，就很少見到山茶花。

「我、我……」

「三嫂，妳怎麼了？」殷六姑娘疑惑地問。她這位嫂嫂平日總是沈默寡言，進門兩年，至今還沒有身孕，所以殷夫人不是很喜歡她，她在人前也越發沈默。

奈何殷三郎倒喜歡她的性子，一直不肯納妾。

「我喜歡這個。」殷娘子鼓起勇氣，指著元五姑娘手裡的山茶花香包。

元五姑娘一愣，看著殷娘子，頓時有些糾結。她也喜歡這香包，可是殷娘子年長，也是殷六姑娘的親嫂子，而她又與殷六姑娘交好。

元五姑娘猶豫了一會兒，看向蘇婉。「婉娘子，我可否送與殷娘子？」

蘇婉覺得元五姑娘家教一定很好，心裡對她添了幾分喜歡。

「我已送給妳，就是妳的了，妳要如何便如何。」

元五姑娘謝過，將山茶花香包遞給殷娘子。

殷娘子眼眶微紅，謝過元五姑娘和蘇婉，很不好意思地走開了。

等殷娘子走遠，元五姑娘問殷六姑娘。「妳嫂子怎麼了？」

殷六姑娘搖頭，她平日也很少與這位嫂子說話。

「好了，不說這些了。吳娘子，快讓我再看看那只香包。」幾個小姊妹又鬧騰起來。
「不就是個香包，有什麼好讓妳們這般大驚小怪，又不是小門小戶家裡沒個繡娘的。」
突然，一道尖銳的聲音傳來。
元五姑娘她們停下打鬧，看向來人，是素來與她們不睦的江三姑娘。
江三姑娘出身臨江的書香世家，族裡出了一位五品散官朝奉大夫。
「妳家繡娘能繡出這等女紅？」殷六姑娘是個炮仗脾氣，立即反駁。
「哼，我想要什麼，我家繡娘就能繡什麼，所以不用跟人搶一只小小的香包。」江三姑娘抬起下巴說道。她努力拉長脖子，想像天鵝一樣高傲，可惜脖子短，怎麼抬也顯不出來。
「繡娘手藝有好有壞，我這個人呢，素來喜歡好東西，可不要醜的。不像某些人，什麼東西都要，也不挑。」殷六姑娘晃晃腦袋，髮間的玉釵發出清脆聲，很是悅耳。
江三姑娘氣結。「妳說誰呢，我家繡娘的女紅，在臨江可是數一數二的。」說著解下身上的香囊，給身後的小姑娘們看。
江家繡娘的手藝確實不錯，蘇婉靜坐在一邊，偷瞄了幾眼。
不過比起她，不，不能跟她比，也不用跟蓮香比，就說她繡坊裡新來的繡娘，也是比之好上幾分的。
「妳給她們看有什麼用，給我看看。」殷六姑娘跨了一步，拿過江三姑娘的香囊，只看了一眼，便大笑起來。「哈哈哈，就妳家繡娘這手藝，怎麼比得了婉娘子家的繡娘？」

殷六姑娘看的時候，旁邊的姑娘們也看了一遍，只有元五姑娘沒有嘲笑。

江三姑娘頓時漲紅了臉。

吳氏在心裡嘆口氣，實在不想把那只錦鯉香包拿出來，萬一弄髒可怎麼辦？

不過，情勢如此，她只得慢吞吞地取出香包，包進帕子，在江三姑娘面前晃了一下。

江三姑娘立即抓住她要縮回去的手，認真看起來。

這只香包的繡法有些不同，針腳特別細密，花樣也出色，好看極了。

「這，這……」江三姑娘頓時語塞。

「怎麼樣，說不出話了吧！」殷六姑娘的脖子很美，抬起下巴，秀出好看的天鵝頸。

江三姑娘嘴硬。「那又怎麼樣，這個香包又不是妳家繡娘繡的，妳得意個什麼勁兒。」

殷六姑娘道：「不是我家的又怎麼樣，反正妳家沒有。等婉娘子家的繡坊開了，我就去買。」說著還對她扮了個鬼臉。

江三姑娘指著她，氣得連說八個妳，這是蘇婉無聊在心裡數的。

江三姑娘說不過殷六姑娘，轉而找上源頭，對著在發呆看戲的蘇婉道：「喂，這是妳家繡坊繡的？」

蘇婉覺得這個小姑娘好沒禮貌，但還是笑著點點頭，因為這些可能都是未來的客人，不能放過。

「我也要這種香包，我買十個！」江三姑娘又努力抬起下巴。

蘇婉依舊笑咪咪，不動聲色地挪了下肚子。「抱歉啊，我家繡坊還沒開業，等開業了，可去坊內買。」

江三姑娘很不高興。「這不是妳的繡坊嗎，拿幾個這種小香包來算什麼事？妳是不是跟她們一夥的，看不起我啊？」指著殷六姑娘與元五姑娘她們。

蘇婉搖搖頭。「我只帶了這兩個來，如果姑娘實在喜歡，可以告訴我是哪個府上的，繡坊開業時，我派人去說一聲。」

「妳好麻煩啊。這樣吧，我付妳錢，妳讓繡坊裡的繡娘教我家繡娘怎麼繡這種香包。」江三姑娘腦子挺靈活，轉了一下，想出這個主意。

蘇婉無語，瞥她一眼，不再說話。

殷六姑娘自然不會放過這個機會。

於是，兩邊又鬥起嘴來。

第五十八章

「婉娘子別介意，江三姑娘素來這般口無遮攔。」

元五姑娘勸解蘇婉一句，她不愛背後說人壞話，只是這個江三姑娘實在煩人。

蘇婉笑笑。「無事，我不會與這種小姑娘計較的。」

吳氏在一邊偷笑，趕緊將錦鯉香包收起來。

「若是繡坊開業，婉娘子可否也使人告知我一聲，我也想去看看。」

元五姑娘不喜與人拌嘴，沒跟殷六姑娘一起與江三姑娘吵鬧，見殷六姑娘未落下風，繼續待在蘇婉身邊。

蘇婉見她是真心喜歡自己的繡品，便偷偷從袖口裡拿出一支髮簪，釵頭繡了一隻展翅飛起的蝴蝶。

這隻蝴蝶是在打了漿的布上繡的，用特殊繡線，乍看就像真的蝴蝶。拿近了看，也可見繡工不凡。

「呀，好漂亮！」元五姑娘不由叫出聲。

蘇婉連忙拉她。「噓，小聲點，我只帶了這一支。」

元五姑娘立即看看左右，發現大家的目光都被殷六姑娘和江三姑娘吸引了，鬆口氣，小聲地謝過蘇婉。

她摸摸自己身上，好像沒什麼東西能送給蘇婉，實在有些不好意思，想著若是蘇婉的繡坊開業，她定要求母親前去，多多為她捧場。

「婉娘子，妳的繡坊開業，一定要告訴我。」元五姑娘再次認真說道。

她突然覺得，喬大太太實在太不該了，竟把蘇婉拘在臨江，也不知是不是就是因為蘇婉的繡坊。

元五姑娘心中一跳，不知道自己怎麼會有這種想法，趕緊晃晃腦袋，把這個念頭搖走。

蘇婉覺得她這個動作甚可愛，露出一個真心的笑容。要是生個像元五姑娘這般的女兒，也是好的。

經過這一遭，蘇婉及她的繡坊在眾家小娘子間傳出名聲，也為日後蘇繡坊繡品風靡臨江打下了基礎。

另一邊，曹二太太把蘇婉弄來趙大太太的生辰宴，也是要藉她的好繡活作文章，幫她離開喬家。

只是，不知為何她一提起，喬老夫人就轉了話頭。若是只有黃氏，她還能應付，可喬老夫人，她實在沒法子，心中不由暗恨。

而後，那些來玩的小娘子找各自母親說話，屢屢提到婉娘子、繡坊、香包之類的，她看喬老夫人和黃氏的臉色，喬老夫人瞧不出喜怒，黃氏似乎也沒什麼，不過手中的帕子早已皺褶不堪。

曹二太太又笑了起來。

這時，喬劭也在臨江，他沒收到趙家請帖，也不想去湊熱鬧，是護送徐遙來的。徐遙和蒙西先生都收到趙家的請帖，筆刀先生及其他文人雅士也接到了。這段時日，喬劭跟著徐遙拜訪了不少名士，很多人對喬劭刮目相看，連連驚嘆。憐惜他的，都免不了要嘆一句妒婦誤子。

喬劭又藉著醉酒，訴說自家娘子懷著身孕被扣在喬家，父母更是以他家娘子為要挾，向他索要自己掙的產業。

蒙西先生從稽郡來，順道先去平江與徐遙見面，當然少不得要去吃吃火鍋，自然也瞧了蘇繡坊目前已經擺在店裡的繡品。他倒還好，他家夫人卻喜歡得不得了。

蒙西先生的夫人嫉惡如仇，聽聞喬劭的事，對他心疼不已，對黃氏自然沒好氣。又聽說黃氏藉著讓蘇婉養胎的名頭，將人拘在喬家立規矩，不知在打什麼主意後，更加氣憤。

徐遙也很氣，這些日子被蓮香哄得不停按蘇婉留下的圖稿畫花樣子，有有趣的、風雅的等等各類風格，想趕緊讓世人見一見。

但蓮香說了，蘇婉沒回來，繡坊很可能開不了業。

這怎麼行?!

而徐遙也不知自己是怎麼了，見蓮香露出哀傷的神情，心也跟著難受。

年近不惑，為畫畫獻出半生的徐遙陷入沈思……

喬勐將這些信誓旦旦、會幫他要回蘇婉的先生們送到趙家門口，轉身去了鴻望樓，等著好消息。

這群名士有默契，為了不在筵席上給主家難堪，直接向進了府、同趙大老爺一起待客的喬知鶴發難。

名士的嘴巴罵人都沒有髒字的，卻是誅心。

「你怎能任由婦人教唆，將二郎那麼好的孩子糟蹋成那樣？」

「無知婦婦只會亂宅，害得你子嗣不成材。若是你肯好好教導二郎，以他的資質，何愁不再光耀喬家。」

這話實實在在戳了喬知鶴的心窩，因為他的嫡長子在才學上極平庸，參加會試多次，屢屢未能考中。

「資質？二郎頑劣不堪，這大家都是知道的啊。」喬知鶴辯解。

其他在場的賓客，也知道喬勐的所作所為，或聽聞他的傳聞。

徐遙露出心痛的神情，道：「我與二郎乃是忘年交，他雖未受正統名家指點，可人品、才氣實是一等一的，待人接物無可挑剔，怎麼在你嘴裡，卻是頑劣不堪？」

其餘幾位先生紛紛附和。

這些人素有名聲，且不是妄言之人，賓客們聽他們這般說，狐疑地看向喬知鶴。

「所以我說妒婦誤人子弟，二郎既是你兒，就應該好好待他，育他成材，怎能讓一個婦人糟蹋他呢！」

「算了，前塵不提也罷，如今二郎分府別過，你那夫人豈能還將蘇氏弄回去搓磨？」

喬知鶴很生氣，臉都黑了下來。趙大老爺也很不高興，一邊氣著這些名士、一邊氣著喬知鶴。

喬家那堆煩心事，幹麼扯到趙家來，趙大老爺只好兩邊勸著。

喬知鶴緊咬著喬劼不孝、頑劣說嘴，先生們則道他放縱後宅婦人將孩子養歪。

最後，趙大老爺沒法子，找趙立文來，讓他去看看喬劼在不在臨江。

趙立文自然知道喬劼在，沒多久就找到人，帶進府裡。

喬劼收拾收拾自己，也是人模狗樣，不，玉樹臨風。再加上儀態不凡、進退有禮，說話還特別好聽。不少人驚嘆不已，掉了下巴，看喬知鶴的眼神更加怪異。

喬劼心裡快笑瘋了，只當不知道為什麼叫他來，面上寵辱不驚。

這下，喬知鶴的臉更黑了，鬍子都快氣得翹起來。

「對了，你家娘子的繡坊快開了吧，快拿些請帖來，我要拿回去給我家夫人。來之前，她特地囑咐我的。」一位先生突然跟喬勐要起繡坊開業請帖。

喬勐怎麼會特地帶帖子，身上自然沒有，不過這位先生的好意他要領，忙說請人送來。

其他人一臉茫然，有好事者趕緊追問，知道的先生們便講起在稽郡詩畫會上出現的雪梅繡圖，還是用一種名為雙面繡的繡法繡出來的。

男人們雖對刺繡女紅不甚感興趣，不過他們喜歡美的事物啊。

很多人都知道雪梅圖，所以對雪梅繡圖也感興趣，聽聞被稽郡章家買走，有些遺憾，從而對繡坊生出好奇，覺得可以讓自家娘子和女兒們去看看。

「可是，這蘇氏不回去，繡坊開不起來啊。」有先生說道。

「她身邊沒個長輩照料，懷的也是喬家的血脈，我們總不能置之不理。」喬知鶴辯解。

徐遙不悅。「當初二郎成親後，就不該把他趕出府去，現在這般算什麼？」

「我們也是為他好。那個時候，二郎把家裡攪得雞飛狗跳。」

「還不是你家那個妒婦做的好事，二郎這麼乖巧的孩子，被她折磨成那般！」

「是啊，二郎是個好孩子。」

好個屁！喬知鶴想罵人。

「我聽聞，是你們打二郎夫妻產業的主意？」徐遙摸摸精修過的鬍子，眼神犀利地看著喬知鶴。

喬知鶴自然極力否認。

「如此就好。」

喬勐趕緊道：「先生錯怪了，我的家業都是我和娘子攢下的，父親和母親怎麼會想插手，不給我活路呢？」

他說完，話鋒一轉。「父親放心，我已派人請岳母去平江照料娘子。反正娘子在喬──呃，在家裡也是由姚嬤嬤照料著，住哪裡都一樣。」

喬知鶴氣結。不孝子！

這是在別人家，氣氛不能搞得太僵，喬勐便又奉上一套蘇繡坊與子坎先生徒弟出的文房四寶，送給趙大老爺。

筆墨紙硯分別由護套包著，上面的繡紋精美無比，雖及不上蘇婉的手藝，卻是她想的圖案，很是新奇討喜，適合送人。

一幫男人們見了，頗為心動。

「當初立文送我的四君子摺扇扇套，想必也是你家娘子繡的吧？」一位一直沒出聲的中年男子，見了趙大老爺手上的文房四寶，突然問道。

他這一說，喬勐便知曉了，他就是趙立文的岳丈吳老爺。

「正是。」喬勐恭敬地回答。

吳老爺這一說，在場有不少人想起他壽辰那日讓人驚豔的扇套，他們的夫人還打聽過是誰繡的。

這下，賓客們看喬知鶴的眼神是怪上加怪，而喬知鶴的臉色則是五彩繽紛。

「回頭也送一份帖子給我府裡吧。」吳老爺點頭道。

這一聲，結束了今日的紛爭。

先生們也願意給吳老爺面子，說起了詩詞歌賦。

另一邊，蒙西先生的夫人把黃氏奚落了一頓。如今他家不走仕途，只管教書育人，也不久住臨江，自然不懼怕喬家。

喬老夫人沒有吭聲。

蘇婉還在跟其他小娘子們說笑玩耍，不知曉宴客廳那邊發生的事，也沒去想喬勐會用什麼辦法接她回家，只相信喬勐定能做到。

開席時，蘇婉隱隱聽說了前廳和後院的鬧劇，心裡暗笑不已。

吃完席，要離開趙家時，有好幾位夫人同她要繡坊開業的請帖。

其實店鋪開業，只要開門就可以去，不過有請帖，大家自然是想要的。

而且，蘇婉告訴那些夫人，當日有請帖的人家，即可成為繡坊的「會員」，又介紹會員的好處，引得不少人對這個新鮮詞兒有興趣。

蘇婉走在黃氏和喬老夫人身後，隔著一段距離，和幾位與她親善的夫人們說著話。

結果，到了門口，喬老夫人的馬車早走了，只留下僕役用的馬車。

蘇婉拍拍腦袋，有點無奈。喬家人這是連面子都不想做了。

「娘子！」

忽然間，蘇婉聽到一聲熟悉的聲音，驚喜地看去，喬勐穿著他最愛的那件哈士奇登高怒吼衣裳，提著燈籠站在月光下。

四周人來人往，可她一眼就瞧見了他。她家二爺就是這般獨特，與芸芸眾生皆不同。

他在燈火闌珊處等著她。

她快步迎向他，每一步都是思念。

蘇婉走到喬勐跟前，仔仔細細地看她思念的那張臉，伸手摸上他的臉龐，是溫熱的，是真的。

喬勐抓住蘇婉的手，感覺她的手有些涼，輕聲道：「娘子，我來接妳回家了。」

這大概是喬勐這輩子說得最溫柔的一句話。

蘇婉笑起來。「好。」思念雖多，卻無須多言，一個眼神足矣。

「娘子，更深露重，有話回去再說。」姚氏擔心蘇婉的身體，只好出聲，隔斷兩人交纏的目光。

蘇婉回神，看看那輛給僕役坐的馬車，又看看自己的肚子，心裡搖頭，對姚氏道：「兩家離得不算太遠，我就不坐車了，走路回去。」
喬勐幫她繫好披風，他怎麼可能讓她受這種罪。
「婉娘子，二爺已經向趙三爺借好馬車了，就停在巷口。」一直守在他們身邊的九斤搶先開口，這車還是他駕的。
喬勐回頭瞪九斤一眼，才離開他幾日，膽就這麼肥了。
九斤撓頭，站在姚氏身後的白果忍不住笑出聲，惹得喬勐接著瞪她。
「好了，咱們走吧。」蘇婉見著喬勐，身心鬆快不少，但到底身子重，放鬆下來後，這會兒眼皮要打架。
喬勐立即小心地扶著蘇婉，往馬車走去。
趙立文借給喬勐的馬車雖然不比喬老夫人的車子，但也不差，車內鋪了厚厚的毯子，喬勐又把蘇婉抱在懷裡，給她當肉墊。
如此，蘇婉舒服得更想睡了，但依稀記得好像有事沒告訴喬勐。
「二爺，到喬家後，記得叫醒我，我有事跟你說。」說完她就睡著了。
喬勐撫了撫她的額頭，說了聲好。
等蘇婉醒來時，已是第二日，日頭高升。
「乳娘，二爺呢？」蘇婉起身，沒見著喬勐，喚了姚氏一聲。

姚氏一直在外面候著，喬勐臨走時吩咐不要叫醒蘇婉，這才由著蘇婉睡到日上三竿。

「娘子，二爺一早就被慈安院的人叫走了。」姚氏一邊幫蘇婉更衣、一邊說道。

蘇婉眉心微蹙。「這麼早？可知道是為何事？」

昨晚回來後，姚氏便知道了男客那邊發生的事。

「二爺請來那些先生，在趙家讓大老爺落了臉面，想必是為了這事吧。」姚氏看看外間，今日若柳跟弗香沒往主屋湊了。

「落了臉面？」蘇婉好奇。

姚氏點頭，把她知道的告訴蘇婉。

蘇婉聽了，不知該說什麼好，心裡甜滋滋的。喬勐這般，都是為了她。

這時，她突然想起明雪說的事，心下一沈，又為喬勐疼起來。

上一輩的恩怨裡，受害的是喬勐。明雪的主子是喬勐的外姑婆，而這位外姑婆不知是何身分，來找尋她和喬勐的真正目的，會是什麼？

其中牽扯的秘辛，駭人聽聞，喬勐以為喬家唯一對他好的人，竟曾想置他於死地。

蘇婉想到這裡，微微出神，越想心越亂。她不是煩惱喬勐的外姑婆想做什麼，而是煩惱喬勐知道這件事後，不知會有多難過。

第五十九章

片刻後，外間傳來腳步聲，蘇婉聽出是喬勐，連忙轉身朝門口看去，頓時吃驚。

喬勐半邊臉紅腫著，嘴角破了，還有著未擦淨的血跡。

「出了什麼事？」蘇婉快步走到他身邊，抓起他的手臂，查看他的傷勢。

喬勐側了側臉，不在意地說道：「沒事，小傷而已。」

他不在意，蘇婉在意。

「乳娘，去取些治傷藥膏來。」

姚氏連忙應聲而去，嘴裡還念叨著。「作孽喲。」這傷定是喬家人打的。

「疼不疼？」蘇婉拉著喬勐坐到椅子上，抽出帕子，小心擦拭喬勐嘴角的血。

就算她的動作再輕，還是碰到了傷口，喬勐不由嘶了一聲。

蘇婉的眼眶瞬間紅了。

喬勐看她這般，連忙道：「不疼不疼，這點小傷算什麼，以前我挨過的揍比這重多了。沒事的，妳家二爺耐打得很！」

他不說還好，這一說，蘇婉的眼淚簌簌地往下落，他怎麼哄都止不住。

「是誰打的？他們怎麼能這麼做呢？」蘇婉掉著眼淚，恨聲說道。

這也怪不了她，自懷孕起，她比以前愛哭多了。

「好娘子，別哭了，這遭打完，我跟他的父子情算是盡了。妳別難過，以後咱們再也不來這兒了。」喬勐扯著袖口，替蘇婉抹眼淚。

蘇婉嫌喬勐的衣裳磨人，把他推出去，看到他紅腫的側臉，剛止住的眼淚又要往外冒。

「又怎麼了？」

「好醜！」

喬勐無言了。

拿來藥膏的姚氏在門口等了好一會兒，聽裡面靜下來，這才走進去，把東西遞給蘇婉，默默退出去，順道拉走聽到哭聲想進去看看的百果。

「是因為昨天你讓父……大老爺落了臉面，才挨打的？」蘇婉替喬勐抹藥膏。現在，她不想叫喬知鶴父親了。

喬勐半瞇著眼，忍著臉上的疼，輕輕點點頭。

蘇婉知道他心裡還是難過的，畢竟那是他的親生父親。

「沒事了，等會兒我們就收拾東西回平江。妳別擔心，一切都有我。」喬勐看看蘇婉的臉色，知道她在為他難過，連忙扯出一抹笑容，想讓她放寬心。

扯開嘴角的剎那，喬勐的臉頓時皺起，好疼。

蘇婉被他逗笑。

「你也有我。」蘇婉笑完，停下手上的動作，看著他的眼睛，鄭重說道。

喬勐摟住蘇婉的腰，將臉貼在她的肚子上，感受從她身上傳來的暖意。

「謝謝妳，來到我的身邊。」

蘇婉摸摸喬勐的頭，想了想，還是決定把那件事情告訴他。

「二爺，我有話對你說。」

喬勐沒有起身，依舊靠在蘇婉身上，捨不得讓他依戀的味道。

「妳說。」他像個孩子一般。

蘇婉沒辦法，只好任由他抱著。

「乳娘，妳讓九斤他們守好院子，白果在屋外看著，不要讓任何人靠近這裡。」蘇婉對外間喊了一句。

姚氏和白果立即應聲。

喬勐抬起臉，看向蘇婉。

他知道今日他家娘子肯定有事同他說，但見她如此小心，也正色起來。

九斤說，前些日子蘇婉在一個叫飛花樓的地方見了曹二太太，出來時，臉色很不對勁。

蘇婉扶著腰，拉著喬勐坐到榻上，拿個墊子墊在腰後，靠在榻背上。

「二爺，你要記住，如今你不是一個人了，你有我，有我們的孩子，還有我們身後這一大家子。」

喬勍當然知道，所以才這樣上進努力，畢竟有這麼多人要吃飯呢。

「前幾日，我見了一個人，她跟我說了你生母的事。」蘇婉握住喬勍的手，看著他的眼睛，輕聲道。

喬勍剛要反握她的手一頓。

他在稽郡問過筆刀先生多次，筆刀先生都不肯說，便斷了念想。這會兒聽見蘇婉突然提起，心下猛地一跳。

「什麼事？」喬勍澀然道。

蘇婉便轉述從明雪那裡聽來的事。

她的聲音很柔和，可喬勍越聽，身上越冷。等蘇婉說完時，他抱住自己，好似一朝入冬，進了冰天雪地。

「二爺。」蘇婉喚他一聲。

此刻，喬勍的心有些麻木，麻木裡帶了一陣陣疼。

「呵呵……哈哈哈……」

喬勍笑了起來，越笑越大聲。濕了眼眶，可這淚怎麼也落不下來。

「原來如此。」喬勍喃喃自語。

蘇婉不知道要怎麼勸他，只能半抱著他，像哄孩子一般，輕輕拍著他的背，讓他知道，還有她陪在他身邊。

母不母，父不父，連唯一給過他善意的喬老夫人，居然也想要他死。

她顧念的是喬家的榮辱名聲，當初對他伸出援手，只是不想黃氏落下殘害庶子的名頭。對於他們來說，一切以喬家的利益為上，其他人的命如螻蟻。

喬勐沒有比現在更恨自己為喬家子，恨生下他的秦氏和喬知鶴。

秦柔宜天真，以為年少愛意能讓喬知鶴結束她的顛沛流離，護她往後餘生。

可喬知鶴護不住秦柔宜，卻依舊強求她留在身邊。他也看不清黃氏的怨與妒，也看不見秦柔宜藏在後宅不見天日的悲與恐。

他什麼都想要，想成全他年少的愛意，也想妻妾和睦，又要顧念自己的官途名聲。憑他之力，根本護不住他想要的，所以得有犧牲者，那只能由喬家人出面，替他收拾爛攤子。

秦柔宜以為喬知鶴讓她脫離了一段悲劇，怎麼也沒想到，另一段悲劇是由他開啟的。

秦家的悲哀，喬家的狠辣，在秦雲盼的故事裡盡現，她和喬勐都是無辜的人。

喬勐雙眼通紅，慢慢地抬起頭看向蘇婉。此刻，他很迷茫，除了恨喬家，不知道自己能做什麼。

「娘子，妳說的這些都是真的嗎？會不會……」他努力想讓自己從震驚、恨意、恍然裡掙脫出來，尋求真相，咬破的唇間滲出點點血珠。

蘇婉也不知道真假，但他們都明白，這個故事很可能是真的，只是有些地方仍舊存疑。

「那位明雪姑娘，稱呼母親時，都是以名字稱呼的。若外姑婆真與母親共患難生死，不應該讓使女這般稱呼母親。」

蘇婉說著，捏住喬勐的下巴，不讓他再咬嘴唇。

喬勐被蘇婉捏得微痛，沒再咬唇。可這點痛，怎麼比得上他此刻的心痛？原以為如今的他對喬家早已心灰意冷，真到此時，方知他仍存妄念。

他慢慢閉上眼睛，一滴淚緩緩落下，因為喬老夫人而僅存的妄念，煙消雲散了。

蘇婉見他這般，收了手，心痛地喚了聲。「二爺。」

喬勐身子一顫，如夢初醒，驟然睜眼，看向蘇婉，眼裡的哀意還未褪盡。

「娘子。」喬勐聲音微啞，拽住蘇婉的手。「我沒事，我……我就是想回平江了。」

從前天不怕、地不怕的人啊，蘇婉竟從他身上瞧出一絲脆弱。

她的二爺不過才及冠，內裡也是個柔軟、想要愛的孩子。

「我們回去。」蘇婉重重地說道，又向屋外喊：「乳娘，白果，妳們進來收拾東西，我們今日就離開這裡。」

守在外面的姚氏和白果互看一眼，流露出驚喜之色，總算要離開這是非之地了。

蘇婉沒再問喬勐要不要見那位明雪姑娘。在她心裡，不論喬家人抑或是秦家人，都不及喬勐半分重要。

姚氏和白果進屋收拾東西。

喬勐抹了一把臉，強打起精神，輕輕抱一下蘇婉，起身去找九斤和蠻子，安排行船回平江的事。還要問問徐遙，以及幾位昨日說要去平江玩的先生們，是不是跟他們一道走。

蘇婉有些不放心，跟著他出了屋門。「你一個人可以嗎？」

喬勐道：「沒事，我只想盡快帶妳離開。」

蘇婉想安慰他，卻又無從安慰，只好點點頭。

「我暫時不想見她們。」喬勐走了幾步，想了想，回頭對蘇婉道。

蘇婉怔了怔，沒有多言。

她家二爺不想見，就不見，於他們而言，這些又不是多重要的人。

西徽院這邊忙著收拾箱籠，無暇顧及其他。喬家人亦是出奇地安靜，沒派人來送別，也沒人過來傳話。

蘇婉樂得輕鬆，她身子重，姚氏和白果不讓她幫忙，一個人無聊，就在旁邊回想昨日問她要請帖的人家。

這些可都是她未來的客人，不能放過。回到平江後，要立刻給這些人送請帖。

她匆忙來臨江，沒帶多少東西。姚氏和白果手腳麻利，很快就收拾好了，只是喬勐未歸，她們只好等著。

弗香和弱柳不在，院子裡的幾個僕役，今日也是懶懶散散的，躲在一處說悄悄話。

孫嬤嬤進來了，在門口假意陰陽怪氣地說了幾句話，然後被姚氏請進屋。

她是來感謝蘇婉的，她的兒子已經回來了。

「婉娘子回平江後，可要小心。大太太心裡記恨著您和二爺呢，奴婢聽說，昨夜她遣了人去了上京黃家。」孫嬤嬤告訴蘇婉她探聽到的事。

蘇婉抬眼看她。「妳的心意，我領了。既然妳兒子回來，咱們已是兩清，妳無須這般。」她自是瞧不上背主之人，只是孫嬤嬤到底幫了她，不好多論。

孫嬤嬤搓搓手。「婉娘子說的什麼話，奴婢亦是看不慣大太太欺凌您與二爺……」

蘇婉打斷她。「有什麼話就直說。」

孫嬤嬤腆著臉道：「奴婢想請婉娘子在使女面前求個情，抹掉奴婢當家的犯的那些錯，奴婢一家必甘願替婉娘子做牛做馬，幫您看著大太太的一舉一動。」

呵，蘇婉在心底冷哼一聲。

「好啊，我知道了。只是我人微言輕，說的話不知使不使得上力。」蘇婉隨口道。

喬勐暫時不想見明雪，她亦不會見。不過她不能拒絕孫嬤嬤，以免狗急跳牆鬧出亂子。畢竟孫嬤嬤的命根子回來了，有些東西，他們不一定怕。

孫嬤嬤覺得蘇婉是個好說話的人，笑呵呵地謝過。謝過後也不走，依然站在原處，瞇著眼、涎著笑看蘇婉。

蘇婉納悶。「孫嬤嬤，妳還有什麼事嗎？」

孫嬤嬤臉上的笑意越大了。「婉娘子，之前那些消息，奴婢也是打點不少人才探聽到。自從使女探得我家當家的那點事，我們再也沒敢做那些事，現在……手頭實在是緊……」

蘇婉明白了，這人是在跟她討賞錢。

「乳娘，咱們現在還有多少銀子？」蘇婉深深看了孫嬤嬤一眼，盯得她心虛，才轉過目光問姚氏。

姚氏會意，從內室抱出妝奩盒子，當著孫嬤嬤的面打開。裡面僅有幾只鐲子、不值錢的髮釵，還有幾塊碎銀。

孫嬤嬤臉色變了，笑容消失。

蘇婉對姚氏道：「都給孫嬤嬤吧。」說完又面向孫嬤嬤，很是大方地對她笑了笑。

孫嬤嬤無言，心裡嘔得慌，但還是接過妝奩盒子，假笑著謝過蘇婉。

蘇婉只當沒瞧見，坦然接受她的謝恩。

孫嬤嬤又不痛不癢地說了幾句話，便退了出去。

這會兒已近午時，但喬勐還沒回來，蘇婉肚子開始咕嚕叫起來。

白果連忙道：「娘子，奴婢去看看小廚房有什麼吃的。」

蘇婉點頭讓她去。

片刻後，白果氣呼呼地回來了。

「怎麼了？」姚氏見她兩手空空。

白果跺腳。「她們欺人太甚！咱們還沒走呢，小廚房裡的東西就清得乾乾淨淨，連廚娘都不在了。」裡面還有她們自己買的食材。

蘇婉聽罷，抿抿唇，現在不適合鬧起來。大廚房那邊，應該也不會給她們留吃的了。

「沒關係，咱們不是還有預備路上吃的點心，拿出來吃吧。等會兒出去了，咱們再買些吃食。」蘇婉冷靜道。

「娘子，要不奴婢現在出去買一些回來吧。」白果道。

蘇婉搖搖頭。「二爺、九斤和蠻子他們都不在，若是起了爭執，對咱們不利，還是先忍一忍吧。」

姚氏只好去取點心，布在蘇婉面前的桌子上。蘇婉讓她和白果也吃，兩人都搖頭。

蘇婉想著，喬家人大概就想讓她們鬧呢，鬧到不可收拾的地步更好。若是有人在其中偷偷使壞，對她和孩子不利，簡直一箭雙鵰，畢竟昨日是喬勐鬧著要離開喬家的。

蘇婉拿著帕子，慢條斯理地咬著乾點心，目光幽幽地看著蕭條的院落，想了一會兒，吩咐白果。

「白果，妳去看看若柳和弗香在哪裡，把孫嬤嬤向我要走一筆賞銀的事透露給她們，可得多說幾句。」

另一邊，孫嬤嬤正跪在黃氏面前，向她獻上蘇婉給她的妝奩盒子。

只是盒子裡的東西少了些。

喬勐回來時，蘇婉還在就著茶水吃點心，糕點屑撒了一桌。

「娘子，咱們用過午膳就出發！」喬勐還未進屋，聲音便傳了進來。

蘇婉在內間聽見喬勐的聲音，心下頓時鬆了口氣，比起他出去前，現在從聲音裡就可聽出，他已振作起來。

「二爺，這院裡哪還有吃的？」

不待蘇婉說話，白果搶先一步，怒氣沖沖地對喬勐說道。

喬勐一聽，臉色一變，知道定是黃氏搞的鬼。喬家人連最後一點仁慈都沒有給他。

「算了，我幫你留了些點心，你先將就著用點。等會兒出去了，再去買些吃的。」蘇婉看看喬勐，把特地留給他的點心朝他推了推，安撫他。

喬勐握緊拳頭，強忍著去找黃氏理論的衝動。若是以往，他早去黃氏那裡鬧上一場了。

他心疼地走到蘇婉跟前。「讓妳受委屈了。」握緊的拳頭依舊沒有鬆開。

蘇婉知道此時喬勐有多憤怒。如果明雪的話是真的，喬勐與喬知鶴是骨肉相連，卻又是不共戴天。

身為喬家子，孝道本是天倫，如今卻成了從出生起就要背負的枷鎖，扼得他快要窒息，他想要釋放憤怒與怨恨。

可現在不能，他也做不到。他們還在別人的屋簷下，就得低頭。

「我有什麼好委屈的？他們與我，只因你才有關聯，和我毫無關係。」蘇婉說得很平靜，無喜無怒。

喬勐在心底嘆息一聲，慢慢鬆開了握緊的拳頭。

「走吧，我們現在就走。」他低聲說道。

蘇婉點頭。「好。」

第六十章

蘇婉說完好後，兩聲高呼從外間傳來。

「婉娘子，婉娘子！」

蘇婉看看白果，後者微微點頭。她聽出那聲音應是弗香和若柳，看來她們已經知道孫嬤嬤要走賞錢的事了。

蘇婉對白果使個眼色，白果會意後，快步走出去。

喬勐眉頭一皺。「是誰？」

蘇婉起身拍掉自己身上的糕點屑，隨口道：「大太太派來照顧我的大丫鬟。」

「這會兒過來做什麼？」

蘇婉走近他，悄聲在他耳邊說了孫嬤嬤的事。

喬勐越聽，火氣越大，一腳踹在桌腿上，桌上的杯盞發出碰撞的脆響，隨後是落地的碎裂聲。

外間正同白果說話的弗香和若柳嚇了一跳。

白果道：「聽到了吧，二爺正在生氣呢！」

弗香撫著胸口。「孫嬤嬤也太過分了，婉娘子的金貴東西，豈是她看中就能要走的。」

蘇婉戴的翡翠玉鐲，是她最值錢的首飾，幾個丫鬟們都見過。

弗香和若柳來問賞錢的事，白果便告訴她們，孫嬤嬤要走了蘇婉的那只玉鐲，還有其他東西，聽得弗香和若柳直咬牙。

白果見她們信了，取出兩只樣式一般、一看就不值幾個錢的戒指，遞給她們。

「娘子沒什麼好東西了，顧念著妳們照顧她這一場，還請兩位姑娘日後在大太太面前，多念點她的好。」白果溫言道。

兩個丫頭撇撇嘴，雖是不滿，但還是收下了，想著等會兒定要讓孫嬤嬤吐出幾件來，不然她們就去找黃氏告狀。

白果又挑撥了幾句，弗香和若柳這才氣呼呼地離開，連蘇婉的面都沒見。

喬勐耳力好，自是聽見外面的動靜，看兩個丫鬟沒進門向蘇婉請安，拿了東西就走，心裡更加惱火。

「欺人太甚！」

蘇婉聽著喬勐咬牙切齒的話，搖頭笑笑，沒有回他，望向姚氏和走進來的白果，問道：「東西都收拾妥當了吧？」

姚氏和白果連忙應是。

「那就走吧。」蘇婉絲毫不留戀，率先起身往外走。

喬勐看看地上的碎瓷，突然覺得，這就如同他和喬家的關係。

「要收拾嗎？」姚氏問他。

喬勐哼一聲。「收拾個屁！」又把守在外面的九斤和蠻子叫進來，幫著姚氏和白果抬箱籠了。

住了些許日子的西黴院靜悄悄的，他們出了院子，也是靜悄悄的。

蘇婉倒沒有任何不滿，跨出喬家大門那刻，只覺得空氣都變得新鮮起來，身子鬆快，整個人活了過來。

她再也不想來了。

喬勐扶著蘇婉，心情複雜，沒回頭再看喬家一眼，跨著堅定的步伐，頭也不回地離開。

馬車還是趙立文借給喬勐的那輛。

「二爺，咱們先找個吃飯的地方吧。」蘇婉踩著腳踏，握住喬勐遞來的手，坐上去。

喬勐小心地扶好她。「娘子想去哪裡吃？要不，去鴻望樓吧？」

蘇婉偏頭想了想。「我們去找一家人多、亂一些的店。」

喬勐有些疑惑。「為何？」

蘇婉道：「咱們得讓臨江的人知道，咱們被趕出來了。」

她說完，又叫來白果和姚氏，吩咐幾句。

白果聽了，捂嘴直笑，姚氏卻又露出幾分憂色。

九斤和蠻子對臨江比較熟悉，駕著馬車，不一會兒就到了一處熱鬧地界。這地方有點特殊，往西是富人區，往東是龍蛇混雜的平民區。

他們去的酒樓開在這裡，名字很大氣，叫過龍門。一樓做平民生意，二樓則是富人雅間，奇怪的組合，卻不違和。

蘇婉覺得，能開這間店的，也是個奇人，想必極有本事。

「我去訂個包廂？」喬勐小心地將蘇婉扶下馬車。

蘇婉拉住他。「不需要，咱們就坐樓下。」

喬勐眉頭微蹙。「一樓亂糟糟的，我怕……」

蘇婉看看裡面，也覺得人實在多，一時有些猶豫。不過，想到下面要做的事，還是決定走進去。

她緊緊跟在喬勐身邊，姚氏貼身扶著她，九斤和蠻子一前一後護著他們。

只有白果留在外面，為等會兒做準備。

「客官，幾位啊？坐樓下還是樓上雅間？要吃什麼？」夥計瞧見他們，熱情地迎上來。

喬勐拋了一錠銀子給他。「一樓，六個人。座位給我擦乾淨了，來點你們的特色菜。」

夥計臉色未變，高聲呼喊起來。

喬勐帶著蘇婉入座，蘇婉便見旁邊的人對著他們指指點點，隱約間還聽到一個許久未聽到的稱呼。

「咦，那不是喬家的娃霸嗎？」

「是他！當年他在這一帶混的時候，我見過他。」

「什麼娃霸不娃霸，人家現在跟一幫讀書人混在一起了。」

「這話從何說起？」

「我舅舅的二姨的三姑丈在趙家外院當管事，我聽他們說的啊。」

「哎喲，你說的這個我知道，今天茶樓那邊說一個早上了。」

「呵呵，所以說啊，婆娘娶一個就夠了，多了成禍害！我看喬大太太就是善妒，喬娃霸正是她養廢的。」

蘇婉側耳，聽得入神，說話之人說得活靈活現，連帶著聽他說話的人都開始附和他。

喬勐納悶地看了那人一眼，他沒有安排人在臨江散布昨日在趙家發生的事。

聽起來，臨江都快傳遍了，到底是誰在散布消息？是想對付他，還是對付喬家？

「奇怪……」蘇婉也察覺出不對。

就在夫妻倆想著身旁人說的事時，白果抱著一只妝奩盒子，含淚衝了進來。

「娘子，您的首飾都不見了！」白果帶著哭腔，聲音不高但尖細，在喧鬧的人聲裡，依稀可辨。

頃刻間，一樓安靜了一下。

「定是喬家那老貨和兩個丫頭偷的！」姚氏緊張地站起來，按照劇本拍桌子，高聲道。

姚氏聲音乾巴巴的，還有些抖，但吃瓜百姓是不管的，只會豎起耳朵，想聽更多。

「怎麼會？那些人都是母親安排給我的人……」蘇婉一臉不可置信，奪過白果手裡的盒子，還特地往下倒了倒，什麼都沒有。

「我的天，娃霸和他娘子在喬家過的是什麼日子喲！」

「他們不會是被喬家趕出來的吧？不然怎麼會來這裡用飯？」又是被眾人附和的那位一語中的。

「娃霸改邪歸正沒多久，剛攢些銀子替娘子添置點東西，喬家竟然也不放過。娃霸好歹也是喬家的骨肉啊！」

蘇婉想回頭去看說話的人，真是個妙人，雖然說的話漏洞百出，但很會煽動人心。

她在心裡暗暗想了下，抽出帕子，與白果、姚氏抱頭痛哭。

喬勐在旁邊看得眼角直抽，就在他準備配合蘇婉發怒，摔個凳子的時候，樓上走出一行人，正是許久未見的羅四圖和他的朋友們。

喬勐傻了。

羅四圖一眼就瞧見喬勐，也見識過蘇婉的厲害，這下避不開了。

「喬二！」

喬勐虎軀一震，蘇婉忍不住笑出來，趕緊拿帕子捂住嘴，瞥羅四圖一眼。

羅四圖因為蘇婉這一眼，差點蹦出了兔耳朵。

「婉、婉娘子。」

蘇婉不哭了。「請羅四爺安。」

羅四圖惴惴不安地看向喬勐。「這是怎麼了？」誰能把母老虎弄哭？肯定不是喬勐，他是敵不過他家娘子的。

蘇婉眨眨眼，什麼都沒說。

喬勐使勁眨了兩下眼睛，讓眼睛發紅，把羅四圖按在凳子上，向他哭訴起來。

羅四圖對喬家的事略有耳聞，但沒想到喬勐會這麼可憐，連他娘子的首飾，那些人都不放過。

喬家真是可惡，他回去定要跟父母說道說道。

「喬二，你放心，火鍋店我讓你半成利！」羅四圖拍胸脯，小聲對喬勐道。

喬勐聽見這話，心裡笑翻了天，卻還要沈著臉，拍拍羅四圖。「謝了，兄弟。」

如果不是這會兒人多，他還要抱抱羅四圖呢。

有羅四圖和他的朋友幫腔，在蘇婉他們身後煽風的人突然沒了聲音。蘇婉回頭去看，發現那人不在了，不過被他煽動的人，還在竊竊私語，時不時對她和喬勐指指點點。

蘇婉想著，今日發生在過龍門的事，很快就會傳遍臨江了。

與此同時，喬家那邊，弗香、若柳沒有跟孫嬤嬤談攏，將她私藏翡翠玉鐲的事，告訴了黃氏。

黃氏的院子裡，正上演著一場鬧劇。

一會兒後，在過龍門用過飯的蘇婉和喬勐告別羅四圖，坐上回平江的船，徐遙和蒙西先生他們早已在等候了。

蘇婉站在船頭，順著波光粼粼的河水，望著平江喬家的方向，露出了笑意。

回到平江，蘇婉立即投入繡坊開業的準備。

喬勐按照她的指示，製了更多的開業請帖，派人送去與她約好的各府女眷手裡。

在蘇婉的設想裡，繡坊將把客人分成普通客人與會員兩種。

會員又分甲乙丙丁四等，只要在開業前收到繡坊請帖者，皆可為丁等，之後隨著花的銀錢或身分升等。

因為沒有現代科技，會牌的製作，甚是讓蘇婉頭疼。

她和喬勐商量過，將用玉牌、石牌、木牌、竹牌作為會牌，這四種材質也代表所持者在繡坊內的會員等級，由子坎先生親自雕刻標識花紋和字樣。每一張牌編上編號，方便繡坊記帳，而且，繡坊會隨之送出一個同等大小的牌包。

對繡坊來說，牌包才是要緊的，繡坊的防偽標記會繡在上面，採用雙面繡。甲等由蘇婉親自來繡，採用異面繡。各個等級的花紋不一樣，使用的繡線也會有所區分。

目前，蓮香已率人趕製出一批丁丙兩等的牌包，差不多夠開業當日用。銀杏正帶著新招的兩個學徒包裝。

另外，繡坊特地在後院開出一間帳房，打了三面牆櫃子，分別有著一個個小抽屜，每位會員的身家紀錄、帳目都放在其中。帳房則是孟益向喬劭介紹的一位無望科舉的老秀才。

這次孟益跟著喬劭來平江，不光與學子們一同學習，閒暇也幫著喬劭忙著文書上的事。比如繡坊的開業致詞，本來這個應該由蘇婉來，但蘇婉身子重，也不愛出現在人前，喬劭就接過這個擔子。

反正家裡的一切都是蘇婉的，包括他也是。

這日，蘇婉由姚氏扶著進了繡坊。

如今的繡坊與以前是大相逕庭。一樓堂廳劃分好區域，男客與女客是分開的。雖然大和民風開放，不過對女子還是有拘束，分開會少很多事端。

蘇婉先去了女客處，布置得有點類似現代的飾品店，過道兩邊有兩組黑色寬長香木桌，琳琅滿目的小繡品，已經一一擺放在特製的擺臺上。這些東西的擺放位置、擺臺設計，都是出自對美最講究的徐遙。

徐遙是被蓮香拉來做壯丁的。至於他為什麼肯聽蓮香的話，錢管家不太想說話。

蘇婉還是在蓮香被銀杏調侃時才知道這件事，詫異極了，雖說徐遙還未到不惑之年，但也比蓮香大了十來歲。

她看向一臉平靜、毫無羞色的蓮香，蓮香回以一抹堅定目光。

「蓮香只想一輩子待在師父身邊。」蓮香淡淡地說道。

蘇婉張了張口，最後還是什麼也沒說。蓮香與徐遙之間，有一道世俗階級的鴻溝。

思緒轉至此，蘇婉不由看向帶著微微笑意、向她介紹正堂布局的蓮香，心裡嘆口氣。

如今開業在即，也沒工夫讓她去寬慰徒弟的感情事了。

整體繡品配色，結合堂裡的布置，透出雅致的美。

古代女子只要不是特別手拙，都會做些女紅，大家族也有繡娘。蘇繡坊想要獨樹一幟，就必須憑藉新穎的設計。

有蓮香這個老師傅坐鎮，繡娘們繡出的東西，雖不是一等一的完美，但也達到蘇婉想要的樣子。未來，也會接受訂製的活計。

因為日子趕，大件東西比較少，中小件比較多。價高的繡品樣式精緻，都是蓮香與她帶出來的繡娘們繡的。

不過，開繡坊就是要做生意，不能只顧大戶的客人，店裡也有些是普通繡娘與學徒繡的物件，樣式比較普通單一，但是價低，一般人也買得起。

「跟著妳學立面繡的是哪幾個？」蘇婉看著插在青花瓷瓶裡、用絲綢繡編出的逼真月季花，取了一枝細細觀看，問著蓮香。

蓮香緊張地望向蘇婉。「師父，是繡得不好嗎？」

蘇婉用指尖碰了碰月季團簇的花瓣，聽出她的緊張，安慰道：「沒事，就是想問問。」

蓮香鬆口氣，連忙招呼人去後院叫她的徒弟們來見蘇婉。

這幾枝月季繡得已然算是不錯，枝幹上的綠葉斑點繡得唯妙唯肖。為了逼真，也為了好看，插瓶外的檯面上，還有幾片微捲的落瓣，也是繡出來的。

月季瓶邊還有別的花，如葵花、芍藥、桃花等等，擺的樣子也極美，背處還放了一只銅鏡。鏡子裡的花朵爭芳鬥豔，與鏡外的花團照應，煞是好看。

「這個主意是誰想的？」蘇婉指指銅鏡。繡坊布置多是她去臨江後做的，所以不知情。

蓮香捂嘴一笑。「是二爺。」

蘇婉微愣。「嗯？他有說為何這般嗎？」

蓮香更想笑了，眼裡染上豔羨。「二爺說，見師父每日在鏡前梳妝，覺得極美。」

蘇婉會意，喬劭是誇她和花兒一樣美呢，不由也笑，湊到花團間，看看鏡中的自己。

唔，她捏捏自己的臉，她胖了好多啊。

第六十一章

「見過婉娘子。」

蘇婉被幾道女聲喚回神，回頭看去。是被蓮香叫來的幾位繡娘。她識得她們，都來家裡上過課。

這幾位看起來還年輕，大概十七、八歲的模樣，以前與蓮香一起待在毓秀坊。聽蓮香說，她們不想嫁人，都自梳了。

人各有志，蘇婉不會用異樣目光去看她們，一心拚事業，也沒有什麼不好嘛。

「妳們有試過設計一些花樣子嗎？」

蘇婉目光輕輕在她們身上掃了一遍，便移開，繼續往下一處看去。

幾個繡娘面面相覷，齊聲道：「沒有。」

「可有人想學？」蘇婉沒有看她們。

幾位繡娘詫異地看向蘇婉，又轉頭去看蓮香。

蓮香也不知道蘇婉問這些做什麼。「師父，您這是要……」

下一處賣的是首飾，一件件精緻簪釵擺在打開的特製首飾盒裡，整排望去，賞心悅目。

蘇婉擺弄著珠釵，看看出聲的蓮香。「我的身子越來越重，可咱們總不能一直讓徐大家幫忙，總要有自己人來做的。」

她說著，手指撫摸簪子上的刺繡。她是開繡坊的，釵頭、簪頭自然不是金玉之物，都是繡品。不過這些繡品經過她調教過的繡娘之手，樣子栩栩如生。

以前沒有徐遙時，都是蘇婉自己畫花樣子的。徐遙來了之後，蘇婉臨時去臨江，便留下稿子，請徐遙來畫。

徐遙不負眾望，大家就是大家，這些小東西像被附上一層文氣，不僅精美，還有詩意。因為不是貴重飾品，所以只能從樣式上打主意，儘量清新些、特別一些，不過簪柄、釵柄，還是用金銀或玉製的。

蘇婉想著，元五姑娘應會喜歡。

身後的繡娘們和蓮香沈默片刻，好一會兒，才有一個繡娘咬牙道：「婉娘子，我願意學。」她平日裡素愛琢磨花樣子，只是不愛顯擺。

蘇婉回頭瞧她，見她眼中的堅定，心下安慰。

「好，等忙完這陣子，妳便來家裡。」

繡娘欣喜。「謝婉娘子！」說著就要跪。

蘇婉趕緊讓蓮香止住她。

關於繡坊裡的花樣師，她還有其他想法，如今還沒定，不便與外人言。

「這些多是蓮香繡的吧？」蘇婉拿起簪頭是芙蓉花的玉簪，笑道。

這些髮飾對繡技要求高，蘇婉一眼就看出是蓮香的手法。

蓮香應聲。

看過首飾，蘇婉又一一看過手包、香囊、手帕、團扇等等小繡品，其中也有她自己繡的東西。

「蓮香的繡工又精進了些。」蘇婉不吝嗇地誇道。

蓮香抿唇，有些羞澀。「還是師父教得好。」

蘇婉搖頭，繼續往下看，還有些物件沒擺上來，正在繡製。她知道日子趕，所以看了一會兒，便讓繡娘們回去繼續忙了。

返回女客入口處，蘇婉留意到擺在門口、用紅綢蓋著的東西，不由笑了起來。這是繡坊目前唯一一件中件，是繡娘們一起繡出來的。男客入口處也有一個。

男客那邊，她也去看了一圈，對喬勐和徐遙布置出來的樣子，頗為滿意。

接下來的日子，蘇婉忙著繡甲乙等牌包，以及添置各類繡品。

夫妻倆忙得連溜存的工夫都沒有，喬勐忙得多，各處瑣事都要他監查安排，還要招待提前來的幾位名士。蘇婉雖然也忙，不過為了身子著想，如今做活超過約定好的時辰，就要挨訓的。

送往臨江的請帖，陸陸續續有了回應，不少小娘子們都說要來。

因為要來的人多了，幾家還推派一位管事，特地提前來平江打點，包下一家客棧，供女眷們落腳。

蘇婉和喬勐大約算了算，與他們相近的人有不少，不少都是從遠處來，總要負責招待一餐。家裡太小，沒辦法待客，兩人商量了下，在繡坊後院招待，筵席設在火鍋店，繡娘們那日就待在喬家。

在緊張的準備中，蘇繡坊終於迎來了開業。

這日，外間還尚未清明，喬家一眾皆已起身，滿院子走動忙碌。

烙了一晚上餅的喬勐，聽著外面的動靜，側過臉看看睡得極安穩的蘇婉，有些無言，真不知道這是她的繡坊開業，還是他的？

誰叫她是他的娘子呢。喬勐輕嘆一口氣，小心地爬下床，拽了搭在床頭的內衫套上身。

「二爺起來了。」聽到動靜的姚氏撩開內簾，探進頭來。「今朝有些涼，您和娘子要多穿些。」

喬勐點點頭，聽到她提蘇婉，回頭往床榻上看，發現他家娘子正抱著被子、迷迷糊糊坐在床上，很是可愛，好想去親親抱抱她。

不待他行動，姚氏招呼著梨子，端熱水進了門。

蘇婉半耷著眼皮，此時窗外漸漸清明，淡淡朝霞暈染上東方，看來今日是個好天氣。

蘇婉打了個哈欠，睜開眼，對屋裡的三人笑了笑。

她一笑，喬勐也跟著笑，且渾身充滿力氣，沒有一絲沒睡好的樣子。

「火鍋店那邊，安排妥當了吧？」蘇婉用熱毛巾敷敷臉，突然想起昨夜喬勐才帶人收拾出來，今日準備宴客的火鍋店。

「差不多了，咱們請的來福樓廚子，應該在那邊準備。」喬勐看看姚氏因為天涼而替他準備的外衫，再看看身上最愛的那件哈士奇勁裝，還是把外衫給棄了。

蘇婉只是輕輕點頭，現在她對喬勐辦事，是越來越放心。

「對了，父親和母親還沒到嗎？」蘇婉突然想起蘇家人，按照他們信上所說的，昨夜應該就到了。

喬勐就著蘇婉的洗臉水洗完臉，撂下淨臉帕子。「我讓蠻子守在碼頭等著，沒等到人，估計是晚了。等會兒，我再讓人去碼頭和城門口尋一尋。」

蘇婉點點頭，客船停靠在城外，若是晚了，進不了城，蘇家人應該會在城外客棧歇下。

另一邊，蝨子也正帶著人訓話，站在他身邊的是個模樣清秀的小姑娘，大約十四、五歲，是蘇繡坊的新進帶班大夥計菜芽。

菜芽也是當初蝨子在破廟裡時的夥伴，口齒伶俐。除了她，繡坊還在蝨子這邊選了兩個女孩、兩個男孩來幫忙。

女孩們在繡坊裡招呼客人、介紹繡品；男孩則需要跑腿，幫無法當即取走繡品的人家送貨上門。

「都給我打起精神來！婉娘子選中你們進繡坊，那是你們的福氣，今日誰要是出紕漏，看我怎麼收拾他。別以為跟了婉娘子，我就不能拿你們怎麼樣了。」

蝨子說完，還哼哼了兩聲。現在他管著火鍋店這邊的菜園，越發有氣勢。至於這番訓話，可是他私下仿照喬勐的模樣，在家練了好些日子。

下面四個人雖然很想笑，卻又不敢，畢竟如今蝨子入了喬家籍，跟著喬勐姓喬。他們不甚怕蝨子，但是怕喬勐。

「是！」四人揚聲應諾。

蝨子滿意地撩了撩自己的新衣，胸前還有繡坊的繡娘幫他繡的一朵花呢。

訓完話，蝨子便帶人去繡坊準備。

繡坊這邊，銀杏和蓮香也幾乎一夜未合眼，雖說蘇婉要她們放寬心，好好休息，可兩人就是睡不安穩。

今早她們早早起來，帶著繡娘們，又把繡坊前堂巡視打掃一遍，恨不能不讓一粒灰塵落在擺臺和繡品上。

火鍋店那邊，白果也正帶著人布置整理，配合酒樓大廚做準備。

緊張的氛圍，籠罩在除了蘇婉以外的喬家一眾人身上。

城門緩緩打開，早已等候多時的外地客商，迫不及待地想要進城。

蘇家人也在其中，他們本該昨日就到，結果乘坐的客船發生意外，這才耽擱了一夜。

「明雪姑娘，這次真是太謝謝妳了。」蘇母下車，走到明雪的馬車前，柔柔地對也等待著進城的明雪說道。

明雪戴著帷帽，輕笑著說：「蘇太太客氣了，舉手之勞而已。」

蘇家人是從水烏直接坐船來平江，途經臨江時，有艘大船撞上他們所乘的客船，船艙破了個小窟窿，被迫停靠在臨江修補。

大家休息時，不知怎的，竟冒出幾個賊人，蘇母和蘇妙差點出事，幸虧在臨江上船的明雪帶了武功高強的護衛，捉住賊人，送了官府。

蘇母對明雪不勝感激，知曉她來尋親，便道：「姑娘若是不嫌棄，等會兒跟我去女兒家裡坐坐，今日她家有鋪子開張，一道吃宴。今日他們可能忙些，明日我便讓我女婿陪著妳去尋親，他在平江這裡，還是認識一些人的。」

明雪心裡嘆息，撫了下蘇母的手臂，搖搖頭。「明雪先謝過太太了。今日您女兒家有喜，我一個外人，不便打擾。」

她說著，對身後人使了個眼色，就要跟上隊伍進城。

蘇母自覺欠了人家人情，一心想報答，連忙又道：「不知姑娘入城落腳何處，可有地方尋姑娘？」

明雪道：「我會歇在喜來客棧。」

她說完，蘇父牽著蘇妙上前，喚了蘇母一聲。

「既然知曉明雪姑娘的落腳處，便不怕尋不著人了。天色不早，咱們也快些進城，不然婉兒要擔心了。」

於是，蘇母便向明雪告辭，隨蘇父走至入城隊伍，跟著進城。

與此同時，早在昨晚就到達平江的眾家女眷，陸續起床梳妝打扮。

今日開張時辰，訂在辰正。

昨日喬勐便派人給遠道而來、有繡坊請帖的客人帶話，也在繡坊外貼告示，言明今日上午繡坊只讓有請帖的客人進來。沒有請帖的客人無須著急，過了午時，即可進店購買繡品。

元五姑娘是和殷六姑娘一起來的，還有平日與她們交好的小娘子們。

辰初一刻，兩人戴著帷帽，手挽手下樓，準備前往蘇繡坊。

「元姊姊，昨天咱們到了之後，又來了好幾位娘子。」一個與元五姑娘親近的小姑娘，見到她們下樓，立即神秘兮兮地走過去，悄聲說道。

「妳怎麼知道？」殷六姑娘好奇地問。這次來的娘子確實不少，好幾位都是臨時來的，沒有請帖，昨日還在問可不可以跟著她們進去。

人多了，她們也分不清到底來了多少人。

小姑娘對殷六姑娘擠眉弄眼一番。「妳家三嫂為何沒來？」

殷六姑娘一愣。「我嫂嫂前兩日剛查出有了身孕，大夫說月分尚淺，不宜舟車勞頓。」

小姑娘捂嘴笑。「吳姊姊也沒來。」

這東一句、西一句，把殷六姑娘和元五姑娘弄糊塗了。

「這有什麼關係嗎？」元五姑娘不解。

小姑娘道：「關係可大了。妳們還記不記得，那日去趙家赴宴，婉娘子是不是給過她倆香包？」

元五姑娘和殷六姑娘還是糊里糊塗的，互看一眼。「然後呢？」

小姑娘急了。「哎呀，妳們怎麼還不懂啊？」

元五姑娘和殷六姑娘依舊一臉不解。

「就是接了婉娘子的香包後，她們倆都有身孕了！」

殷六姑娘和元五姑娘這才恍然大悟，明白了這些娘子的來意。

「這應該是巧合吧？」元五姑娘覺得，就因為這個趕來，有些玄了。

小姑娘撇撇嘴。「誰知道呢，殷家嫂嫂不是多年都沒有消息，見了婉娘子後，就……」

殷六姑娘連連點頭，難怪她這次出門，自家娘親一點都沒反對，還安排嬤嬤幫她打點，給她一筆銀子採買。

三個姑娘沈默片刻，噗哧笑出聲。這些事跟她們又有什麼關係呢，便親親熱熱地手挽手，一起走向客棧門口。

到了門口，有個大約十幾歲、穿著新衣的男孩站在門口，一見到她們，立即迎上來，行了個禮。

「三位小娘子，小的喬平安，領婉娘子和喬二爺的命，來接諸位去繡坊。」正是蝨子。

「婉娘子有心了。」元五姑娘穩重，年紀也稍長些，率先對蝨子點點頭。

蝨子立即揚起笑臉，做了個請的姿勢。

蝨子不是只接她們，還有其他陸續走出來的各家女眷。蘇大根、蘇長木等人也幫忙將賓客往繡坊領去。

馬車行到繡坊時，繡坊前已經圍了不少看熱鬧的百姓。

喬勐精神抖擻地站在門口，身邊是穿著店服的銀杏和蓮香。相對於已經揚起得體微笑的喬勐，她們的神色顯得嚴肅。

此刻，蘇婉正坐在繡坊後院，等待辰正時刻的到來。

元五姑娘和殷六姑娘一同走下馬車，映入眼簾的全是人，和張燈結綵的門面。

與他們同車的小姑娘跳下來時，蝨子已經為她們開了一條道。

「幾位小娘子，請把請帖拿出來吧。」蝨子提醒一句。

負責檢查請帖的銀杏立即站出來，看過了幾位姑娘的請帖，便將人往後院引。

元五姑娘等人默默地跟著銀杏，往繡坊裡走。

展示繡品的隔間，現在被放下來的紗簾遮住了，看不清楚。

她們走在櫃檯和展堂之間的過道，隱隱見到紗簾上掛著的兩塊牌子，一塊是小小的執團扇仕女圖，一塊是拿紙扇的才子圖。

元五姑娘和殷六姑娘剛到後院，就看到站在枇杷樹下的蘇婉，身邊除了她們見過的乳娘姚氏，還有一位與她容貌約有五分像的溫婉婦人，婦人手上牽了一個小女娃。

蘇婉在屋裡聽到前頭有動靜後，便起身帶著蘇母和蘇妙出來迎客，見到幾位領頭的姑娘們，立即笑著打招呼。

「妳們來了啊，快裡面請。」

姑娘們同樣笑著回禮。

蘇婉上前一步，拉過印象最深的元五姑娘和殷六姑娘的手，帶著她們越過枇杷樹，向右邊拐去，走進由工坊整理出來、安置女客用的花廳。

男賓也有一間花廳，在左邊，兩邊隔了座庫房。

蘇婉眼睛看著這群小娘子們，耳裡聽著她們的鶯聲燕語，笑容越發嬌豔，彷彿看見了白花花的銀子在對她招手。

第六十二章

招待女客的花廳兩側擺了數張長桌，每張長桌邊放兩個蒲團。長桌上有兩碟四色點心和果子，旁邊是茶壺，茶香裊裊。

蘇婉帶著一眾小娘子入座後，話起家常。

沒一會兒，又陸續來人，這次是以趙子辰的夫人王氏領頭，帶著平江有頭有臉的娘子們過來。

男客那邊，賓客也陸續到了，由喬勐親自招待，蘇二郎跟著打點。門口迎客的人換成蘇父，喬勐又把蘇長木留給他，幫著認人。

蝨子接完人，去後廚準備茶點。九斤和蠻子帶人看著坊外，防止有人搗亂。

賓客們彼此見過，寒暄一番後，便到了辰正。

菜芽深吸一口氣，動了下嘴巴，對著擺臺上的銅鏡咧開露出八顆牙齒的笑容。蘇婉說了，這樣笑很好看。

跟著她的兩個小姑娘也在不停吸氣，暗暗為彼此鼓勵，又互相整理儀容。三人都是一身俐落的勁裝，頭髮高高豎起，不戴配飾，看起來清爽乾淨。

忽地，一聲鑼響傳來。

她們心中一凜，要開張了，便各就各位。

鑼聲落下，喬勐帶人走到門口。

此時，門邊已被清出一塊空地，舞獅戲班就位，在一陣鑼鼓喧囂中，喬勐高聲宣布蘇繡坊開業，隨後鞭炮聲響，開始舞獅。

空地兩旁站滿來看熱鬧的百姓，七嘴八舌地對蘇繡坊及喬勐指指點點。

後院的小娘子們聽見動靜，個個抬起腦袋、側著耳朵，想去看，又礙著身分不能去，一個個都是心癢難耐。

蘇婉看了，不由發笑，打發梨子出去瞧瞧。

各家女眷見狀，紛紛有樣學樣，派丫鬟過去看，回來再說給她們聽。

大約過了兩刻鐘左右，舞獅結束，喬勐側身對身旁的蘇長木道：「告訴婉娘子，可以請客人來了。你看顧著，先讓女客來。」

蘇長木自是穩重的人，點點頭，往後院走。

聽到可以去逛繡坊時，早就坐不住的小娘子們頓時小聲歡呼起來，顧著有年長的夫人在，不好意思太鬧騰，只能跟要好的小姊妹交頭接耳。

「諸位，隨我一同前去吧。」

蘇婉握著姚氏的手走出來，在座的人紛紛起身，跟著她向前堂走去。

男客那邊聽到動靜，卻未見有人來喚他們，猜著許是女客先行。在座雖是年輕者居多，但有名士坐鎮，不敢朝外頭張望。

女客們到了前堂，擺放繡品的地方被一條由東向西的素色梨木雕花長屏風隔斷，分成兩邊，大的是供女客挑選的地方，小的則是男客的。

樓上還有廂房供貴客歇息，或給需要幫父親兄弟、丈夫兒子挑選繡品的女客使用。

元五姑娘依舊和殷六姑娘手牽著手，跟在眾夫人身後，悄悄打量著前堂的鋪面。

前堂掌櫃的櫃檯，不是常見的深色櫃檯，而是白色的，木質光滑，上面龍飛鳳舞地寫了蘇繡坊三個字。字的右上角，還畫了繡坊的標記四葉草。

櫃檯後的多寶槅上，擺了好些飾品，有不少是火鍋店開業時送客人的娃娃。起先蘇婉用木棉、黍米、緞布填塞，有次無意中感嘆一句，要是有棉花就好了。

喬勐聽見，好奇地問她，棉花是何物？

蘇婉便同喬勐解釋起來，喬勐拍拍腦門，越想越覺得像是他在上京時，在一位海商那裡瞧見的東西，再仔細一想，不就是白疊嗎！

只是，這玩意兒和番椒一樣，目前都只做觀賞用。

自從番椒那件事後，喬勐便很少過問蘇婉偶爾說出的新奇玩意兒，似乎在迴避什麼，卻又用行動證明他無比相信她。

他託人尋了些白疊過來，蘇婉用來填充玩偶，觸感果然柔軟不少。因著白疊不多，玩偶製得也少，大約只做了十來個。

「那是什麼？」殷六姑娘拉拉元五姑娘的袖子，指指放在最中間的貓熊娃娃道。

元五姑娘也注意到這個了。「像是孩童的布娃娃。」

殷六姑娘也點點頭，兩眼放光。「好可愛啊，不知道婉娘子賣不賣。」

其他沒見過的精緻小物件，有的還用紅綢蓋住，讓人更加好奇。

元五姑娘笑道：「那咱們等會兒問問。」

「咦，我們剛剛進來，怎麼沒瞧見這個？」殷六姑娘睜大眼睛瞧著女客間門口，原本由紅綢蓋住，此刻現出真面目的繡件。

其他小娘子們不由哇了一聲。

這是一棵栽在盆栽裡、高約半尺的發財樹，栩栩如生，如真似幻。男客門口處也有一件，是萬年青。

這兩件繡品，足以顯示蘇繡坊繡娘們的過人繡工。

說話間，眾人到了門口。

裡面走出兩個人，穿著打扮很是簡潔，一時讓人分不清是個姑娘，還是少年。

「各位夫人、娘子、姑娘們好。」菜芽帶著另一個小姑娘掛起紗簾，向眾人請了個安。

蘇婉側身，讓身後的人進去。之前打過招呼，地方有限，各家最好只帶一、兩個隨侍丫鬟或嬤嬤。

菜芽上前，拿起身後檯子上用竹條編織的竹籃，挨個兒發給眾人。

殷六姑娘拿到竹籃的時候，很是新奇，還和元五姑娘的比了比，發現沒什麼不同後，才撇撇嘴放下。

走進隔間，眾人發現，裡面很大，屏風盡頭還有一間延伸出去的，比此處低兩個臺階的大房間。

殷六姑娘和元五姑娘的眼睛都看花了，她們從進門起就挪不動腳步，後面的人進不來，要不是菜芽過來維持秩序，小娘子們要吵起來了。

等女客全進去後，蘇長木又將男客引過來，大家開始挑選繡品。

「這個小手包好可愛。」殷六姑娘拿起一只手掌大、繡著白貓圖案的荷包，開心地對身旁小姑娘說道。

她們倆的喜好一致，元五姑娘則喜素雅、比較文氣的小玩意兒，不過她此時在用緞布編繡的百花裡流連忘返。擺臺上也有如同門口繡製的小盆栽，花花草草什麼都有。

小姑娘選了繡著小兔子的耳墜，也看看殷六姑娘手上的荷包，小腦袋點個不停。

「這位小娘子好眼光，這個小荷包是用鹿皮製的，可多帶幾個，能裝些小銀錠子或銅錢，也可以用來打賞。」說話的正是菜芽。

菜芽說完，又去了別處，臨走時告訴她們，若是有喜歡的東西，只管丟進竹籃裡，到時候一起結帳。

女眷們也發現，每樣東西都標好了銀錢。

小娘子們愛些俏玩意兒，竹籃裡裝了不少東西。各家夫人則偏好貴重些的擺件和衣物，沒想到繡坊裡竟有賣衣裳。

「這些只是樣板，若是喜歡，可訂下樣式，量了身寸再做。」另一個女夥計解釋。

夫人們點頭。她們家裡自是有裁製衣裳的繡娘，只是樣式跟圖案，到底及不上蘇繡坊。

過了一會兒，銀杏和蓮香陪著蘇婉進來，女客們這才將目光從繡品挪到蘇婉身上。

蘇婉沒說話，看看銀杏，銀杏便將寫好的紅紙掛在一處空處，然後開始說明。

「請各位姑娘、夫人們安，我是蘇繡坊的管事，名叫銀杏。」

銀杏先是做了自我介紹，隨後直奔主題。「為了更能好好照拂諸位，本繡坊將採用會員制。」

眾人茫然地看著銀杏，銀杏沒有在意，繼續說下去。「諸位想必都有收到本坊的請帖，等會兒可憑請帖，到前堂兌換一張丁等會牌。」

元五姑娘心中一動。丁等？那就是還有丙等、乙等、甲等了。

「持丁等會牌的客人，在本繡坊開業慶典期間，繡品價錢打九折。若是有大件繡品，本坊會派人送貨上門。持牌人生辰、四季節日，亦會贈送禮品。」

銀杏說完這句，眾人不由竊竊私語起來。

「既然有丁等，想必亦有甲乙丙等？」趙子辰的夫人王氏帶頭問道。

銀杏點頭。「自然，今日諸位若有在本坊花費超過百兩銀子，即可升等。」

「丙等有什麼？」

「丁等客人有的，丙等自然有。且本坊會為持丙等會牌的客人預留繡品，如果出新品或優惠，會先告知。」

她一說完，便有客人確認道：「只要今日滿一百兩即可？」

銀杏微笑。「是的。」

一時間，小娘子們交頭接耳起來。殷六姑娘性子活絡，立即走到銀杏跟前，小聲問：「這位管事姊姊，我們兩個人合買，有一百兩，也可以拿到丙等會牌嗎？」

銀杏愣了下，看向一直站在角落裡、沒有說話的蘇婉。

蘇婉沒想到殷六姑娘這麼聰明，對銀杏點點頭，走出來道：「自然是可以的。不過只能給一個人用，不可以兩人同時使用，生辰跟節日禮品也只有一份。」

「這樣啊。」殷六姑娘看向元五姑娘，一時有些猶豫。

元五姑娘拉拉她。「妳是不是銀子帶得不多，我借妳一點？」她看中不少東西，早超過了一百兩。

殷六姑娘家裡管得嚴，但自己也有些私房錢，還有採買的錢，花個一百兩沒問題，就是怕回家被母親說。但看著滿鋪子花花綠綠的漂亮繡品，一咬牙做了決定，罵就罵吧。

「婉娘子，那乙等跟甲等又有什麼啊？」殷六姑娘想好後，好奇地問蘇婉。

蘇婉指指紅紙，殷六姑娘便帶著元五姑娘看起來。

簡單地說，乙等是除了丙等有的之外，小件繡品也可以送貨上門，生辰、節日禮品等級更高，甚至可以得一件蘇婉親手繡的繡品。

甲等須在繡坊花銷滿千兩才能得，與乙等不同的是生辰及節日禮物，以及優先接受私人訂製。

女賓這邊知曉了會牌的事，男賓那邊自然也知曉。不過男賓這邊花樣不多，且多是學子，花銷自然不多。不過，有好些人為了給喬勐面子，一起湊了一張，孟益就是其中一個。

一路逛完小件繡品，殷六姑娘拉上元五姑娘進了下面的開闊房間，裡面多是衣飾、披帛、軟帽、褙子等等，樣式豐富新穎，連上京的都比不上。

前頭的釵簪、耳飾、帕巾、團扇、靠墊、絹花、荷包等等，已讓小娘子們挑花了眼，什麼都想要。到了這裡，大家又什麼都想試，甚至有小娘子想把樣板衣買回去。

很快，到了午時，蘇婉和喬勐請眾人讓自家奴僕結帳領會牌，再前去火鍋店用午膳。男客在樓下，女客在樓上。

席間，喬勐還公布了一個消息。

子坎先生將帶人加入蘇繡坊，製作繡品、擺件等等的架子或掛軸。而徐遙則是繪製花樣、圖案。

蘇婉也對小娘子們說，有擅長畫畫的，可將自己畫的圖稿給蘇繡坊瞧瞧，若是被採用，以抽成支付銀錢，賣出多少件，可得多少錢。如果花樣子簡單些，就不抽成，直接給一筆錢結清。

席間，殷六姑娘耐不住性子，問了蘇婉，擺在繡坊櫃檯後百寶槅裡的布娃娃賣不賣？

「這是不賣的。」蘇婉回答。

「啊？」殷六姑娘和其他想要這個娃娃的小娘子們，不由發出了失望的聲音。

蘇婉見狀，趕緊安撫道：「雖然不賣，但會在合適的時機，贈送給蘇繡坊的客人。」

殷六姑娘立即又問：「什麼是合適的時機？」

蘇婉站起來，舉起茶盞敬席間女客，笑道：「那就要請大家多多注意咱們蘇繡坊了。」

眾人也隨著她起身，一齊端了茶盞。

小娘子們還有好多話想問，只是蘇婉有些累了，陪著用點吃食，就退下去，將筵席留給蘇母招待。

雖因所有銀錢都花在繡坊的繡品上，開業開得有些寒磣，但筵席辦得還算賓主盡歡。

宴客完，蘇婉和喬勐回繡坊，客人們則是回客棧或住處休息。

今日下午會讓沒有請帖的客人進來，所以有人準備回家了，也有的準備在平江再待一日，明日再去逛逛。

第六十三章

蘇婉和喬勐還未踏進繡坊，便聽見裡面傳來的歡呼聲。

「出了什麼事？」喬勐快一步走進繡坊問道。

蘇婉緊跟著，由姚氏扶進去。

原本正激動的銀杏和蓮香聽到喬勐的聲音，連忙轉過頭，看到蘇婉後，眼睛一亮，喜笑顏開地朝蘇婉走去。

「娘子，您回來了！」

直接被無視的喬勐很是無言。

「妳們怎麼這麼高興？」蘇婉鬆開姚氏，接過銀杏和蓮香伸過來的手，由她們扶著往繡坊裡走。

「娘子，您知道咱們今日上午的進帳有多少嗎？」銀杏興奮地說道。

「還發出一張甲等的會牌！」蓮香在銀杏說完後，緊接了一句。

蘇婉聽了蓮香的話，也很意外，沒想到這麼快就有人花了一千兩銀子。

「是幾位夫人一起合買的嗎？」蘇婉猜測道。

「不是，是一位臨江來的馮家娘子，一口氣訂了咱們的四套四季福系列衣裳，還預訂兩座尋梅和賞荷圖的長屏風，以及不少小東西。」蓮香高興得說話都不太順了。

四套四季福系列成衣，就是十六件。現在繡坊裡還沒有擺上大件屏風，不過已經出了圖樣，供客人挑選。看來這位馮家娘子頗有家底，也表明她對蘇繡坊的信任。

雖是出乎蘇婉意料，但她沒有過於喜悅，只是淡淡點頭，然後告誡蓮香。「讓下面的繡娘好好做，不可怠慢。」

蓮香連忙應下。

蘇婉又問：「既然這位娘子是甲等客人了，可有指定繡娘？」

蓮香回答。「馮家娘子當然是想指定您，不過我們也說了，您現在身子重，接不了這麼大的活兒。好在馮家娘子能體諒，只是不太熟悉咱們繡坊，便說讓我們推薦。我想著，這畢竟是咱們第一個甲等客人，所以作主接了長屏風的活兒。」

蘇婉微微點頭。「嗯，妳做得對，可是忙得過來嗎？」怕蓮香太辛苦了。

蓮香心裡暖暖的，目光堅定地望向給她新生的師父。「師父放心，我可以的。」

蘇婉信任蓮香的手藝，聽她這般說，便道：「不要勉強，若有難處，只管與我說。」

「是。」

她們說著話，站在她們身後的喬勐，此刻卻是高興得手都不知道怎麼擺，搖擺幾下後，猛地合在一起，狠狠搓了幾下，在蘇婉身後踱步，嘴裡還一直念叨著。「不錯不錯，娘子真的太厲害了！」

同蓮香說完話的蘇婉回頭看喬勐，立刻被他逗笑，回頭對他招招手。

喬勐一個箭步上前，從蓮香和銀杏的手裡攬過蘇婉，咧嘴笑道：「娘子，妳辛苦了！」

喬勐的眼裡有光芒，熾熱得想要融化她，她伸手摸摸他的腦袋。「我不辛苦，是我們二爺辛苦了。」

喬勐眼下的青色，此刻在蘇婉的眼裡，是那麼的好看。

「為了娘子，這點辛苦算得了什麼。」

蘇婉聽了，沒再多說，只是輕輕幫他理了理衣襟，又問銀杏。「看來繡坊上午進帳不會少了，有多少？」說著，往櫃檯處走。

銀杏愣了下，剛剛眼前的恩愛太熾，她不敢睜眼多看，這會兒聽蘇婉問起，趕緊回答。

「二千四百一十二兩。」

「這麼多！」

還是喬勐先發出的聲音，原先聽聞出了一張甲等會牌，他那般激動，就是因為想到今日進帳肯定不少，不過沒想到會超過二千兩。

蘇婉心裡雖有底，可聽到這個數字，也是高興的。

不過，不能高興得太早，今早這些客人，明知她和喬勐與喬家有齟齬，還是來了，顯然要麼是不懼喬家，要麼就是願意親近他們的。

這些人敢在她這裡花錢，但下午有哪些人來，她就不知道了。

「今天是第一天，大家看個新奇而已。繡坊是不是能立起來，還需要看訂購的繡品出去後，客人們是否真的喜歡，切莫掉以輕心。」蘇婉認真道。

蓮香和銀杏頓時收斂了臉上的笑意，同樣嚴肅地應了是。

蘇婉對她們還算放心，看她們把她的話聽進去，便點點頭，又問了幾句店裡的事，便讓她們去忙了。

繡坊要核帳，登記來客，會比較忙，午膳是白果帶人送過來的。

「今日忙完了，我讓喬劭在來福樓訂一桌筵席，給你們慶功。」

蘇婉看著櫃檯的帳房從她進門起都沒停過打算盤的手，幾個夥計也是進進出出、忙忙碌碌地理貨、裝貨。

蘇繡坊繡品的包裝，蘇婉和喬劭也是下了工夫的。這些有頭有臉的人家，誰家不是要面子，自然得要新穎出色。

蘇婉看看店裡的忙碌，對喬劭道：「回頭你讓孟子再送些人來。」

喬劭也覺得人手少了些，便應下。

蘇婉乏得很了，用下巴點點後院。喬劭立即會意，扶著她往後院走，帶她去歇息。

「下午我就不去了，你多注意些。」

蘇婉躺在整理好的榻上，叮囑幫她掖好被角的喬劭。

喬勐摸摸她的額頭。「放心吧，妳就好好歇著。」說完，輕輕在她臉頰上親了親，又蹭了蹭，這才起身離開。

「多照顧娘子些。」走到門口，他又囑咐姚氏一聲。

姚氏笑著應下。

下午的繡坊，客人比早上更多，有不少人是來看熱鬧的。喬勐倒也不排斥，開門做生意，最怕的不是沒人買東西，而是沒有人潮。

進帳也是可觀的，出了不少丁等會牌，喬勐上揚的嘴角都沒垂下過，待人越發親和。

來客看了，不免感嘆傳言不假。以前娃霸性情乖戾，是被喬家所逼，現在這般，是蘇婉管教得當，才把性子扳正。

真真是阿彌陀佛，蘇婉造福了平江啊。

蘇婉醒來時，已是黃昏。

「乳娘。」她喚了聲姚氏。

「醒了？」

應聲的不是姚氏，而是蘇母。

蘇婉打了個哈欠，揉揉眼睛。「乳娘呢？」

蘇母走到她身前，拿帕子戳戳她的額角。「喲，現在婉姐兒心裡只有乳娘，忘了我這個親娘了。」

「您是我的親娘，我怎麼會忘了您？我是見乳娘不在，才問一聲嘛。」蘇婉坐起來，把臉埋到蘇母的肩膀上撒嬌。

蘇母知曉蘇婉懷孕後，一直想來照顧她，卻被蘇婉婉拒，只說坐月子時再請她過來。

後來，聽聞蘇婉被喬家強行叫回去，蘇母更是擔心，當初若非喬勐說不會與婆母住在一起，他們也不敢應下這樁婚事。

所以，這次繡坊開業，蘇母說什麼也要來，而且會待到蘇婉坐完月子。

「妳啊，人前一副主母模樣，現在倒是小孩子了。」

蘇婉摸著肚子，靠在蘇母身上。「就算我七老八十，也是娘的孩子。」

現在她做了母親，更是從心底生出對蘇母的依戀。

蘇母摸摸她的頭髮，任由她這般。

過了一會兒，蘇母想起一件事，對蘇婉說道：「婉姐兒，我們來的時候，船上出了點意外，幸虧遇到貴人，才平安無事。」

蘇婉嚇一跳。「啊？出了什麼事？二爺怎麼沒跟我說！」

蘇母安撫她。「沒事沒事，就是船上進了賊人。別怪姑爺，是我們沒說。」

蘇婉還是不放心，仔細看蘇母。「沒事吧？可有受傷？」

蘇母搖頭，拍拍她。「沒有，貴人帶的家僕身手不錯，很快就把賊人擊退了。」

蘇婉聽到這裡，才鬆了口氣。「那就好，可得好好感謝那位貴人。」

「是啊，不過瞧著貴人穿著與家僕，顯然是大家裡出來的，也不知如何答謝。」蘇母回想明雪的樣子。「聽說她是來平江尋親，我想著讓姑爺幫忙，再借妳這邊請她吃個飯。」

蘇婉點頭。「應該的，等會兒我跟二爺說。您可知道貴人尋的是哪家？住在哪裡？」

「不知，我只知那位貴人叫明雪。」蘇母搖頭。

蘇婉一驚。「什麼！」嚇了一跳，腦海裡有很多想法。

怎麼這麼巧，就是明雪救了她父母？這是明雪刻意安排的，還是意外遇上？

明雪為什麼來平江？她到底想做什麼？

思緒百轉間，蘇婉拉住蘇母的手，緊張地問：「她有跟您說什麼嗎？當時是什麼情況，您好好跟我說說。」

蘇母納悶地看著她。「怎麼了？妳認識明雪姑娘？」

蘇婉神色有些複雜。「我確實認識一個叫明雪的人，只是不知是不是巧合，這事關二爺的家事……」

聽聞是喬劭的家事，蘇母沒有追問，同蘇婉說起明雪的長相。

「是妳認識的嗎？」

蘇婉暗嘆口氣，微微點頭。「是她。」

這下蘇母為難了，不管暗處的牽扯，明面上明雪確實救了她跟蘇妙，有恩於蘇家。

「娘，這事您別管了，我和二爺來處理。」蘇婉見蘇母露出為難的神情，安慰她道。明雪來平江，顯然是衝著她和喬勐來的。

「好，不過千萬要小心，我看那姑娘帶的護衛不是一般人。」蘇母心思一變，開始擔心自家女兒和姑爺。

如果明雪是為了接近他們而做出這種事，她事先未與女兒相商就請人來，萬一對方包藏禍心，豈不是引狼入室？

蘇母越想越害怕。「你們還是別出面了，我讓妳爹去。」

蘇婉輕輕搖頭。「既然她沒有遮遮掩掩，顯然是衝著我和二爺來的。這事早該有個了結，還是讓二爺出面吧。」

蘇母還想說什麼，卻被蘇婉搖頭打住。

片刻後，蘇婉從榻上起身，腳剛落地，內簾突然被撩起，一陣風襲來。

「娘子！」

「怎麼了？風風火火的。」

蘇婉定睛瞧著，見喬勐滿面紅光，應是前頭生意不錯。

喬勐顯然很高興，當著蘇母的面，抱起蘇婉的臉蛋，狠狠親了一口。

「我家娘子真真是福星，財神爺！」

「二爺！」蘇婉又羞又臊，她娘還在跟前呢，趕緊推開喬勐，看向蘇母。

蘇母早拿帕子捂住嘴，別過頭去了，隱隱可見笑意。

蘇婉更加羞臊，不由打喬勐一下。

許久沒挨過揍的喬勐，依舊在笑，甚至還覺得舒爽和懷念。

「母親也在啊，咳咳……」喬勐隨著蘇婉的目光，自然也瞧見了蘇母，但他臉皮厚，只是假意咳嗽兩聲，又對蘇婉道：「今日繡坊生意這般好，娘子可知為何？」

「自然是咱們家的繡品好嘍。」蘇婉隨口一說。

喬勐附和。「這是自然。」隨即話頭一轉。「娘子可知今日從外地來的哪裡人最多？」

「稽郡？」蘇婉知道，她待在臨江喬家時，喬勐在稽郡做了不少事。

喬勐笑著擺擺手指。「非也，是臨江！」

蘇婉歪了歪頭，以喬家在臨江的地位，今早能來那麼些人，已然算是很不錯了。

「為何？」

喬勐拍拍手掌，眼睛瞄向她的肚子。

蘇婉正等著他回話，見他沒個正經，拍了下他的手臂，催促他說正事。

「娘子可知趙老三家的娘子為何沒來？」喬勐正色道。

「不是有了身孕嗎？」開業前幾天，蘇婉已經得到消息，不知喬勐為何又扯上趙立文和吳氏。

喬勐點頭。「今早妳招待的小娘子裡，可有一個姓殷的？」

蘇婉點頭。「是啊。」

「她是不是有個嫂嫂，這次也沒來？」

蘇婉斂眉想了想，殷六姑娘是有個嫂子，今早她也問了為何沒來，殷六姑娘避了人告訴她，是因為有孕，如今月分尚淺，不方便前來，卻特意囑咐殷六姑娘，要幫她向蘇婉道謝。

當時蘇婉不明白為什麼，待她要問時，就被打斷，後來便忘了這件事。

喬勐應該不是在說廢話，這兩位娘子有個共同處，就是有了身孕，而且還是在趙家見過她後發現的。

但日子不太對啊，應該是當時就懷上了吧？

喬勐見蘇婉若有所思的模樣，也想到了其中關竅，但他一個男子，也不好說人家女子有孕的事。

「這日子不對吧？」蘇婉看向喬勐。

「你管她日子對不對，大家知道妳贈了香包後，她們就……現在臨江都在傳，說妳是個有福氣的傳福人。」喬勐哈哈大笑起來。

蘇婉哭笑不得，她還得感謝這傳言了。

「算了，她們要買就去買吧，回頭發現沒有什麼用之後，大概就放棄了。」蘇婉擺擺手，她是正經開繡坊的，可不是給人祈福的廟宇。

喬勐聽罷，露出意味深長的笑容。既然別人遞梯子來，要是不抓住往上爬，豈不是傻？不過，萬事還得小心，他還要查查，這是不是有人刻意為之。

喬勐能想到的，蘇婉自然也想到了，想起剛剛蘇母說的，怕是明雪在其中推波助瀾。

「二爺，我有話對你說。」蘇婉拉住喬勐，又看向蘇母。

蘇母便把剛才和蘇婉說的話，又對喬勐說了一遍。

聽到明雪這個名字，喬勐臉色也是頓變。

蘇母見狀，心又跟著猛地一跳，看來這個人真的不簡單。

「你們說吧，我去前頭幫你們盯著。」知道這是喬勐的家事，蘇母不好探聽，便尋個由頭，走了出去。

蘇母出門，遇到在前頭幫忙的姚氏，順帶也把她拉走了。

第六十四章

臨時布置出的廂房裡有些安靜，喬勐剛剛的喜色完全消失，低垂眉眼，坐在蘇婉旁邊。

「看來，她是來見你的。」蘇婉打破沈默，知道喬勐在抗拒什麼。

他的生母並未疼愛過他，他想知道緣由，可又不想知道。無論是什麼樣的原因，他們都對他造成了傷害。

他恐懼於去見跟他生母過去有關的人。他們只會讓他更清楚，沒有人愛他，他不是在期待中出生的。

「他們就不能放過我嗎？」喬勐弓著身子捂住臉，沈聲道。

蘇婉站起身，坐到離他更近的地方，輕輕拍拍他，無聲安慰著。

「她想做什麼？讓我為秦家報仇？讓我殺了喬家人？」

喬勐不知道到底要怎麼做。他恨自己身為喬家子，可他確實流著喬家的血。

秦家對他來說，是個虛無縹緲的外家。他沒有恨，也沒有喜，現在只想守著他家娘子，過好他的小日子。

可為什麼喬家人不放過他，秦家人也不放過他？

「沒事的，你若是不想見，咱們就不見。我讓父親去見她，還了這份人情。」蘇婉攬過喬勐，讓他把頭擱在她的頸窩，感受到他的難過。

她的二爺也是人，心也是肉長的。

「管她呢，咱們就過自己的，什麼喬家、秦家，都跟咱們沒關係。現在你不是一個人，有娘子給你依靠呢！」

喬勐緩緩閉了閉眼，沒有流淚。沈默片刻，起了身。

他是個男人，是丈夫，是父親，哪怕有危險，都必須去面對這些。

「娘子，我去見她，看看她們到底要做什麼。想見我就應該找我，找上妳的家人算什麼？」喬勐很氣憤。

他家娘子和蘇家人都是無辜的，這些人憑什麼把他們牽扯進去。

喬勐已然對未見過面的明雪以及那位外姑婆生出厭惡。

蘇婉見他這個樣子，很是擔心。「我和你一起去。」

「不行！」萬一有危險怎麼辦？他不能讓她陷入危險裡。

「我猜，她是想引你見面談條件，無非是藉你的手對付喬家之類的，應該沒什麼大事。」蘇婉緊緊抓住喬勐的手，她不能讓他單獨去見明雪。這些人，每一個都是喬勐心底的痛。

「我先找人聯絡她，如果她同意見面的地點由我訂，我就帶妳一起去。」喬勐從蘇婉手上所用的力氣，明白她的決心。

蘇婉這才鬆開他的手。

蘇繡坊的生意雖從第二日就少了些，但坊裡接的訂製活，已經積到明年三月了。這對繡坊來說，已然是很大的成功。

因為馮家娘子得到甲等會牌，所以繡坊將百寶槅裡的那只大娃娃送給了她。這下那群小娘子們豔羨得不得了，錢花得更有勁兒，期待早日能得到軟軟的娃娃。

而繡坊裡的一切繡品，都將成為她們回臨江後的話題。元五姑娘更是在回程途中，就開始想，什麼樣的花樣子才能入蘇婉的眼。

眾人各懷心思，帶著繡品的外地客人，陸續心滿意足地歸家，也意味著蘇繡坊的名氣將傳遍這些地方。

忙碌裡，喬勐讓九斤給明雪帶話，提出見面地點由他來訂。

明雪很爽快地答應了。

見面地點訂在火鍋店樓上的臨街包廂。

喬勐早早在各處安排了人，蘇婉坐在窗邊，看著沿街來來往往的百姓，不一會就瞧見了明雪。

明雪只帶了兩、三個僕從。

蘇婉有些看不懂她了。

明雪一進門，連帷帽都未摘下，便開口道：「婉娘子的家人遇賊，並非明雪所為。」

喬劭皺眉，心下一突，頓時有了不好的感覺。以他的觀察，眼前這個女人並未說謊。

蘇婉同樣感到怪異，難道真是意外？她覺得不是。

「是嗎？我怎麼瞧著就像妳呢？」喬劭不動聲色地道。

明雪微微發愣，摘下帷帽，讓人關門，款款走到喬劭跟前，行了個禮。

「奴婢明雪，給二爺請安。」她也喚喬劭一聲二爺，隨後對蘇婉行禮，並沒有叫出讓喬劭噁心的稱呼。

「免了吧，有事就說。」喬劭瞥明雪一眼，連身都沒起，口氣更算不上好。

明雪倒沒有生氣，依舊面帶笑容，將目光轉向一直沒說話的蘇婉。

「想必婉娘子以為，我救蘇家人是有預謀的？」

蘇婉看看低垂眼眸的喬劭，浮起笑顏，請明雪坐下，然後拎起茶壺，準備替她斟茶。

她剛動手，茶壺便被喬劭搶走了。

蘇婉嘴角微揚，沒阻止他，目光重新對上明雪。

「明雪姑娘，咱們明人不說暗話，妳到底想要做什麼？」

明雪謝過不情不願幫她斟茶的喬劭，嘆息道：「婉娘子，事情真不是我做的，但我確實事先就知道那是妳的家人。」

蘇婉轉著茶盞，示意她繼續說。

「我和婉娘子的娘家人上同一艘船，不是意外。但我遇上禍事，實屬意外。這兩天，我也派人去查證一番，發現這並不是意外。」明雪神色凝重地說道。

喬勐聽她連說幾個意外，差點被搞暈，但聽見最後一個意外時，不由坐直了身子。

蘇婉手上一頓，目光直直看向明雪。

此刻廂房裡只有他們三人，明雪說完之後，夫妻倆都沒有說話。

沿街的人聲傳來，他們的心卻有些發寒。

如果不是明雪，不是意外，那會是什麼？

沈默半晌，喬勐低聲問道：「是誰？」

明雪沒有回答，反問他。「二爺怎麼會跟蔣家人有糾葛的？」

「蔣家人？」喬勐還在思索其中關鍵，蘇婉已然率先開口。

喬勐和蔣家有什麼糾葛，她是最清楚的，無非就是當初彭縣令那件事。

而喬勐卻想得更遠，從喬大太太黃氏派黃家人來給他添亂，再到彭大姑娘聯合蔣家，差點設計羅四圖害死他，裡面都有蔣家的身影。

「是蔣家。」明雪說道，目光在蘇婉和喬勐臉上流轉，見兩人都面帶沈色，心裡更加肯定她之前的猜測。

「彭縣令的死，真的跟二爺有關？」明雪問道。
喬勐抬頭看她，眼裡的厲色一閃而過，起了殺意。
蘇婉連忙在桌下按住他的手。
「明雪姑娘在說什麼？彭縣令是為民除害，被水匪殺死的，跟我們二爺有什麼關係？」蘇婉嚴聲斥道。
明雪立即站起來向二人賠不是。「是明雪妄言了。」
蘇婉捂住肚子，收斂情緒，淡淡道：「不知者不怪。」
喬勐心裡甜滋滋的，挪了挪椅子，挨著蘇婉更近些，伸出毛爪子，合上她放在肚子上的手，還揉了揉，只是沒兩下就被蘇婉掐了一把，拍開了。
「妳確信是蔣家人？」喬勐收回毛手，正了神色。
明雪點頭。「是，我留了個活口，對方知道得不多，只說了給錢的人。不過我的人順藤摸瓜，又在各處守了幾日，逮到一個關鍵人物。」
喬勐緊接著問：「誰？」
「是婉娘子和二爺都見過的，喬大太太身邊的孫嬤嬤。」
蘇婉和喬勐大吃一驚，不約而同皺起眉頭。
「我說這個老東西怎麼突然猖狂起來，原來喬大太太把這麼重要的事交給她。」明雪撇了撇嘴。

蘇婉聽著明雪的話，想起那日離開喬家時，孫嬤嬤對她的輕慢。

可是，待在喬家時，蘇婉覺得黃氏並非那麼信任孫嬤嬤，怎麼會讓她去買凶殺蘇家人？再者，這跟蔣家又有什麼關係？

蘇婉越想，腦子越有些亂，這其中肯定有關聯，只是線在哪裡？

「這位大太太倒是好打算，人人都知道孫嬤嬤得罪過我們兩口子，又被我們在喬家告了一狀，兩廂交惡。

「若蘇家人出事，被人查到，可以說是這惡奴惡膽生，想報復我家娘子。萬一我家娘子悲極攻心，到時就是……」

喬勐越想，心裡越發寒。他們的目的根本就是蘇婉和他。

蘇婉也是身子發冷，握住杯盞，喝了口熱茶，輕輕摸著肚子，努力讓自己平靜下來。

「她就這麼見不得我好嗎？為什麼一定要置我於死地？」喬勐捶了下桌子，恨聲道。

發完火，喬勐立即注意到身旁的蘇婉在小聲呼氣，連忙去攬著她，安撫她。

明雪打量眼前的小夫妻，心中實有不忍。

「這一切，不過是利益交換罷了。」她感嘆一聲。

當年的秦家就是犧牲品，如今的喬勐和他的娘子也一樣。

蘇婉和喬勐同時看向她，齊聲道：「什麼意思？」

明雪起身，定定看向兩人，緩緩開口道：「這些年，主子暗查，蔣家和喬家早暗通款曲，有所勾連。秦家的敗落，正是兩家的利益交換。」

蘇婉和喬勐一愣，腦子飛快動著，想要理清其中的脈絡。

「他們交換什麼利益？兩家不是政敵嗎？」喬勐腦子有點亂，很多畫面在腦海中閃過，真相就在眼前，可他就是抓不住。

到底是什麼？

「只要利益相同，政敵也可以化敵為友。」明雪淡漠道。

蘇婉想到一件事，望向喬勐。「你還記得之前讓我帶給彭縣令的話裡，有提及蔣三爺嗎？你說你手裡有證據，這些證據，你是不是交給喬家了？」

喬勐頓時倒吸一口冷氣，他確實把證據交給了喬仁平。

所以，他才招來殺身之禍？這一切並非出自彭大姑娘的報復，而是他被喬家人出賣了！

真相來得如此殘忍。

「哈哈哈哈，我真是個傻子！」喬勐神色恍惚，整個人都亂了。

「你給了祖父？」蘇婉抓住他的手。

喬勐額頭沁出一串串汗珠，點點頭。

「不一定是喬仁平交給蔣家，可能是喬知鶴。」明雪看喬勐這般難受，寬慰道。據她的觀察，喬勐的祖父母在他心目中的地位，應該是高於父親的。

「此話怎講？」蘇婉問。

明雪沒有遮掩。「我早查到黃氏和蔣家有來往。喬知鶴在喬仁平手底下太久了，想動一動，但喬仁平不知為何，一直壓制著他。」

喬勐也想起來了，如今喬知鶴的三弟在中樞混得風生水起，但喬知鶴卻一直被喬仁平捏在手心。

所以那對夫妻想要掙脫，暗裡聯繫蔣家，把喬勐給喬仁平的證據交出去，想換取利益。

「當年，主子的哥哥，也就是二爺的外祖父，有位舊友在查一件舊案，此案涉及蔣家。他臨死前，便把此事託給主子的哥哥。

「那時，喬大老爺在上京也算是一位風流人物，自命不凡，年少輕狂，連得罪朝中權貴都不自知。而那位權貴向來睚眥必報，因此喬家過得水深火熱。

「於是，蔣家暗中遞信，說是願意幫喬家與那位權貴斡旋，從而和解，只要喬家在秦家這件事上推波助瀾。」

明雪說到這裡，就停下了。

蘇婉和喬勐便明白，喬家答應蔣家，也這麼做了。

「那喬家怎麼回了臨江？」蘇婉接著問。

「因為那位權貴說，要他放過喬家也行，只要喬知鶴從此不要出現在他眼前。」

喬勐開了口。「所以，喬仁平帶喬知鶴求了外放，這些年一直壓著他，不讓他回中樞。」不再稱他們為祖父和父親。

明雪點頭。「應該是。」

蘇婉看看喬勐，又看看明雪。「所以，如今那位權貴健在，權勢不減當年？」

所以，喬仁平才不放喬知鶴離開。兒子是什麼德行，做父親的心知肚明。這樣看，喬知鶴未必知道當年的真相，喬仁平倒是個好父親了。

明雪露出讚嘆的笑容。「婉娘子果然聰慧過人。」

蘇婉沒有在意她的誇讚，努力在腦海裡釐清其中的關係。

二十多年前，喬勐的外祖父因為舊友的關係，被蔣家盯上。

蔣家為了避禍，聯繫上被權貴折磨的喬家。

喬仁平為了自家和兒子，背叛秦家。

所以，秦家慘遭喬家與蔣家聯手陷害，最後只剩下喬勐生母秦柔宜，還有外姑婆秦雲盼兩個女流之輩。

喬知鶴自詡癡情種子，尋到秦柔宜和秦雲盼，要秦柔宜隱姓埋名，納她為妾，還生下了喬勐。

黃氏作為正室，對丈夫心愛的小妾自是容不得，不知從哪裡知曉了秦柔宜的身分，設計她出現在眾人面前，逼得喬仁平不得不下手除掉秦柔宜。

喬知鶴想保秦柔宜，就必須犧牲秦雲盼。

想必，秦雲盼最恨的該是喬家，然後是蔣家，也怨當年的秦柔宜。
如今，喬知鶴不知當年內情，想回中樞，從喬仁平那裡拿到蔣家的把柄，想換取利益。
其中或許有黃氏推波助瀾，黃氏想借蔣家的手，一石二鳥。
目前知曉，唯一跟秦家有關係，還掌握他們罪證的喬勐，自然就成了蔣家的眼中釘。
喬勐現在很危險！

第六十五章

「妳的主子想要我做什麼？」就在蘇婉理出當年與如今種種事件的事端與原委時，沈默許久的喬勐突然問道，聲音沙啞，像是極力在壓制什麼。

蘇婉心疼極了，要不是明雪在，一定會去抱抱他。

明雪有些猶疑地看向喬勐，喬勐絲毫不示弱地回視，眼神裡有凜冽，有戒備，也隱隱有恨意。

「主子說，想見見二爺。」

喬勐歪頭，沒想到她們做這麼多事，竟然就是為了見他一面。等他見過那位外姑婆後，她才肯說出真正目的吧。

「怎麼見？在哪兒見？」蘇婉問明雪。

明雪道：「主子不方便出門，自然是請二爺去上京一趟。」

秦雲盼在上京？當初她們見面的飛花樓，聽聞是臨安王府的產業，而且還能請得動曹二太太幫忙，現在秦雲盼到底是什麼身分？

蘇婉想到這裡，望向喬勐。

喬勐雙眉微皺，對明雪的話略有不滿。

「呵，她想見我卻不來，倒要我跋山涉水去見她。」喬勐冷聲諷刺。

蘇婉抿唇，她現在關心的不是怎麼見面，而是喬勐被蔣家人盯上了，連帶自己和蘇家人都陷入危險。

「現在的問題，不是見那位吧，而是怎麼解決蔣家和大太太他們的聯手。我們在明，他們在暗，不知道下一次會發生什麼事。」蘇婉有些害怕，她如今懷著孩子，蘇家人也多是老弱婦孺。

但比起她和蘇家人，蔣家和黃氏更希望喬勐死。

從目前看，蔣家沒下死手，應該是不知喬勐手裡是否還有對他們不利的東西。

明雪明白他們的顧慮，立即道：「我已去信上京，主子不日應該就會派人過來保護婉娘子和二爺。」

他為什麼要她們保護?!

喬勐哼聲。「不必了，我自己有人。」以前是他不清楚其中的來龍去脈，既然知曉了源頭，自然就會防範。

「二爺——」

明雪還要再勸，被喬勐橫手打斷。

「不必多言。妳們對我來說，只比喬家和蔣家好一點，不代表我信任妳們。」喬勐不信任明雪，她與背後的秦雲盼，目的顯然不簡單。
但他不過是個白身，無權無勢，硬對上那些她們口中的仇人，無疑以卵擊石。
明雪動了動唇，最終沒說什麼。不是她看不起喬勐，而是他那些人只會三腳貓的功夫，哪裡及得上秦雲盼派來的人。
喬勐不肯，她們也是要安排的，畢竟事關秦雲盼的復仇計劃。
「說到這裡，我還未替家父家母謝過明雪姑娘的出手相救。」
蘇婉的聲音響起，提醒喬勐，明雪畢竟幫了他們不少忙，口氣不能太差。
她說著便站起來，挺著肚子要對明雪行禮。
明雪趕緊去扶，喬勐也跟著扶她。雖不情願，仍對明雪深深作了個揖。
明雪不敢受喬勐的拜禮，連忙側身避讓。「二爺，使不得。」
蘇婉站在喬勐身後，笑著對明雪道：「一碼歸一碼，這是我們夫妻應當謝妳和妳家主子的。前言不贅述，救命之恩理當答謝，不過應是我蘇家人去謝，與二爺無關。」
喬勐在她說話間，直起了身子。待她說完，回身握住她的手，凝視她的眼睛。
「夫妻一體，妳的家人就是我的家人，分什麼妳我？」
他說完，沒再讓蘇婉開口，直接對明雪道：「回去告訴妳主子，我會去上京，但不是現在啟程。」
過段時日，他本來就打算去上京，一來要送孟益那幫學子參加明年春闈，二則同趙立文考察，他們也想在上京開火鍋店及繡坊。
明雪稍稍思索了下，便答應了。
兩廂說定後，氣氛陷入短暫的沈默。
蘇婉走回原處坐下，拿起茶盞，想到之前忘記問的事。
「明雪姑娘是怎麼知道大太太和蔣家人勾結的？」
明雪回答。「婉娘子也知道，之前孫嬤嬤被我們控制住，後來婉娘子替她說話，我便放了她兒子。結果，這個老傢伙比我想的狡猾，不知使了什麼法子，又得到喬大太太的信任。
「婉娘子離開喬家後，我發現不對勁，派人盯住她。我的人發現，與孫嬤嬤接頭的人，是蔣家三爺身邊的管事。」
「呵！他們真當老子是死人嗎？」喬勐眼神陰鬱，嘴角微勾，在心裡算計起對方了。
之前他就查到是蔣家在搞鬼，當時只以為是彭大姑娘的緣由，後來事情多，再加上蔣家沒再動手，便暫時擱下了。
孰料，對方哪裡是沒再行動，而是一直都在。
「二爺，不可胡來。」蘇婉拉拉喬勐，凝眉勸誡。
「放心吧，我有分寸。」喬勐抓住她的手，摩挲兩下，又轉頭對明雪道：「妳還有事嗎？」這是趕人走了。

啪！蘇婉瞪喬勐一眼，用另一隻手打他手背，示意他不要這麼無禮。

「明雪姑娘，日後若是想尋我，就來這邊讓掌櫃帶個信兒。」蘇婉抱歉地看著明雪，對她說道。

雖然她不喜歡摻和那些事，但明雪也只是履行自己主子的吩咐，沒必要為難彼此。

明雪也不想討人嫌，立即起身，對蘇婉和喬勐說道：「是，婉娘子，那明雪告退了。如果兩位有吩咐，只要在二爺上次找到的那個地方留口信即可。」說完便退下。

明雪走到門邊時，停住腳步，轉身道：「我已經幫二爺給喬大太太一個警告了。」

蘇婉和喬勐愣了一下，還不待問是什麼警告，明雪便開門走出去。

小夫妻倆面面相覷，喬勐捏了捏眉心。

「我讓九斤回臨江打探一下。」

蘇婉搖頭。「別讓九斤去，找個生面孔，再讓他查查看，明雪說的是不是真的。」

喬勐鬆開蘇婉的手，托著下巴思索起來。

蘇婉沒打擾他，覺得自家還是太式微了，稍有不防，只能任人宰割。

「我讓蝨子和九斤帶幾個身手好的去。蝨子沒去過臨江，而且比較機靈。」

「嗯，也行。」蘇婉也覺得蝨子機靈。「白疊要明年才能播種，現在菜園也穩定了，他走開一些時日沒什麼關係。」

喬勐點頭。「是，不過能用的人還是太少了。」

「咱們底子弱，沒辦法，雖然急需用人，但也不能亂用，得慢慢培養篩選。」蘇婉起身打開廂房的窗戶。

喬勐走到她身邊，和她一起看著生氣勃勃的街道，頓時添了幾分精神。

「會好的。妳別怕，我不會讓那些人傷害妳。」喬勐鄭重地在蘇婉耳邊說道。

他從前不怕死，如今怕了。有了牽掛的人，恨不能再多幾條命。

「我自是信你，但更想你平安，與我到老。」蘇婉靠在喬勐懷裡，回應著他。

她不要做神仙眷侶，只願做一對市井夫妻。

當天晚上，喬勐把蝨子和九斤叫到家裡，與他們商議去查黃氏和蔣家勾結，以及那日蘇家遭人暗算的事。

九斤和蝨子聽完喬勐的話，大吃一驚。他們不是蠢人，且對喬勐忠心耿耿，自然明白蘇婉對喬勐有多重要。

「這幫人真毒啊！」蝨子咬牙道。

倘若蘇家人出了事，蘇婉悲傷過度，肚裡的孩子和她有個萬一，喬勐不就垮了。

「二爺放心，我定會查個水落石出！」九斤捏緊拳頭。

喬勐點頭，拍拍兩人的肩膀。「你們也要多加小心，切不可莽撞行事，查不出什麼不要緊，人要平安回來。」

蝨子身子一挺，立即道：「是！」

這些人竟敢想要傷害他家二爺，他不由有些懊惱，因為前些日子九斤說要教他功夫，他因為忙，便拒絕了。

這次回來後，他一定要去學！

「九斤，蝨子第一次出門，你多照顧些。」喬勐交代九斤一句。

九斤重重地點頭。

「二爺，若是確認了，找到蔣家人的管事，要不要……」九斤做了個抹脖子的動作。

喬勐看看他，最終還是搖搖頭。他自然想，但蘇婉過沒幾個月就要生了，不到萬不得已，不想殺生。

「不要弄死了。」

九斤眸光閃過一抹狠色。「是，二爺。」

「回去做準備吧，早去早回。過些日子，我就要去上京了。」喬勐拿了一沓銀票，遞給他們。

九斤一直跟在喬勐身邊，沒有產業，銀錢都是從喬勐這邊取的，很自然就接過來。

如今蝨子管了喬勐的產業，還拿分成，自是不好意思，縮了縮手。

喬勐瞧出他的心思，直接把銀票塞進他懷裡。「這是婉娘子給的，你們拿著，在外不要虧待自己。」

蝨子和九斤連忙道：「謝謝婉娘子。」

喬勐滿意地點點頭。

蝨子和九斤去了臨江二十多日，終於平安返回家中。

其間，喬勐親自去南方帶回數十好手，日日守在平江喬宅和蘇繡坊。

為此，喬勐越發記恨喬、蔣兩家。這些人雖與他曾有過過命交情，可都是人，哪個不要吃喝跟月銀？

失去的銀子，他定要從兩家身上討回來！

喬勐想著，重重地捶了下桌子。

「二……二爺？」蝨子聽見聲響，打了個寒噤，覺得他家二爺剛剛的表情好可怕。

今日一早，他和九斤來後院見喬勐，在主屋外室向他稟報這些日子所查到的事。

蘇婉坐在內室窗邊榻上，膝蓋上蓋了件虎皮毯，手上抱著喜鵲繞梅雕花手爐，隔著簾幔看喬勐的方向一眼。

喬勐似有所覺，收回有些發麻的手，背到身後，正了正臉色，示意蝨子繼續說。

「繼續說吧。」

蝨子搓搓手，看看一言不發的九斤，繼續道：「我們到達臨江的第三天，那位孫嬤嬤和她的丈夫就慘死在家中，她的兒子不知所蹤，現在都說他們是她兒子殺的。」

喬勐眉心微蹙。「不是說她兒子被人斷了一隻手嗎？」

剛剛蝨子說起這件事時，他猜這應該是明雪給黃氏的警告，但現在孫嬤嬤和她丈夫也死了，到底哪一個是明雪他們做的？

「是，到了臨江我們就去確認，確實少了。」九斤幫著蝨子回答。

喬勐手指敲敲桌邊，沒待出聲，內室的蘇婉發了話。「你們有查到是誰下的手嗎？」

蝨子和九斤互視一眼，九斤示意蝨子答話，蝨子撓撓頭道：「婉娘子，查是查到了，但是沒有證據。」

「只管說來。」這次是喬勐發話。

「九斤哥，你來說吧。」蝨子叫了九斤，對於查驗這方面，還是九斤比較在行。

九斤接話。「二爺，婉娘子，我找出查驗屍體的仵作，藉故請他去喝花酒，探聽消息，這老虔婆死得確實蹊蹺，也有點慘，死狀……」

喬勐皺眉。「行了，這死法你回頭再跟我說吧，現在只說結果。」

九斤一拍腦袋，確實不該，蘇婉懷著身孕呢，怎麼能聽這些。

「是，據仵作說，傷口應不是同一人所為，致命傷有三處，所以應有三批人。後來我去瞧過，確實如此。」

「三批人?!」喬勐站起來，想了想，又道：「如果是三批，是不是知道了刺殺蘇家人失敗的黃氏，或者就是喬家人，還有蔣家。那另一個是誰？」

蘇婉跟著思索。「明雪說給大太太一個警告，會不會是她的人也動手了？」

「那是誰砍了孫嬤嬤兒子的手？」喬劭與她隔著簾幔對答起來。

蘇婉撥撥手爐裡的炭火，起身在房中走了走，一時不知還有誰會扯進這件事情。

「算了，先不想了。」喬劭也想不出來，示意蝨子和九斤繼續說。

「後來我們在喬家附近蹲了好些日子，終於發現大太太身邊的丫鬟有異，順著這個丫鬟查下去，終於摸到一個叫蔣八的人身上。聽說蔣八是從外地來的，在臨江城北租了個院子，說一口道地的京話。」蝨子說道。

喬劭沈吟。「看來是蔣家的人。」

蝨子點頭。「是。大太太還跟他在城外秘密見了一面，給他一匣子金條。」

喬劭納悶。「你怎麼知道裡面是金條？」

蝨子嚥了口口水。「我晚上趴在蔣八家的屋頂上看的，他還從裡面偷拿兩根私藏呢！」說得義憤填膺，像對方拿走他兩根金條似的。

喬劭一聽金條，心裡也不是滋味，黃氏年年在喬老夫人和他跟前哭窮，不想竟然藏了這麼多金子。

蘇婉對那匣金條興趣不大，見簾外三人不說話，連忙問：「然後呢？」

「蔣八把金子交給他的心腹，那人連夜帶著金子坐船走了。我們去打聽，他坐的是去上京的船。」

蘇婉又問：「可知大太太為何給那蔣八金條？」

蟲子搖頭。「不知。」

「但是隔天我們安插在喬府的人說，大太太不知為何被喬老夫人罰跪祠堂，大老爺還鬧了一場。」九斤接了話。

蘇婉撐著腰，停下腳步。「據我在喬家的觀察，老夫人雖不喜大太太，可也給足她臉面，不會輕易為難。是什麼事讓老夫人罰她？」

喬勐也隨著蘇婉的話思考，九斤和蟲子了解的並不多，無從想起。

「我們也不知，只留人看住蔣八，便先回來了。」

蘇婉點點頭，又開始在房裡來回踱步，突然靈光一閃，想起明雪說過，喬知鶴想動一動位置，不想繼續窩在臨江，一輩子困在喬仁平手底下。

所以，他與黃氏才和蔣家合作，蔣家拿到喬勐給喬仁平的罪證，兩廂聯手要害喬勐。雖然沒成功，但黃氏肯定不會善罷甘休，蔣家也不會停手。

而明年是朝廷官員三年一度的推選，迫在眉睫。

「他們定是想通過賄賂來替大老爺鋪路，蔣家是替喬知鶴搭線，還是自家來辦？」蘇婉一個激動，揚聲道。

「如果我們能抓住其中的把柄……」蘇婉緊接著道。

喬勐從座椅上站起來。「必須馬上派人去上京！」

「得派人把蔣八控制住！」

蘇婉這一說，喬勐也想到了，在外室走了幾步，咬牙道：「我親自去臨江，會一會這個蔣八，看看能不能從他嘴裡問出些東西來。」

第六十六章

蘇婉沒想到喬勐要親自去，急忙掀開簾幔，從內室走出來，喊他一聲。「二爺！」

喬勐見蘇婉出來，立即大跨步走過去。「妳別擔心，我會把蝨子和九斤都留給妳。」

蘇婉抓住他的衣袖，使勁搖頭。「不，我就待在家裡，有你請的這麼多人看著，沒事的。你把他們帶上吧，我不放心你一個人。」

喬勐當然不會這麼做，他自己可以應付，但蘇婉一個女子，還懷著身孕，沒有他信任的人在身邊，他怎麼敢離開？

「我會直接從臨江去上京，這件事急，而且我定是要趕在妳生產前回來的。」喬勐扶著蘇婉走進內室，將她安置在榻上，說出自己的最終打算。

蘇婉微訝，她知道喬勐會去上京，只是沒想到這麼快就走。

現在她一聽到上京這兩個字，就有種心驚肉跳的感覺，不知道那裡有什麼在等著喬勐，很是不安。

「要不等等再去……」蘇婉說了一半，止住話頭。這一樁樁事，哪一件是能再等的？

喬勐拍拍她的背。「這樣，我帶著蠻子，九斤和蝨子還是留給妳。放心，我會和趙老三一起去，早去早回，我還要守著咱們的孩子出生呢。」

他說完，蹲下身子，把臉貼在蘇婉的肚子上，聽著肚子裡傳來的動靜。

「你要乖一點，和你娘一起等我回來，知不知道？」喬勐輕輕拍了拍蘇婉的肚子。

他摸著肚子，蘇婉摸著他的頭頂，一時無言。

「你一定要平安回來，無論發生什麼事，都要保全自己，知不知道？」蘇婉喉嚨一哽，聲音帶了些許哭腔。

喬勐連忙抬頭。「傻娘子，妳這是做什麼？我又不是去赴刑場。」

「呸呸呸！胡說什麼，快呸掉！」蘇婉聽喬勐瞎說，立即拍他，讓他趕緊把剛剛不吉利的話呸掉。

喬勐無奈，只好呸了兩聲。

外間的蝨子和九斤，走也不是，不走也不是，兩人無語望著屋梁，只當自己不存在。

「什麼時候動身？我幫你收拾行李，吩咐銀杏送銀子來，多帶些路上用。」蘇婉想著，喬勐早去早回也好，便開始替他琢磨起來。

喬勐的目光停留在她身上，輕聲笑道：「好，都聽妳的。」

他們好像一直在分別。

他要多看蘇婉一會兒，接下來，有段日子不能見她了。

訂好行程後，喬勐不動聲色地叫來家裡值得信任的人，告誡他們，他不在這段時日，一定要保護好蘇婉。

其中九斤的責任最重，虽子也要經常查探平江城裡的可疑人物，切莫讓他們接近喬宅。再來就是姚氏，喬勐希望她能寸步不離地照料蘇婉，讓她儘量少外出，也少勞累。若蓮香跟銀杏有事，就來家裡說。

還有蘇二郎，也要擔起男人的責任，不光顧著火鍋店，更要顧著喬宅。

至於蘇母，喬勐與她深談一番。而有官職在身、已經回水烏的蘇父那邊，喬勐也是叮囑他多加小心。

光是交代事情就交代了大半日，夜幕降臨後，喬勐便帶著孟益和其他人去臨江了。

喬勐走的第一夜，蘇婉便睡不著。

「婉姐兒，妳是想姑爺了？」這夜是蘇母陪著蘇婉睡的，迷迷糊糊間，總感覺身邊的人翻來覆去。

蘇婉停下翻動的身子，有些不好意思地道：「娘，我吵著您了？」

蘇母側過身，面對著她，摸摸她的頭髮。「沒有，娘睡得少，就醒了。」

蘇婉知道蘇母是在安慰她，扶著肚子慢慢側過身，也面對著蘇母。

「娘，二爺這次出去，我心裡總有點不安。」

蘇母知道喬勐為何要在這個時候出去，他在臨走前告訴她自己的身世。

這個可憐孩子跪在她面前，喚她母親，懇求她幫他照顧好蘇婉，她的心都揪成一團了。

「母親，我若不去，不將這些人連根拔起，我與娘子便永無寧日。我自己無礙，可我不能讓娘子陷入險境。

「如果我出了事，請您勸住娘子，不要讓她做傻事，讓她好好活下去。我有一條退路，九斤知道，請您帶娘子跟你們走。

「我在這個世上唯一牽掛的人就是娘子。我本是無根浮萍，有了娘子，才覺得有了家。您是我唯一的母親，請您一定要答應我。」

喬勐的一字一句深深烙印在她的腦海裡，完全能感受到他對蘇婉的情意。

「沒事的，姑爺這般機敏，定能平安歸來。」蘇母梳理著蘇婉的頭髮，安慰她道。

蘇婉感覺很舒服，將頭又靠近蘇母幾分，閉上眼睛。

「我家二爺確實機敏，可我就怕他衝動，怕他為了他想知道的事，以身犯險。」

蘇婉喃喃說著，喬勐雖對秦雲盼有厭惡之心，但他依舊想弄清楚當年的事。

也許，他心底還存著一絲希冀。

他真的是在不受期待中出生的嗎？他的母親有沒有愛過他，曾對他好過？

蘇母道：「姑爺心裡惦念著妳，一定會萬分小心。現在最重要的，就是妳要保全自己，在家等著他，平安生下孩兒。」

蘇婉嗯了一聲，抓著喬勐的枕頭，聞著他留在上面的氣味，慢慢睡去。

蘇母見狀，無聲嘆息一聲。

喬勐不在，日子還是要繼續過。

繡坊生意由蓮香和銀杏管著，用番椒做的鍋底秘料也調配出來，所以火鍋店生意也越發紅火了。

因著這兩筆大生意，他們又招了不少人。好在有蝨子這個小地頭蛇在，招人時抓出不少混在裡面，不知是誰家想要安插過來的人。

這日，暖陽高照的午後，蓮香同徐遙一起進了喬宅。

蘇婉正坐在廊下曬太陽，她的身子越發重了。年關漸近，她的生產日也漸近，可喬勐近日卻杳無音信。

「給師父請安。」蓮香率先來到蘇婉面前。

蘇婉睜開了眼，見是蓮香，朝她點點頭。

「是蓮香啊。繡坊有什麼事嗎？」

繡坊開業以來，每個月都陸續收到臨江小娘子們投過來的畫稿。因蘇婉產期漸近，蓮香不敢多勞累她，多是自己先看一遍，然後再請徐遙看，最後將選中的拿給蘇婉挑選。

之前那些被選中的畫稿，已經由繡娘繡成各類繡品，有的已經在蘇繡坊開賣，很快便賣斷了貨。當然也是因為有人刻意捧場，畢竟若是自己畫的花樣子賣得不好，臉上也無光。

繡坊的客人以來自臨江和稽郡為多，蘇婉想了想，派人在這兩處租小鋪子作為聯絡的地方，至於要不要正式開店，還是要等喬勐回來商量。這些小鋪子，如今是蝨子負責聯繫。

「這個月的畫稿，請您看一下。」蓮香打開懷裡的匣子，遞給守在蘇婉身邊的姚氏。

「婉娘子，這院裡的梅花甚好。」這時，一直沒出聲的徐遙突然說了一句。

蘇婉立即抓住躺椅把手，正坐起來。

「徐大家來了，怎麼沒說一聲。」蘇婉嗔怪地看姚氏和蓮香。

姚氏和蓮香別過臉偷笑。

「無事，都是一家人。」徐遙不在意地擺擺手。

蓮香立即收斂笑意，暗暗瞪他一眼。

徐遙呵呵笑了，從跟在他身後的錢管家手裡取了一個畫卷。

「婉娘子，妳要的平江山水圖，遙幸不辱命地完成了。」

錢管家立即上前，經過蓮香身邊時，發出一聲嘆息。

蓮香只當不知。

蘇婉藉著姚氏的手站起來，接過畫卷，解開綁著的絲帶。

蓮香立即上前，和錢管家一人握住一邊卷軸，將畫卷展開給蘇婉瞧。

運河之邊，山水相逢，市井人家，裊裊炊煙。走街小巷，商鋪林立，人潮歡騰，高樓廟宇，香火鼎盛。

蘇婉很喜歡，不過她可能要花上幾年才能繡出來。

蘇婉從錢管家這頭一步一步往蓮香那邊挪動，邊走邊感嘆，忍不住伸手撫摸畫中景致。

「徐大家辛苦了。」蘇婉看完，轉頭對徐遙說道。

徐遙捻鬍子，滿臉自豪，微微點了點頭。

「婉娘子上次說的百鳥朝鳳圖，我按照妳的意思畫了底稿，看看合不合心意。」

徐遙說著，又對錢管家點點頭，錢管家立即遞出手中另一個畫卷。

這幅百鳥朝鳳，是蘇婉接到喬勐去了上京後遞回來的第一封信時，請徐遙畫的。

這事也跟明雪有關，在火鍋店見面後，她送來一封信，裡面只有一句話——官家將於隆平四年夏至大婚。

明年就是隆平四年。當今皇帝十七歲登基，距今三載，后位空虛，大婚也在情理之中。

不過，這件事於蘇婉來說，應該沒有任何關係，但明雪為什麼要遞這樣的信給她呢？

這信應該是她的主子秦雲盼讓她轉告的，蘇婉一直在想這件事和她有什麼關聯，百思不得其解，彼時還未去上京的喬勐無意中說了一句話點醒她。

「我看就是她們故弄玄虛，總不能讓娘子去替皇后繡大婚的禮服吧？」

蘇婉聽完，頓覺應該就是這個！她是繡娘，皇帝大婚能跟她有關的，大概只有大婚的禮服了。

但是，皇家的大婚禮服，怎麼也輪不上她繡吧？
她雖然覺得喬勐無意說的話有道理，但還是存疑，便沒有管這件事。
後來，喬勐卻在上京給她遞信，說皇帝對如今織造局的皇商很不滿，傳言會從民間徵選新的皇商及繡坊，以皇后大婚的禮服為選。
當然，肯定要經過層層篩選，現在還沒有明令下來，但蘇婉必須要有所準備。
她想爭這個名頭，她和喬勐沒有好的家世，只能靠自己，所以他們要強大起來，才能不被人欺凌。
她想著，把目光放在徐遙管家手中的畫卷上，上前一步打開卷軸，慢慢將畫卷拉開。
蘇婉在現代曾經見過用某位名家的百鳥朝鳳圖圖卷繡製而成的繡卷，此繡卷寬半尺，長達一百一十尺。圖繪禽鳥二百七十多隻，以百鳥之王鳳凰為主，百鳥置於四季，以花卉、山石、樹木配之，當真是氣度恢宏、斑斕絢麗。
當然，在這麼短的時日內，蘇婉不可能讓徐遙畫出這樣的百鳥朝鳳圖，只要求了十二種禽鳥及花卉。
徐遙不愧是名家，畫工精妙，筆觸細膩又不失大氣。
「很好，還需幾日能完工？」蘇婉細細看完，詢問在一旁賞梅的徐遙。
徐遙用指尖碰了碰梅花花苞，看看蓮香，被對方再次磨牙瞪視後，把目光移到蘇婉身上，慢吞吞道：「婉娘子何時要呢？」

蘇婉瞧見了他和蓮香的小動作，笑了笑。「自然是越快越好。」
話音剛落下，梨子疾步走過來。
「婉娘子，趙夫人登門拜訪了。」
蘇婉立起身子。「是趙縣令家的嗎？」
梨子回答。「是的，蘇管家正帶著人，往內院這邊來了。」
「乳娘，快讓人去備茶。」
蘇婉離開躺椅，對伸手過來扶她的姚氏吩咐一句，也去握蓮香的手。
姚氏道：「好。」
今日雖有暖陽，但冬風已有凜洌之意，蘇婉從廊下出來時，姚氏又追過來，幫她披了件帶絨披風。
「婉娘子，既有女客來訪，我還是迴避的好。」徐遙見蘇婉她們要去迎客，側了身子。
蘇婉點點頭，她確實還有話想跟他說，剛要安排，眼角餘光忽然見到蓮香的目光朦朧地落在他身上，話到嘴邊，變成無聲嘆息。
「蓮香，妳領著徐大家去繡房待一會兒吧。梨子準備茶水，乳娘跟我去迎客。」
眾人愣了下，不知道她怎麼突然這麼安排。
蘇婉說完，往月亮門那邊去了。

因為剛剛耽誤了，蘇婉走出後院時，遇上蘇長木領著的王氏一行人。

「今日姊姊怎麼得空到我這裡來？」蘇婉見到王氏，立即揚起笑意迎上去。

王氏亦是滿面笑容。「我來啊，自是有好事。」

蘇婉心口一跳，露出疑惑的神情。「有好事？什麼好事？」

「當然是妳的好事。」

「我能有什麼好事？我就希望我家二爺能早日歸家。難不成是關於二爺的事？」

兩個人親親熱熱地挽在一起，往後院走。

「妳呀，就知道妳家二爺。」王氏嗔怪地點蘇婉的頭。「我先討杯茶，再告訴妳。」

蘇婉誇張地捂了下頭。「哎喲，好姊姊，妳告訴我吧，茶自是要多少有多少的。」

她越是這般，王氏越是不說，兩人笑鬧間進了廳，各自坐下後，梨子帶人上茶。

「茶來了，可別再吊我的胃口了。」蘇婉請王氏用茶。

王氏笑笑，沒有去碰茶碗。

蘇婉疑惑地看著她，她便摸了摸肚子。

蘇婉一下就明白了，連忙道：「姊姊這是有了？」

王氏和趙縣令成親數年，如今膝下只有一子，一直想再添個孩子。只是王氏之前生產時，傷了身子，沒能再懷孕。

「是啊，不到兩個月，前些日子剛穩了些。」王氏有些羞澀。「還沒對外說，妳是外頭第一個知道的。」

「這真真是好事啊。」蘇婉拍著手，高興道：「快把茶撤了，給姊姊上碗熱羊奶。」

梨子應聲，下去準備了。

第六十七章

蘇婉吩咐完，又對王氏笑道：「趙縣令是不是高興極了？」

王氏聽了，假意白她一眼。「自是高興的，還說等二爺回來，定親自上門道謝。」

蘇婉不明白。「道什麼謝？」

「自然是謝妳啊。原本臨江那邊說妳是個傳福人，我還不信，只當是碰巧，現在卻是不得不信了。我這次來，也是特地來感謝妳的。」

王氏說著，拍拍手，兩個丫鬟從外間走進來，合抱了個木盒。

蘇婉在心裡算算日子，又從王氏剛剛的話中猜測，懷上的時日，應該是繡坊開業前後。這麼玄？她都有些懷疑她真是傳福人了。

「怎麼跟我扯上關係？應該是姊姊與這孩子的緣分到了。」蘇婉覺得還是要澄清。

王氏搖搖頭，讓丫鬟將禮物遞給姚氏。

蘇婉連連擺手。「不能收，這跟我無關，是姊姊自己的福氣。」

這是蘇婉的真心話，這種事太玄了，但她肯定自己穿越時沒帶這種異能，不然她和喬勐何至於是如今這般，早該大殺四方，爬上人生巔峰。

王氏心裡依舊認定蘇婉是傳福人，看看以前的喬勐是那麼個渾人，再看現在的喬勐，他因何轉變，大家心裡都清楚。

「妳別推了，這是我的一點心意。妳不收，我心裡也不踏實。」王氏故意板起臉，又勸了一句。

丫鬟們聽話，又將木盒往姚氏身前遞，姚氏伸手也不是，不伸也不是，只好去看蘇婉。

蘇婉笑著對王氏搖搖頭，拿她沒辦法，示意姚氏收下。

姚氏這才接過木盒。

隨後，王氏問了蘇婉身子和生產日子，得知沒幾天了，也替她擔心，不知喬勐能不能趕回來。

「對了，姊姊不是說，有關於我的喜事嗎？」等王氏喝完羊奶，蘇婉才想起這件事。

王氏一聽，拍了下腦袋。「瞧我這記性，竟把重要的事給忘了。」

蘇婉好奇。「什麼事？」

王氏道：「昨夜府衙接到詔令，明年夏至，官家大婚，要從民間徵選絲織紡、繡坊，來繡大婚禮服。」

蘇婉了然地在心中點頭，隨即面上露出欣喜之色。「真的嗎？那我們繡坊是不是也可以參選？」

「應是如此，我家官人特地要我來告訴妳，讓蘇繡坊早做準備。」王氏說著，從袖裡抽出一本小摺子。

蘇婉見罷，示意姚氏接過來。

摺子是趙縣令手抄的參選誥令，各家絲織坊、繡坊，可帶織品及繡品至縣衙參加評選，第一輪由縣令及當地名家各擇出前三名。第二輪則前往州府，由州官及天使再擇出前三名。第三輪，最後獲選的三家前往上京，由禮部及皇室抉擇。

誥令並未要求織品及繡品樣式，在蘇婉看來，皇帝可能不光是為大婚準備，還想換掉絲造局。

「姊姊先替我謝過趙縣令，等二爺歸來，我定讓他登門拜謝。」蘇婉看完，合上摺子，看著王氏道。

王氏笑著搖頭。「不值什麼，就是一件小事。」有來有往才是好。說完便起了身。「我出來久了，有些乏，該回去了。明日消息就會傳開，妹妹需早些安排。」

早一日知曉，便多一分先機，蘇婉自是懂得。

她跟著起身，走到王氏身邊挽住她。「姊姊，天氣冷了，出門可要多穿些。」又吩咐姚氏。「去取昨兒蓮香拿過來的紅色狐毛斗篷。」

王氏聽了，趕緊拍拍她。「不用，我帶了披風的。」

蘇婉笑。「這本就是給姊姊做的，姊姊帶了那麼多夫人照顧蘇繡坊的生意。我原想著，這兩日送到妳府上，趕巧妳今兒來了，索性帶回去吧。」

說話間，姚氏帶著蓮香進來，蓮香捧著那件斗篷，見到蘇婉和王氏，便將斗篷抖開。

原本王氏還要拒絕，可看到那件斗篷，眼睛都直了，挪不開眼，推諉的話再說不出口。

「好看吧？」蘇婉見王氏這樣子，就知道她一定會喜歡。

紅底白梅，瓣白蕊麗，顏色喜慶卻不俗麗。加上得了蘇婉真傳的蓮香繡工，款式新穎，領上又有一圈毛茸茸的狐毛，繫帶尾上還有兩顆小毛球，真真是暖和又好看，連蘇婉都喜歡得不得了。

「好看。」王氏伸手去摸。

蘇婉捂嘴笑。「還不快幫趙夫人披上。」

蓮香聽話，立即替微微彎腰的王氏披上斗篷。

「確實好看。」蘇婉走到王氏面前，幫著理了理，又退步看了看。

王氏左看右看，又問自己的丫鬟，丫鬟們也說好看。

「那我就先謝過妹妹了，妹妹定能心想事成的。」王氏抓住蘇婉的手，緊握兩下。

蘇婉笑回。「借姊姊吉言。」說罷，就要送王氏出門。

王氏擺手，讓她不要送了，蘇婉只得讓姚氏跟著去。

等人離開後，蓮香才垮下臉。那件斗篷，是她熬了幾個晚上替蘇婉繡的，連樣式都是她親自裁製的。

「怎麼，不高興了？」瞧見蓮香噘著嘴，蘇婉好笑道。

蓮香搖搖頭。「沒有，本就是給師父的。師父送給誰，都是應該的。」

「妳呀。」蘇婉見她這般，好想刮刮她的鼻子，轉念想到她的年紀，手還是收了回去。「給王姊姊也好，她穿得好看，讓其他女眷瞧見，咱們繡坊生意自會跟著好。」蘇婉解釋一句，笑了起來。

蓮香雖還有些不高興，但見蘇婉好像挺高興的，她的不豫也就不見了。

「王娘子過來，所為何事？」

蘇婉撐了撐腰，帶著蓮香向繡房走去。「自然是好事。接下來，妳會更忙了。」把王氏帶來的消息告訴蓮香。

「真的嗎？」

等蘇婉說完，蓮香頓時連路都走不動了，眼裡隱隱泛著光芒，激動地看著蘇婉。

這事雖有利有弊，利於名利，弊於受牽制。但她始終覺得，蘇婉應該走得更高更遠，不該被困在平江這個小地方。

蘇婉打量蓮香此刻的模樣，忍不住笑道：「自然是真的。」這孩子，比她還激動。

蓮香咬唇。「我相信師父一定能拿下。」

蘇婉瞥她一眼，繼續往前走，邊走邊道：「不是我，是我們。誥令上說的是絲造和繡坊，以我一人之力，自是不能，還要靠大家齊心協力。」

「是，一切聽師父吩咐。」

蘇婉說著，撫了撫肚子，停下腳步，拉過蓮香。「我快要生了，定是沒有太多精力。妳近日就住家裡，我再教妳一點東西。」

「謝謝師父。」蓮香立即就要對蘇婉行禮。

蘇婉按住她。「行了，這下開心些了吧？」

蓮香聽出蘇婉說的是斗篷的事，不好意思地點點頭。

「她來得突然，還帶了禮物，我手上也沒個合適的東西還禮，只好把那件斗篷給她，是我對不住妳的心意。」蘇婉牽著蓮香的手，繼續往繡房走，帶著歉意說道。

蓮香搖頭。「沒關係，我明白，師父對我足夠好了。」

蘇婉看看她，確定真的沒有不開心了，才放心地對她笑了笑，想問她和徐遙的事，可話到嘴邊，又不知道如何說。

「最近妳可有煩心事？」想了想，蘇婉只好狀似閒談地提了一句。

蓮香不知道蘇婉的心思，直接道：「沒有啊，師父怎麼會這麼問？」

「我聽說，近來徐大家去繡坊去得很勤。」

「是嗎？」蓮香頓時有些不自在，躲開蘇婉的目光。「他……是我最近太忙了，又有臨江那邊來的畫稿，讓他幫忙看看。」覺得口乾舌燥，心微亂。

「哦。」蘇婉見她這般，便不再多問了。

兩人推門進了繡房，徐遙正坐窗邊寫寫畫畫，抬頭看了她們一眼。

「徐大家這是畫癮又上來了？」蘇婉笑著微微福身。

徐遙捻捻鬍子。「婉娘子有話就說吧。」

「徐大家，這是在我師父的院子裡，您若是想畫畫，就回自己家去。」蓮香不滿他用這般態度對蘇婉，口氣有些衝。

唉，完了。

蘇婉聽了，便知他們倆的事不是徐遙一廂情願，蓮香剛剛的話裡，分明使了小性子。

徐遙立即擱了筆，還傻笑兩聲。

蘇婉按了按額頭，對蓮香擺擺手。「好了，不要對徐大家這般無禮。」

徐遙站起身。「無妨無妨，蓮香姑娘實乃真性情。」

被蘇婉說的時候，蓮香就知道自己說錯話了，但心裡彆扭無比，索性別過臉，不想也不敢看徐遙和蘇婉。

徐遙見蓮香如此，在心底嘆一口氣。「婉娘子這裡若無事，我也該回去了。」

蘇婉看看兩人，抬手道：「徐大家還請稍待，我有點事相商。」說完便請徐遙坐，自己坐到對面，再次說了誥令的事。

徐遙捏捏鬍子，沈默一會兒，出聲問蘇婉。「婉娘子想怎麼做？」

「我想請先生相幫。那幅百鳥朝鳳圖，就是為這個準備的。」

「看來婉娘子早得先機了。」

聽到這裡，蓮香詫異地問：「師父早就知道？」

蘇婉點頭，說是喬勐從上京帶來的消息。

「我明白了，我會早些把那幅圖畫出來。」徐遙應下。

「蘇婉在這裡先謝過徐大家，我現在身子不方便，諸事還是要請徐大家與蓮香商議。」

蓮香對於蘇婉的話，向來沒有異議，而徐遙見蓮香沒意見，自然也是沒有意見。

隨後，三人在繡房裡商量繡製什麼圖樣的繡品。

既然皇帝的誥令裡也有對絲造坊的選拔，那她們的心思就要放在呈交的繡品圖樣上，衣料材質還是遵從往例。

而且，誥令上所說的大婚禮服，只有后服，無帝服。畢竟龍袍不是人人都可製的。

「那師父讓徐大家繪製的百鳥朝鳳，不就……」蓮香有些納悶。

蘇婉搖搖頭，百鳥朝鳳確實也是，但那是參與終選用的。

「你們有沒有見過一種魚，叫鳳尾魚？」

徐遙捻了捻鬍子。「鳳尾魚？」似在回想。

蘇婉點頭，隨即說起鳳尾魚的樣子。「這魚身紅細窄長，尾短色麗，開狀如同鳳凰尾巴。」前世，這種魚又叫孔雀魚。

徐遙道：「可是永嘉盛產的子鰣？這魚也被稱為鳳鰣，樣子近似婉娘子說的鳳尾魚。」

子鰭是什麼，蘇婉並不清楚，但聽到徐遙說，這子鰭又叫鳳鰭，猜想應該差不多。

蘇婉便道：「可否請徐大家畫給我一觀？」

徐遙沒推託，讓人換了畫紙，凝神思索一會兒，揮筆作畫，一條鳳鰭躍然紙上。

「是，確實是牠。」蘇婉欣喜道。

徐遙停筆，略微皺眉。「婉娘子想憑著這條魚入得天使之眼？」

蘇婉搖頭。當然不是，徐遙畫的這條魚過於寫實了。

「不能這樣，我需要這樣的兩條。」蘇婉走近徐遙，接過他的筆，在紙上描繪起來。她的畫工自然比不得徐遙，只是想讓徐遙更加了解她想要的意境。

兩條鳳尾魚，魚身明豔，尾巴呈斑斕扇狀，對頭游於星辰之中。雖說看起來簡單，但極其考驗繡工。

蘇婉同徐遙細說了一會兒，徐遙明白了她想要的畫樣，便起身告辭。

「蓮香，徐遙這般有才的名家，為何甘願留在咱們繡坊？」

等徐遙走後，蘇婉轉頭問還在細究鳳尾魚畫樣的蓮香。

「自然是因為咱們好吃好喝地供著他。」蓮香抿了抿唇，佯裝若無其事。

「妳呀，心裡應該是明白的。」蘇婉白她一眼，而後鄭重道：「若是妳無意與他成好，便要注意分寸，切勿逾矩。」

蓮香低下頭。「師父，我知道。我、我就是忍不住……」徐遙那樣的人，竟然會喜歡她，敬她、憐她，叫她怎能不喜？

「若妳喜歡，便要勇敢些，我和繡坊是妳的後盾。」蘇婉緊跟著又說了一句。

「師父？」蓮香愕然抬頭。

「怕什麼，你們既然有意，有何好怕的？不要在乎別人的看法，日子是自己過的。」蘇婉鼓勵她。

從前她不看好，是怕蓮香禁不住世俗禮教的眼光。可如今想來，比起世俗禮教，更痛苦的，是不能跟心愛之人長相廝守。

她的二爺現在又在何處呢？他吃得飽不飽，穿得暖不暖？想不想她？

蓮香聽了蘇婉的話，不禁落淚，她何德何能，能遇見蘇婉，能遇見徐遙。他們於她，便是黑暗裡的光明，她心之所歸。

「師父……我怕……」蓮香跪俯於蘇婉的膝頭，低聲喃喃。

「別怕，有我，有二爺在呢。」蘇婉覺得，加上喬勐更讓人放心。

「蓮香不想離開師父，蓮香想一輩子待在師父身邊。」

她所有的溫暖都來自蘇婉，是蘇婉給了她一個家。徐遙太虛幻，但蘇婉是實實在在的。

蘇婉摸摸蓮香的頭頂，感覺到她的依戀，心裡暖暖的。

「妳若想留，我又不攔妳，就怕到時候妳哭著喊著要跟某人走呢。」

「蓮香不會的。」就算將來她嫁人，也不會離開蘇婉。

蘇婉笑笑，讓蓮香起來說話。

蓮香起身，擦乾淚水，蘇婉便同她商量起正事來，要她在她帶的徒弟中挑出兩、三個，同她一起繡製鳳尾魚。

明年夏至，皇帝便要大婚，可見最遲明年開春便要訂下新的絲造局。這實在匆忙了些，看來是臨時之舉，或絲造局近來出了問題。

蓮香應下後，抓緊工夫回繡坊準備了。

蘇婉算著日子，她生產在即，但應該能參與百鳥朝鳳的繡製。蓮香是她教出來的，她相信她的繡工，不過天下能人居多，她也參加，獲勝的把握會更大些。

果然，隔日詰令的事便傳開了。

過了小半個月，蘇繡坊成功入選平江繡坊前三名，由平江縣衙把名單送去臨江。

其間，縣令夫人王氏穿著蘇婉送她的斗篷參加好些筵席，因此蘇繡坊的生意越發好了。

徐遙已將鳳尾魚圖畫出來，交給蘇婉，還修改數次。

蘇婉看完，隨即交給蓮香，讓蓮香帶著幾個徒弟開始繡製起來。

第六十八章

這日晚上，蘇婉在繡房陪著蓮香幾人做繡活，不知怎的，繡針突然刺破她的手指，肚子也疼了起來。

蘇母與姚氏大驚，趕緊命人去請大夫。

大夫把完脈，對房裡的幾人說道：「婉娘子是憂思過重，要放寬心。胎兒無礙，我且開些安神方子。這幾日不要過於滋補了，勤走動，一來散散鬱氣，二來有利生養。」

「那就好，謝謝大夫。」蘇母和姚氏雙手合十。

一會兒後，大夫寫好方子，交給了姚氏。

「乳娘，妳送送大夫。」蘇婉躺在床上，吩咐姚氏一聲。

姚氏點頭，請大夫出門。

「妳這孩子，二爺吉人自有天相，沒消息就是好消息。現在妳就是好好養好身體，平安地把孩子生下來。」蘇母走到床邊，抓住蘇婉的手，懇切道。

不知道為什麼，蘇婉總覺得心慌，但她不想讓蘇母擔心，點點頭。「我知道。」

「妳別怕，有娘在呢。」

蘇母心裡也是難受的，女兒第一次生產，姑爺卻杳無音信，但她要當女兒的主心骨，不能慌亂。

「乳娘怎麼去了這麼久？」

蘇婉同蘇母說了一會兒話，見姚氏遲遲不歸，問了一句。

蘇母也覺得奇怪，決定去看看。她剛站起來，外面便傳來慌亂的腳步聲。

蘇婉也聽到了，心裡一驚，跟著坐起來。

姚氏撩開簾子，眼眶微紅，張著嘴，看見蘇婉的那一瞬，忽然冷靜下來。

「太太，蘇家來人，說是老爺給婉娘子送了禮品，您去看看吧。」她的聲音微微發顫，努力克制住，好不容易才把話說完。

「老爺怎麼送東西來了？」蘇母看著姚氏的樣子，很是奇怪。

蘇婉也緊盯著她。

姚氏一把抓住蘇母的胳膊，緊緊扣住，蘇母瞬間便明白——出事了！

「婉姐兒，妳先歇著，我去去就回。」蘇母重重按住抓姚氏扣在她胳膊上的手。

「好，您去吧，讓來人替我向父親請個安。」蘇婉握了握手心，扯出一抹笑意。

蘇母對她笑笑，依舊抓著姚氏。「姚嬤嬤，妳跟我去一趟吧。」

姚氏雖已定了心神，卻不敢再看蘇婉，點了點頭，領著蘇母往外走。

等兩人的腳步聲漸遠，蘇婉立即下床，撫了撫高高隆起的肚子，閉閉眼，深吸一口氣。

她剛撩起簾子，迎面便遇上前來伺候的梨子。

「娘……」

蘇婉飛快捂住她的嘴，低聲喝道：「不許說話，跟我來！」

梨子被她嚇一跳，不敢出聲違抗，只得點頭。

到底出了什麼事，讓姚氏那般慌張，是不是喬勐……不，不能亂想，喬勐不會出事的！

蘇婉喉嚨微哽，看向夜幕，堅定地拉著梨子，往前院走。

前院靜悄悄的，只聽見夜風吹過樹枝發出的簌簌聲，隱隱有女人的抽泣聲。

「娘子……」梨子突然有點害怕，小聲地叫了蘇婉。

「噤聲！」

蘇婉推開她，提起裙襬，慢慢向待客廳走去。

越靠近，人聲便越近，但不知為何，他們都是低聲說話。

門並沒有關上，蘇婉靠過去，悄悄倚在門邊，探出頭往裡面看。

蘇母坐在上首，滿臉的不可置信與哀傷；姚氏站在一邊，拿著帕子低聲哀泣。

蘇母面前跪著一個錦衣男子，哽著聲音說話。

他們周圍站了一圈人，九斤、蠻子、蘇長木跟蘇大根都在，背對蘇婉而站，她看不清他們的神色。

但是沒有人發現她到來，足以證明，他們此刻心思全放在跪著那人說的話中。
那人聲音很低，蘇婉的心怦怦跳著，好似要跳出來。
因為她認出了那人的聲音——是趙立文。
蘇婉腦子頓時嗡嗡作響，隱隱聽見喬勐、落水、蔣家……雙腿發軟，感覺要站不住，梨子趕緊去攙扶她。
不，她不能倒下！
蘇婉深吸一口氣，猛地咬住下唇，扶著門框，站穩身子，慢慢向門口走去。
「二爺出了什麼事？」她努力穩住自己，才沒有發出顫音。
眾人聽到她的聲音，皆是一震，恐懼地看向她。
蘇婉確定了，來人真的是趙立文。
「娘子……」姚氏一個箭步，衝到蘇婉跟前。
「乳娘，妳告訴我，好不好？」蘇婉拉住姚氏的手，定定看著姚氏的眼睛。
姚氏哪能被她這般看著，被嚇住的眼淚再次流了出來。
「姚嬤嬤，不許哭了！」蘇母站起來，斥責姚氏一聲。
姚氏哪裡止得住，她家姑娘以後該怎麼辦啊？懷著孩子，官人卻……
「弟妹，是我對不住妳。」趙立文亦是眼睛赤紅。剛剛從背後還看不出，此刻細看，才發現他衣衫破爛，臉上、脖頸跟雙手滿是傷痕。

「我去殺了他們！」再也忍不住的九斤，一記重拳捶在身旁的桌几上，桌几應聲而裂。幾個婦人嚇了一跳。

「你幹什麼，婉娘子在這裡呢。」蠻子一把按住要發瘋的九斤。

「你給我滾開，你為什麼沒保護好二爺！」九斤一拳揮開蠻子，恨聲道。

蠻子亦是滿身傷痕，血跡斑斑，任由九斤的拳頭揮在身上。

是他該死，沒能護住喬勐。

出事那天，喬勐說不讓他跟著，他拗不過，便沒有跟。他應該跟著去的，他該死！

兩人這一鬧，其他人才回神。如今喬勐出事，蘇婉和她肚裡的孩子千萬不能再有事！

蘇婉捂住胸口，喘著氣，推開姚氏和梨子，一步一步走向趙立文，死死地盯著他。

「三爺，你告訴我，喬勐怎麼了？我沒事的，你們不用擔心我，二爺是不是……」那個字，她終究沒能說出口。

越是走近趙立文，蘇婉的腦子越是清晰，知道喬勐定是出事了，她知道她現在不應該知道，但是她不可以，也不能不知道。

「唉……」蘇母長長地嘆息一聲。她挺到現在，已然是為著女兒。

隨著一聲嘆，眾人淚灑衣襟。

沈默片刻，趙立文慢慢開口道：「我不知道，他失蹤了。我帶人沿著運河找了七天七夜，都沒找到他。」滿心自責，沒把喬勐帶回來。

蘇婉一陣暈眩，晃動著身子後退兩步，梨子和姚氏趕緊接住她。她靠在兩人身上，目光依舊在趙立文身上。

「出了什麼事？」

「我們初到上京，就被人盯上了，行事處處受制。起初我不解，後來喬二同我說起他和喬家及蔣家的恩怨，我才知道為何。那時，我便勸他離開上京，那裡畢竟不是我倆的地盤，萬事不便，很危險。

「但喬二說，他在等人，那個人還沒聯繫他。他讓我先回來，我怕他出事，沒有走。

「其間，我們躲了三次刺殺，好在都只是受了些輕傷。喬二也知道這樣下去不是辦法，也擔心妳會出事，所以打算回平江。就在這個時候，他等的人來找他了。」

「可知是誰？」蘇婉揪著心，聽到這裡，知道定是秦雲盼來找他，忍不住打斷趙立文。

趙立文搖頭。「來人很神秘，並沒有露出容貌和行蹤，他們跟喬二說了幾句話，喬二便跟著他們走了。走之前交代，萬一他出了意外，讓我定要護妳周全！」

含在蘇婉眼眶裡的淚，終於如斷線珍珠滾滾而下，她只想要喬勐平安歸來。

「後來呢？」

「過了三天，喬二回來了，但臉色不好，也不提回去的事。我們搬到一個隱蔽的地方，那些殺手沒有再出現。

「火鍋店和繡坊的事，也開始辦了，但不是我們自己出面，而是有了一個像是出身權貴家族的管事代辦，事情開始順利起來。

「可我愈加不安，喬二總是一個人出去，也不許旁人跟著。有一天，他帶回一個人，關在我們的住處。起先他不肯說，後來我再三詢問，他才說那是蔣家的人，替喬知鶴賄賂由蔣家牽線的上官。

「又過了幾日，那人被帶走了，我問喬二到底怎麼回事，喬二不肯說，說知道了只會對我不利。之後，他便整日在外忙忙碌碌。」

權貴？秦雲盼到底是什麼人？喬勐是不是和秦雲盼聯手在做些什麼？蘇婉思緒微亂，只能從趙立文的隻言片語裡尋找線索。

「半個月前，喬二很高興地回來，跟我說可以回去了！孰料，剛出上京，我們就遭到伏擊，好在回程有高手護送，喬二和我雖然受傷，不過也逃了出來，可是……」

蘇婉心一驚。「可是什麼？」

「路上，我們船突然燒起來，護衛中有人刺殺喬二。喬二不防，被刺了數劍，落入湖中，血染紅了湖水……」

趙立文說到這裡，狠狠捶了一下自己的胸口。

蘇婉閉了眼，發著抖，好似被人扼住喉嚨，只能喃喃不成語。

片刻後，蘇婉狠狠掐了自己一把，強迫自己冷靜下來。

「所以，你們沒找到他的屍首是不是？他可能還活著，是不是？」

趙立文重重點頭。「是，還沒找到。」

「那就好，二爺不會那麼容易死的，他還沒見到我們的孩子出生，還沒……還沒跟我……」一起出人頭地，還沒一起白頭到老。

蘇婉頓住，說不出話來了，覺得窒息，快要不能呼吸。

「娘子，您要保重啊。」姚氏連忙拍著蘇婉的背，讓她順氣。

蘇母也趕緊走過來，幫著拍她的胸口。

蘇婉喘了兩聲，清醒過來，按住蘇母的手，緩緩道：「母親，我沒事。」

她有他們的孩子，他還沒死，而且她還沒找出害他的人，她不可以有事。

「九斤！」蘇婉硬挺著，站直了身體，手放在肚子上，突然叫起來。

在一邊內疚沒跟去上京的九斤，立即走到蘇婉面前。「婉娘子，我在。」

「你跟著二爺久，知道他的脾氣，帶人去找，定要把二爺帶回來。」蘇婉臉色蒼白，看著九斤，啞聲道。

九斤單膝跪地。「是！」

「生要見人，死要見屍。」這句，蘇婉是忍著痛，慢慢一字一句說出來的。

「我也去！是我該死，沒保護好二爺！」蠻子也跟著叫道。

「你在家保護好婉娘子！」九斤扭頭瞪蠻子。
是啊，喬勐最放不下的人，就是蘇婉了。
「好，我蠻子就是豁出這條命，也不會讓婉娘子出事！」蠻子跟著跪下，對天發誓。
「你們都起來吧。」蘇婉沒讓他們繼續說下去，輕聲道。
「弟妹，妳跟我走，他們應該還不敢殺到趙家來。」沈默一會兒後，趙立文開口道。
喬勐已經出事了，他定要護住他的娘子和孩子。
就在這時，外間突然喧鬧起來，從後院傳來哭喊聲，隱隱像是呼救。
九斤一個跨步跑出去，其他人趕緊跟上。

他們衝出門，見一股火光沖天而上。
「失火了！快來人救火啊！」後院僕役高呼聲不斷。
「蠻子保護好婉娘子，其他人跟我去救火。」九斤一看情形，當機立斷道。
「是！」其他人應聲。
「怎麼會突然起火？」蘇母扶著蘇婉走出來，慌張望著冒火光的後院。
蘇婉看著火光，瞇起眼。「只怕不是意外。」
前腳趙立文他們回來，後腳她家就失火，燒的還是後院，可見目的有多明確，恐怕就是要她死！

「師父！」

「娘子！」

就在喬宅兵荒馬亂時，偏門又衝進幾人。

蘇婉定睛一看，是蓮香和銀杏。

「妳們怎麼來了？」蘇婉感覺有些不妙，她這邊失火的事，應該不會傳那麼快。「是不是繡坊出事了？」

銀杏點頭。「是，有人在繡坊放火。」

「什麼?!」蘇母失聲道。

「有人受傷嗎？」蘇婉急切地走過去看蓮香和銀杏。

這時，蓮香她們也發現了喬家失火，連忙搖頭，一齊問蘇婉。「您沒事吧？」

蘇婉搖頭。「我沒事，現在繡坊如何？」

蓮香道：「幸虧我在前院趕鳳尾魚的繡件，及時發現不對勁，叫人滅火。我已經報官，這會兒縣衙應該派人來查了。」她就是心裡不安，這才拉著銀杏來喬宅看看。

不一會兒，後院的火撲滅了。

在火鍋店的蘇二郎和白果，也回來稟報，火鍋店差點起火。

因為這些日子生意紅火，所以蘇二郎和白果都住在火鍋店。火鍋店最怕火了，甚是謹慎，很早便發現了不對勁。

隔壁菜園也在喬宅起火時冒出火光，幸好隔壁水多，滅火滅得快。

蝨子也過來了，看見鸞子，卻沒見到喬勐。問了鸞子，鸞子閉口不言，神色哀傷，聰明如他，知曉定是出事了。

「婉娘子，這絕對不是意外。」蝨子肯定地對蘇婉道。

蘇婉慘然一笑，當然不是，是有人想將他們這個家一網打盡。

想要喬勐死，也想要她死，好狠的心。

「弟妹，我們連夜走，這些人不會放過妳的。」趙立文同樣看出敵人的決心，焦急勸道，想護著蘇婉平安離開。

蘇婉沒回話，她的二爺還沒回來，她能去哪裡？

「娘子，二爺應該跟您說過他留的後路，我先送您走，然後再回來找二爺。」

救完火的九斤回來，聽到趙立文說的話，立刻對蘇婉說道。

蘇婉望著被火光染紅未退的夜幕，滿心想著的，都是喬勐。

她不能倒下。

喬家、蔣家、秦雲盼，這些人的手都不乾淨。

「乳娘，妳去後院查點一下，看看損失了多少東西。」

蘇婉沒理那些要她走的勸告，逕自吩咐起來。

「梨子，妳收拾個房間來。我好累，要休息。」

「煩勞娘幫我熬一碗安神湯。」

「你們且先各自去忙吧，我想休息。等我有精神些，再來答覆各位。」

蘇婉覺得，現在最要緊的就是休息。等她休息好了，才有精神去做更多的事。

第六十九章

慌亂的一夜終於過去，蘇婉醒來時，已是辰初。

昨夜，她睡得不是很安穩，只是一直強迫自己入睡。

她先是摸摸肚子，感覺沒有不對勁後，緩緩地深呼吸。

「乳娘……」她雖沒有大哭大鬧，可聲音依舊是沙啞的。

「娘子，您醒了！」姚氏一直守在內室，聽到蘇婉喚她，立即奔到她的床邊。

「扶我起來。」蘇婉說著，就著姚氏的手下了地。

「餓了吧，我叫人把早膳送進來。」

蘇婉並沒有胃口，但她必須要吃，半垂著眼簾，輕聲道好。

姚氏轉身出去吩咐，回來見她這般隱忍的模樣，實在是放心不下。「娘子，再請大夫過來幫您把把脈吧？您現在要保重身子。」

「乳娘，我沒事。不過請來看看也好，若是二爺回來，看到我這般，大概又會鬧上一場。」蘇婉說著說著，笑了起來。

可是這笑，讓姚氏差點落淚，立即背過身子。

蘇婉瞧見了，輕輕走到她身邊，摟了摟她。「乳娘，我不能哭，妳也別哭。」

姚氏捂住嘴巴道了聲好，輕輕推開蘇婉，轉身替她取外衣，服侍她穿衣梳妝。

一會兒後，早膳擺上了桌。

姚氏扶著蘇婉落坐，一碗粥還未用完，蘇母匆匆而來。

「母親為何如此匆忙？」

蘇母看著蘇婉，欲言又止。這時，外間傳來九斤、蠻子、蝨子的吵鬧聲。

蘇婉聽了聽動靜，放下碗，對蘇母道：「母親，有事要告訴我，不要瞞我。」

話一落，蘇母放聲大哭起來。

「都是爹娘害了妳，讓妳嫁入這虎狼之地。原本想著離了臨江，你們小倆口過自己的日子，妳也不用受婆婆的搓磨，就算官人是個庶子又如何？豈知他家如此欺人，這是要把妳逼上絕路啊！」

蘇婉皺眉。「又出了什麼事？」

就喬勐那名聲，當初若非看他誠心求娶，黃氏善於哄人，他們怎會……

蘇母沒回她，一個勁兒哭著，說著臨江喬家的不是，和自己的後悔。

蘇婉無奈，只好吩咐姚氏。「去把蝨子帶進來。」

姚氏應聲，同樣氣呼呼的蝨子走進房。

「婉娘子！」

蘇婉立即問道：「到底怎麼了？好好說話。」

蝨子撓頭噘嘴。「早上縣衙貼出告示，公布去州府見天使的絲造坊和繡坊名單，咱們家的繡坊不在其中。」

「不是入選了嗎？怎麼回事？」蘇婉吃了一驚，立即站起來。

兩人說話間，外面又傳來蓮香和銀杏的聲音，蘇婉示意姚氏把人領進來。

「清早，趙夫人派人來，說趙縣令早把名單送出去，一開始是過的，昨天不知怎麼回事，臨江州府那邊來人遞了新名單，蘇繡坊被除掉了。」蘇母終於緩過來，接著解釋。

「婉娘子，肯定是那邊搞的鬼，他們欺人太甚！」蝨子握拳吼道。

他已經知道喬勐遇害的事，加上喬勐的產業和家裡接連失火，覺得肯定是臨江喬家做的，恨不得直接拿把刀衝過去。

「娘子，現在如何是好？」銀杏擔心地問。

蓮香也很擔心地看著蘇婉，但不是擔心繡坊，而是擔心蘇婉的身子。

「鳳尾魚繡得怎麼樣了？」

蘇婉深呼吸幾次，重新坐下，平復心情，一遍遍告誡自己不要生氣，好不容易緩下來後，出聲問蓮香。

「快了，再三天就能繡好。」蓮香立即道，現在便想趕回去繡製。

蘇婉點頭。「好，妳別太急，仔細別傷著眼睛。」

「知道了，師父。」

蘇婉又對銀杏道：「妳和蓮香一起回去，我尋人過去守著，妳們幫我把繡坊看顧好。」

蓮香和銀杏連忙應是。

蘇婉擺擺手，讓她們回去了。

「把外面的人統統叫進來。」蘇婉又道。

蓮香和銀杏對視一眼，從對方的神情裡，感覺到一絲不妙。

蘇婉示意她們無須多言。「回去吧。」

兩人只好告退。

九斤和鑾子進門，對蘇婉行禮，趙立文跟在兩人身後。

「三爺也來啦。」蘇婉按了按眉心，請趙立文坐。「三爺用過早膳沒有？」

「已經用過了。」趙立文面上隱有憂色。

蘇婉淡淡點頭，重新拿起碗筷，又問九斤和鑾子。「你們吃了嗎？」

兩人齊聲道：「吃過了，謝謝婉娘子。」面上也是帶著焦急，似有許多話想說。

「我還未用完，乳娘搬些椅子來，大家坐下說話。」蘇婉吩咐完，對蘇母道：「娘，您也坐下陪我。」然後便用起早膳了。

她之所以把九斤他們叫進來，是怕這些人因為怒火，衝動行事。

大夥兒不知道她意欲何為，見她不說話，專心用膳，不知如何出聲，只好低眉沈思。

過了好一會兒，蘇婉終於吃完早膳，慢條斯理地抽出帕子，擦了擦嘴角。

就在屋裡幾個男人要按捺不住時，蘇婉終於開口。「三爺，我有件事想要麻煩您。」

趙立文正色道：「弟妹請說，只要趙某能辦到的，一定辦。」

「家裡人手不多，且多是婦孺，還請三爺借些人手給我，幫忙照看幾個鋪子。」

「沒問題，我會親自安排。」

蘇婉對趙立文扯出一絲笑容。「我先謝過三爺了。」

「這是應該的，弟妹有任何難處，只管與我說。」

蘇婉點頭，沒有再回他，目光轉向九斤和蠻子他們。

「你們上次說的，蔣三爺身邊的那位管事還在臨江嗎？」

蝨子和九斤交換了下眼神，蝨子先道：「還在。」

蘇婉道：「你立即帶人去臨江，把他抓起來。」

蝨子撓頭，想問緣由，九斤踢他一腳，遂趕緊應下。

「婉娘子，抓到之後呢？」之後要做什麼，他不知道啊，所以還是問了一句。

蘇婉嗯了一聲。「你先把人關起來，其他的等我過去再說。」

幾個男人頓時大驚失色，齊齊出聲。「婉娘子，您要去臨江?!」

趙立文緊跟著站起來，看向蘇婉。「弟妹，萬萬不可，此時去臨江，便是羊入虎口！」

蘇婉明白他們的擔心，但有些事她必須去做。喬勐生死不知，她不能倒下，她要撐起這個家，等著喬勐回來。

「我知道。」蘇婉擺手打斷眾人的阻止。「諸位無須多言，我自有分寸。你們的心意，我明白，如今二爺不在，還希望諸位能助我。」說著便起身，要行跪禮。

「妳這是做什麼？」蘇母立即拉住她，哭著責備。

蘇婉的臉上滿是堅定與決絕。

趙立文心中微驚，他知道蘇婉不是朵嬌花，可他也知道，喬勐一直護著她，不讓她瞧見外面的殘酷。

昨日他生怕她會挺不住，若是喬勐生還，簡直無顏面對喬勐。

這個看起來柔柔弱弱的女子，這會兒用著這般堅毅的眼神看著他，那堅毅裡有隱忍不發的痛楚，讓他對她起了敬佩之心。

屋裡除了蘇母的低泣聲，一派安靜。大家都想反對，卻被蘇婉的神色震懾住。

靜默一會兒後，九斤握拳，咬牙道：「婉娘子想要怎麼做？」

蘇婉鬆口氣，她一個快生產的弱女子，離了他們，想做的事還真難辦成。

「你願助我？」

九斤起身抱拳。「我這條命是二爺救回來的，如今二爺不在，自然是聽婉娘子的。」

這話一出，蠻子和蝨子也跟著表忠心。

「好，我需要你們這麼做……」蘇婉逐一吩咐起來。

再次來到臨江，蘇婉的心情很複雜。上次來帶著忐忑，這次卻是有恨。

她在人前表現得沒事，很堅強，但馬車行到喬家大宅門口時，再也無法克制恨意。

撩開車簾，看著熟悉又陌生的街道，她紅了眼，指甲嵌入手心，感覺不到疼痛。

「婉娘子，到了。」九斤在馬車外低聲道。

蘇婉往外面看去，確實到了喬家門口，問道：「讓人散布的話，傳出去了嗎？」

「已經傳了。」

蘇婉點頭。「好，我們在這裡等著。」說完，朝馬車裡陪她同來的姚氏伸手。

姚氏猶豫。「娘子，真要這般嗎？萬一……」

蘇婉沒有收回手。「乳娘，我沒別的路可走了。不做些什麼，我會瘋掉的。」

這個家，如今只有姚氏最了解蘇婉，知道她隱藏在堅強下的瘋狂。

姚氏嘆口氣，把袖裡的東西拿給蘇婉。

蘇婉接過，認真看了看。這是一把匕首，拔出來後，刀鋒鋥亮銳利。

「婉娘子，有馬蹄聲，人回來了。」九斤突然說道。

蘇婉挺直背脊，收起匕首。「我們下去吧，」又對坐在車裡的菜芽道：「等會兒，先看妳的了。」

菜芽捏緊衣襬，深吸一口氣，認真道：「菜芽絕不讓婉娘子失望。」

蘇婉點頭，三人一齊下馬車。

他們已事先打聽好，今日喬仁平休沐，在外會友。

蘇婉等的，就是他歸家之時。

喬仁平帶人策馬而來，蘇婉站在喬家門口街道側邊，身邊是九斤和姚氏，還有些人隱在暗處。

路上有不少行人，有人匆匆而過，有人好奇地看著他們。漸漸地，人多了起來，多了不少聞風而來的好事者。

喬仁平輕喊一聲，勒馬而下。

「去吧。」蘇婉對著身邊披頭散髮、讓人看不清面容的菜芽道。

菜芽深吸一口氣，狠狠捏自己一把，一個跨步衝出去。

菜芽一出街道，便去攔喬仁平。

「喬太守！」

「何人攔路？」菜芽還沒有近喬仁平的身，就被護衛攔下。

「喬太守，你怎能任由親兒子殺親孫子？虎毒還不食子呢，你們喬家好狠的心啊！」

菜芽練習過了，口齒清晰，語調高昂而不尖。聲音一出來，行人頓時駐足。

「哪裡來的刁民，胡言亂語什麼！」

護衛看看臉色陰沈下來的喬仁平，立刻去抓菜芽，不讓她繼續說下去。

「你們做什麼？快來人啊，有人要殺人滅口了！喬大老爺和喬大太太覬覦庶子家產，謀財害命，連喬太守也要殺人了！」

菜芽掙扎著往街道上跑，大聲叫著。

之前蘇婉讓蝨子在城裡散布消息，這會兒有不少百姓聚在喬家街前，還有不少他們自己花錢雇的人。

菜芽眼尖，直往人群裡跑。

「喬大老爺謀財害命，殺人放火，連快生產的婦人都不放過，喬家要遭報應的！二爺若是死了，做鬼都不會放過你們！」

喬仁平越聽，眉頭越皺，這個瘋女人越說越離譜，周圍聚攏的百姓也越多。

「哪裡來的瘋子，休要胡言亂語！」聽到動靜的喬家管家出來，指著菜芽喝道。

菜芽躲著要抓她的護衛，身邊的路人是蘇婉他們的人，暗暗保護她。

一時間，路人議論紛紛。

「婉娘子的院子和鋪子都被燒了，現在還想燒死她和肚裡孩子，喬家真是喪盡天良！」

「天啊，這也太……」

「就是就是。我聽說，喬大老爺和喬大太太不喜歡娃霸，一直打他手上產業的主意。」

「我也聽說了。娃霸不會真的死了吧？」

喬仁平聞言，臉色沈得能滴出黑水，心道定是出事了，不過這會兒萬不能再讓這個瘋子鬧下去，最好帶到府裡審問。

可現在場面這麼亂，顯然有人有備而來。

既然不能抓，乾脆殺了！

喬仁平看管家喬來一眼，喬來會意，立即派人去找弓箭手。

見喬來吩咐下去，喬仁平便不再管，跨步往門內走。

「祖父請留步。」

就在喬仁平要進府時，姚氏扶著蘇婉走過來。

喬仁平腳下一頓，眼神銳利地看向蘇婉。

蘇婉心口一顫，但她不怕，慢慢地走過去，眼淚滴落衣襟。

眾人也被一身素白的蘇婉嚇住了。

「二郎媳婦，妳怎麼在這裡？」

「祖父還不知嗎？二爺遇害了！」蘇婉如風中小白花，顫顫巍巍對著喬仁平哭訴。

喬仁平根本不知道喬勐的事，剛剛雖有所察覺，但依然不太相信，這時從蘇婉口中聽見，心神不由一震。

「怎麼回事？妳跟我進府來說。」

「不！」蘇婉一副害怕的樣子。「二爺就是被父親和母親害的，我不去！」

「妳渾說些什麼？」喬仁平目光凌厲。

「我沒有胡說！父親想要什麼，祖父難道真的不知道嗎？」蘇婉睜大了眼睛，聲音極其淒婉。

百姓因為她的話，再次喧鬧起來，一會兒瞧著蘇婉、一會兒瞧著喬仁平，還要告訴剛剛過來的人前因後果，忙得不得了。

「來人，把二郎媳婦請進府裡。」喬仁平見事情不妙，想讓人硬將蘇婉帶進府。

他話落，立即有壯僕上前。

蘇婉深深看喬仁平一眼，心中起了悲意。早知道是這樣的結果，但真的到了此地，卻又忍不住心寒。

她的二爺生死不知，卻沒有人過問一句。

蘇婉倒退幾步，哭著哭著，突然笑起來，目光冰涼，帶著恨意和決絕，飛快從袖中抽出匕首，架在自己的脖子上。

圍觀的百姓頓時倒抽一口冷氣，鴉雀無聲。

第七十章

要抓蘇婉的僕人嚇得止步不前，回頭去看喬仁平。

喬仁平的身子顫了顫，不可置信地看著蘇婉。

「都別過來！」

蘇婉將刀尖貼向自己的脖子，側身脫離姚氏一步。這一步把姚氏嚇得膽戰心驚，想去拉她，卻被蘇婉避開。

九斤也倒抽一口冷氣，急呼道：「婉娘子，不可！」

喬仁平也慌了，但只是一瞬，便怒聲斥道：「妳這是做什麼，在威脅妳的祖父嗎？」鷹眼微瞇，對壯僕打了個手勢。

接到命令的僕役看看蘇婉，又看看喬仁平，猶豫地朝蘇婉走去。

蘇婉握緊手裡的匕首，刀鋒貼著細膩肌膚，滲出一點點血絲，卻感覺不到疼痛。

「娘子！」

姚氏尖叫，她這一叫，百姓紛紛跟著提心吊膽，出聲勸蘇婉。

「婉娘子，別做傻事！」

「是啊，妳還懷著孩子呢，娃霸不知生死，好歹給他留個後啊！」

蘇婉不動，慢慢地啟唇輕笑，笑著笑著，越笑越大聲，笑得讓人心碎，想流淚。

好一會兒，她才笑完，對喬仁平道：「祖父，我勸你還是三思。我一個小婦人的命不值錢，但血灑喬家門便不一樣了。」

朝廷派來推選絲造坊和繡坊的天使與官員，如今就在臨江城。

喬仁平神色複雜地看著蘇婉，蘇婉直直回視，紅色血液順著刀鋒往下流，浸染了衣襟。

兩人眼神交鋒片刻，喬仁平這才微微抬手。

「妳到底想要什麼？妳說二郎遇害，我要查證，不能聽妳一面之詞。」

「我有沒有胡說，您不妨將大老爺和大太太請出來問。二爺生死不知，您還斷我後路，我蘇婉沒別的本事，唯一能拿得出手的，就是繡技。原本繡坊入選了，怎麼到您手裡過了一遭，就沒了呢？您真連一條活路都不給我們留嗎？二爺也是您的親孫兒啊！

「如果不是顧念著孩子，我便一頭撞死，隨二爺去了。」蘇婉這句話，是對著圍觀百姓說的。

這話一出，人群頓時怒了。

「哎喲，喬家喪盡天良，為了奪庶子的家財，竟然害人性命，現在連孕婦都不放過！」

「就是就是，我聽說，喬家早就不行了，喬大太太把喬家掏空，貼補了娘家。」

「啊？原來是這樣，難怪會妄想分家庶子的家產呢。」

「放肆！妳看看妳現在做的事、說的話，成何體統？官家的事情，豈是我一人能定奪！」喬仁平進退兩難，知道不能再讓蘇婉說下去，必須要找個法子讓她閉嘴。

蘇婉冷笑，她也懶得裝了。「好啊，既然喬太守這樣說，我也帶了繡品來，咱們便去天使的驛站，請大人們來評評。您敢不敢去？」

喬仁平怒目，指著蘇婉。「妳……」

「也請您告訴大老爺，虎毒還不食子！二爺若真有個三長兩短，我……」蘇婉說著，忽然停了下來，用手捂住肚子，表情痛苦。

「娘子！」姚氏第一個出聲。

蘇婉疼得說不出話，感覺不妙，抓住姚氏的手。「乳娘，我……我好像要生了……」

這可把眾人嚇著了。

「快把婉娘子請進府裡，去叫大夫！」喬仁平見準時機，立即道。

「滾開！不許碰我家婉娘子！」九斤挺身，打開衝過來的人，抽出藏在馬車邊的長刀，將姚氏和蘇婉護在身後。

隱在暗處的自己人，也紛紛出來添亂，一時鬧了起來，卻沒有人能碰到蘇婉。

蘇婉只覺得好痛，姚氏抱著她，慌張得不知如何是好。

有人拿開了蘇婉的匕首，蘇婉深吸一口氣，道：「乳娘，別怕，冷靜些。妳讓人帶話給趙三爺，幫我找大夫和穩婆。」

這會兒姚氏也離不得蘇婉，只好哭著高聲喊：「我家娘子要生了，大家幫幫忙，不要讓喬家人傷了我家娘子，我們護送娘子去找大夫。」

百姓們連忙應聲。

「好好好，我認識一個接生聖手的大夫，我幫你們帶路。」立即有人說道，與其他人圍堵起喬家的僕役，不讓他們接近蘇婉。

等喬家人被百姓們堵得差不多，姚氏叫來九斤，要他趕緊派人去趙家傳話。

蘇婉疼得神志越發模糊，腦中似有嗡嗡聲作響，掐自己一把，撐著慢慢挪到馬車邊，停下來回望喬仁平。

兩人靜靜對望，她和喬劭從此便要與喬家決裂，再也回不去。

「娘子，您能撐到回平江嗎？」姚氏擔心地問。

「不，不回平江，我就在臨江生。」

今夜的臨江城，注定是一個不眠夜。

此時，蘇婉已經躺在為方便蝨子他們在臨江行事，而租住的一間院子裡，耳房臨時布置成產房。

幸虧趙立文來得及時，帶來為吳氏提前準備的穩婆和大夫。

院子燈火通明，趙立文的護衛來回在院內院外巡視，確保院子的安全。

耳房門口站著幾個面帶愁容的男人，九斤自責地靠在廊下牆邊，低垂腦袋，紅了眼眶。

蝨子則來回踱步，盯著門看。

趙立文臉上也帶著擔憂，恨自己怎麼就讓一個快要生產的弱女子來臨江，蘇婉真要有個萬一，他如何面對喬勐。

「婉娘子，用點力！」

「喬勐，你這王八蛋！我不想生了！等你回來，我要打斷你的狗腿！」

「哎喲，我的好娘子，您別說了，留點力氣生孩子吧！」

門內原本只是忍聲抽泣和穩婆的聲音，突然傳出蘇婉的哭罵，門外眾人微微一愣，一時不知該露出什麼表情。

房內的蘇婉頭髮凌亂、臉色蒼白，額頭的汗濕透了鬢髮，和淚水混合著，抓住姚氏的手，咬著牙。

「婉娘子，再使把勁兒。快了，已經開口了，跟著我吸氣，呼氣……」

蘇婉腦子裡猶如一團漿糊，能想到的就是罵喬勐和把孩子生下來，所以穩婆要她做什麼，她就跟著做什麼。

片刻後，大夫開的助產藥湯熬好了，吳氏的貼身丫鬟秀菊端進來。

因著吳氏也是有身子的人，怕她嚇著，趙立文沒帶她來，她便派秀菊過來幫忙。

「給我吧，我來餵娘子。」姚氏向秀菊伸出一隻手。

秀菊趕緊把碗給她。

「娘子，咱們把這個喝了，就有力氣生了。」姚氏說著，對著碗吹氣，想把藥吹涼。

蘇婉喘了兩口氣，看向姚氏手裡的碗，一把奪過，仰頭喝下。

「小心燙！」姚氏急忙喊道。

蘇婉疼得有點麻木，沒什麼太大的感覺，嚥下最後一口，把碗遞給姚氏，繼續照著穩婆的話做。

她要把孩子生下來，她要好好的，她的二爺還沒回來。

另一邊，喬府同樣燈火通明，沒有人入睡。

「混帳東西！」喬仁平抬手給了喬知鶴一巴掌。

蘇婉離開後，他便派人去查喬知鶴和黃氏最近的動靜，不查不知道，一查嚇一跳。

喬老夫人閉著眼坐在座位上，嘴裡唸著佛經。

喬知鶴捂著臉，忍著憤怒，立即跪下，黃氏也跟著跪。

「父親，母親，我們也是不得已啊……」黃氏對喬仁平哭訴。

喬知鶴低下頭，看不出神色。

「哼，不得已？虎毒不食子，你們夫妻看他不順眼，我明白，由著你們把人養廢了，趕出家門，但不意味著，你們能害死喬家的骨血！」

喬仁平長袖一揮，怒不可遏，氣得又踢喬知鶴一腳。

黃氏見喬仁平將喬知鶴踢翻，趕緊去扶喬知鶴。

「父親，不關官人的事，是我做的！但我也是逼不得已啊，是蔣家要挾我們……」

喬仁平聽了，怒色更重，盯著喬知鶴，恨聲道：「蔣家？我早警告過你，不要跟蔣家有瓜葛，不要跟他們有牽連！」

「父親不肯的事，蔣家可以幫我，為什麼不行?!」喬知鶴突然抬頭看向喬仁平，梗著脖子道。

「你——」喬仁平不可置信地看著一向聽話的兒子，揚起手，又要打他。

黃氏立即抱住喬知鶴。

「父親，別打官人了，他也是想為喬家好啊！」

「好了，再打他有什麼用，現在的當務之急是，要怎麼把這事遮掩過去。」喬老夫人嘆了口氣，睜開眼。

「母親說得是，蔣家說，只要二郎回不來，就沒事的！」黃氏聽了喬老夫人的話，立即露出喜色。

她和喬知鶴挪用公中銀子的事，也被發現，他們回不了頭了。

「怎麼遮掩？也把二郎媳婦殺了？」喬仁平回頭看喬老夫人，沒好氣道。

喬老夫人沈默不語，過了一會兒才開口，但是沒提怎麼處置喬劭這邊的事。

「你們那邊跟蔣家有聯絡的人，盡快處理乾淨。銀子給就給了，花錢給你們夫妻買個教訓也好。」

喬知鶴猛地看向喬老夫人。「母親是什麼意思？蔣家已經答應為兒子謀得中樞職位，兒子想……」

「夠了！」喬老夫人重重拍了下桌子，然後看向黃氏。「我兒安安穩穩在臨江多年，怎地突然想去中樞了？」

黃氏一驚，連忙辯解。「母親，不是我，是官人看大郎年紀漸長，如今還沒個好前程，所以才……」

喬仁平沒理會黃氏，問喬知鶴。「你是不是怨為父這麼多年壓著你，不讓你回上京？」

喬知鶴低頭不說話。

喬仁平嘆氣，他不是不知道兒子心裡的怨，可他要為整個喬家著想。

「罷了，這些日子你留在府裡，哪裡都不許去，蔣家那邊我來處理。等這件事過去了，我託人給你尋個外放的職。」

「父親！」喬仁平和黃氏齊聲喊道，又驚又怒。

他們不明白，回中樞不好嗎？喬家的根基在上京和臨江，外放離了這兩邊，喬知鶴該有多難，又要耗多少年？

喬老夫人起身，走到黃氏跟前。

「聽你們父親的吧，不要再鬧了。黃氏，妳要謹記本分，應該相夫教子，而不是挑動他們父子離心，家宅不寧！」

「母親，您怎能這麼說我……」

喬老夫人打斷她的話。「妳無須多言，妳做了什麼，我和妳父親心裡一清二楚。這事不比以往，妳千不該、萬不該領著我兒去搭上蔣家。

「若這件事不得善了，喬家容不了妳了。明天開始，妳跟著我在慈安院唸經祈福吧。」

黃氏真的慌了，看著同樣驚訝的喬知鶴，又看看板著臉的喬仁平，心涼了一大截。

「母親……」她挪動兩步，跪到喬老夫人跟前，抱著她的腿哭喊。

喬老夫人無動於衷，叫人進來。「把大太太請回去，好生照顧著。」

「母親，不要啊，我知道錯了……」

等黃氏被請走之後，喬仁平看著癱坐在地、神色複雜的喬知鶴，淡淡道：「你是不是心裡怨恨我，卻不知道為什麼？」

喬知鶴恨道：「我有一身才華，為什麼只能窩在臨江，而三弟就可以在上京風風光光，得恩寵？我哪裡比他差？」

喬仁平掃他一眼。「你可知，當年秦家敗落，也有咱們家的分兒？」

喬知鶴傻了。

「你可知我為何要背叛多年好友跟未來的親家？是為了保住你啊！」

喬知鶴張大嘴巴，震驚得說不出話，想起秦柔宜自殺前對他的濃濃恨意。

「怎麼會……」

「你還記得當年得罪臨安王的事嗎？」喬仁平點出關鍵。

喬知鶴呆了，一時回不了神。「臨安王？我……」

他想起來了，那時臨安王也喜歡秦柔宜，想納她為妾，只是秦柔宜的心在他身上。他正值年少輕狂，一次酒後，說了些得罪臨安王的話。

「後來我不是登門道歉了？臨安王不也說不計較嗎？」

好半天，喬知鶴終於想起這件事。

喬仁平嘆氣。「臨安王睚眥必報，如何能原諒你？他是不跟你計較，卻開始對付整個喬家……」說出後來的事。

聽完來龍去脈，喬知鶴渾身發寒，整個人懵了。

喬仁平不再管他，轉身對喬老夫人道：「事到如今，只能犧牲二郎了，回不來是好的，回來了就是麻煩。天使和欽差如今在臨江，咱們不好動手，需按捺著二郎媳婦，妳明天親自去看看。」

喬老夫人應聲點頭。

「這女人啊，生孩子就是一道鬼門關。喜喪，只是瞬間的事。」

「婉娘子，再用力，看見頭了！」穩婆手上幫蘇婉推著，嘴裡喊道。

蘇婉感覺自己的力氣一點一點流逝，生了好久好久，可孩子就是出不來。

「二爺，你死哪兒去了，我生不出來！」蘇婉心裡無比悲憤，她最需要喬勐的時候，他都不在她身邊。

他以前跟她說的那些話，算什麼?!

「娘子，咱們先把孩子生了，生完咱們再罵二爺。等二爺回來，我幫著您一塊兒罵！」姚氏眼淚啪嗒啪嗒地落，哄著蘇婉。

「好，我生！」蘇婉在腦海裡想像著，等喬勐回來，她拿家法棍揍他的情景，頓時有了力氣。

她一定要狠狠地揍他，打得他下不了地，哪裡都去不了，只能陪著她和孩子，守著他們的小家。

「什麼人！快抓住他們！」

外面忽然傳來動靜，可屋內到了關鍵時刻，誰也不敢亂動。

趙立文等人立刻警覺起來。

「我去看看，你守在這裡看著弟妹。」趙立文攔住九斤，自己往外走去。

第七十一章

趙立文走到院門口時，護衛已經把人押進來，顯然對方沒有反抗。

「趙老三，是我。」

說話之人全身髒污，衣衫襤褸，大塊血跡沾在各處，血腥味隱隱可聞，亂糟糟的頭髮披散著，遮住臉孔。

一時間，趙立文分辨不出是何人，可那熟悉的稱呼從嘶啞的聲音裡吐出來時，心不禁顫抖一下，腦子裡轟然作響。

「喬……喬……」

「是我。我家娘子呢？快帶我去！」

喬勐見趙立文說了半天，只說出一個喬字，有些著急，趕緊打斷他。

「呃，好。」趙立文愣了下，立時回神，要帶喬勐往後院走，轉身時突然想到一事。

「弟妹她……」

「我知道。」喬勐低著頭，讓人看不見他此刻陰沈的臉色。

趙立文無言，伸出手想安慰，卻無力。

「走吧。」喬勐似乎知道他想做什麼，但此刻根本沒有心思多說。

趙立文收起不安，領著喬勐去後院。

兩人越接近後院，越能聽見耳房裡穩婆和蘇婉痛苦卻堅定的叫聲。

喬勐沈沈的心一下子被提上來，如同有刺鞭在抽打，越過趙立文，循著聲音，加快腳步走去。

可走到耳房門前，喬勐忽然卻步，淒厲的喊叫聲從門裡一聲聲傳進他耳裡。

守在門口的九斤和蝨子這才發現，趙立文帶了個髒兮兮的人來。

「三爺，這是……」蝨子和九斤戒備起來。

趙立文剛要開口，被喬勐打斷。「給我一套乾淨衣服吧，我……我太髒了。」聲音很輕，眾人依舊能聽出他是咬著牙在說，握緊的拳頭微微顫抖著，像在極力忍耐什麼。

九斤和蝨子聽出是喬勐的聲音，當場呆愣。蝨子張大嘴巴想說話，九斤立即捂住他的嘴，眼睛卻死死盯在喬勐身上。

「好，我讓人去準備，你也清洗一下，生孩子不是一時半會兒的事。」趙立文心裡也不好受，不知道要怎麼安慰喬勐。

喬勐哪裡聽得趙立文的絮叨，抬手止住他的話，眼睛盯著門縫，雙腿發軟，想發出聲音，但喉嚨澀澀的，發不出。

他想衝進去，抱一抱蘇婉，又怕滿身髒污熏著她，因為蘇婉時常嫌棄他臭。他怕刺激了她，因為他知道，現在她肯定很恨他。

趙立文嘆了聲，讓人留在這邊守著，他去取乾淨衣裳。

蘇婉的痛呼與穩婆、姚氏的喊聲此起彼伏，充斥在喬勐耳畔。

喬勐恨不得進去替蘇婉生，卻無能為力。

想到這裡，喬勐身子虛晃兩下，再也站不住，看著就要癱倒。其實他早已筋疲力盡，一路上靠一口氣撐著，只因想見到蘇婉。

「二爺，小心！」

九斤眼見喬勐要倒，擔心地大喊，趕緊過去扶，但還是晚了一步。

喬勐跌坐在地，心裡一驚，立時去扒門框。

穩婆的聲音依舊，喬勐鬆口氣，應該沒人聽見，但一道帶著哭腔的嘶啞聲忽然響起——

「喬勐，你這王八蛋給我滾進來！」

「娘子……」喬勐哽咽著，低低地叫了一聲。

裡面的蘇婉，忽然不叫也不哭了。

喬勐心裡愈加害怕，蘇婉一定恨死他了，他也恨死了自己。

「二爺，您還好嗎？是不是受了很重的傷？」蝨子來到喬勐身旁，擔心地問。

他剛說完，後領就被九斤拎起。

「二爺，您沒事吧？我扶您起來，婉娘子這會兒需要您。」九斤伸手要去扶喬勐。

喬勐搖頭，按住胸口，悄聲大喘幾口氣，慢慢地爬起來。

他貼著門，眼眶通紅道：「娘子，我回來了，妳別怕，我等下就滾進去，妳要等我。」

裡間依舊只有穩婆和姚氏的聲音，聽不見蘇婉的。

此時，趙立文拿來衣服，見到這情景，立即問：「這是怎麼了？」

喬勐臉色蒼白，依舊搖頭，伸手拽過趙立文手裡的衣裳，然後粗魯地將自己身上的髒衣服扯開。

這一扯，在場的人倒抽一口冷氣，因為扯下的衣服帶著皮肉，破碎的布料裡，藏著橫七豎八、血肉模糊的傷口。

蝨子哭出了聲。

喬勐的手有些抖，看向九斤。

九斤立即會意，蹲下身子，幫他穿上。

換好衣服後，喬勐藉著九斤的手臂，緩緩站起來，深吸一口氣，強忍著痛推開門。

他推開門的那瞬間，耳房裡響起穩婆的喜悅呼喊。「婉娘子，生出來了！」隨後，是嬰兒的啼哭聲。

此時蘇婉滿臉汗水，連帶頭髮也濕漉漉的，交錯在額間，顧不得下身的疼痛，喘著氣揚起頭，朝孩子看去。

「恭喜婉娘子，是個齊整哥兒！還挺有力氣，您放心吧！」

穩婆笑著對一直想看孩子的蘇婉道，麻利地托起孩子，用軟布替他擦洗。秀菊在旁邊幫忙，取出裹孩子的包被，等著穩婆把孩子放進去。

小傢伙雖然沒足月，可看著很有精神。

這是她的孩子啊，蘇婉想笑又想哭。

喬勐呆呆在門邊看著眼前的景象，腦子一陣暈眩，突然直直栽倒在地，還發出一聲大大的聲響。

原本哭得很響亮的孩子一驚，哭得更大聲了。

心思都在孩子身上的女人們全被嚇了一跳，齊齊看向喬勐。

原本正要關門的九斤也跟著一驚，卻不敢去扶喬勐，猶豫一下，還是把門關上了，順手按住想要探頭去看的蝨子。

正拿著帕巾幫蘇婉擦身子的姚氏驚呼。「我的老天爺，這裡怎麼多了個人？九斤！蝨子！」連忙去喊人。

「乳娘，沒事。」蘇婉無力地碰碰姚氏。「是二爺。」

姚氏吃驚得嘴巴微張，恍惚一下，要去看喬勐，再次被蘇婉攔住。

「就讓他在那裡躺著。」

蘇婉思緒亂亂的，已是筋疲力盡，心卻安定了下來。

她的二爺真的回來了，不是她在作夢，不是她的幻覺。剛剛在生孩子時，聽到他的聲音，她是真的有些恨他，憑著一口氣，用盡最後的力，將孩子生出來。

「把孩子抱給我看看吧。」

蘇婉看著喬勐躺的地方，笑了笑，輕聲道。

夜裡起了風，下了小雨，洗去一院子的污穢之氣。青泥與雨水混合的氣味，隨著風拍打窗櫺，透入一絲冷意。

蘇婉倒不是被冷醒的，是被夢驚醒的。睜眼的剎那，她摸向肚子，發現是平的，騰地坐起，瞬間想起了昨夜。

「娘子，妳怎麼了？」一道焦急的聲音傳來。

蘇婉回頭去看，床邊腳踏上跪了一個憔悴的男人，正滿臉擔心地看著她。

男人旁邊有個搖籃，露出小小臉蛋的嬰兒在搖籃裡睡著，正睡得香甜。

「娘子……」喬勐有點害怕，拉拉蘇婉的衣袖，他受不了她這樣面無表情地看著他。

蘇婉指了指搖籃，淡聲道：「回來了啊？讓孩子離我近些。」

喬勐嚇壞了，他娘子這口氣，好像他只是出去了一會兒。

蘇婉見喬勐呆呆地看著她，推他一下。「愣著幹什麼？」

喬勐啊了一聲，趕緊小心翼翼地把搖籃往床邊推，邊推邊注意著蘇婉的臉色。

「我有些餓了，你幫我喚乳娘她們進來。」蘇婉躺下，側身去看搖籃裡的小人兒。雖然還沒長開，但在她心底，她的孩子，定是全天下最可愛的。

眉眼像她，嘴巴像喬勐，是她和喬勐的孩子啊。

喬勐喔喔兩聲，想去叫人，才發現自己是跪著的。跪了大半夜，腿都麻了，想爬起來，又摔了下去。

「別嚇著孩子。」蘇婉瞥喬勐一眼，見他無事，淡淡道。

娘子真冷漠……喬勐心裡越發忐忑起來。

「那……那我輕點。」喬勐忍痛放緩動作，慢慢起身，只是目光一直放在蘇婉身上，不曾離開。

蘇婉知道喬勐在看她，沒有回望，只輕輕拍著裹在襁褓裡的孩子，在心底無聲地笑了。

真好，他們一家三口團圓了。

過沒一會兒，出去叫姚氏的喬勐回來了，身後跟著姚氏、手上端著托盤的秀菊和昨晚來的大夫，以及一個身材豐腴的婦人。

幾個女人進來後，向蘇婉請了安。

姚氏轉頭，要把喬勐請出去。「二爺先去用膳，這裡我們來就好。」

喬勐豈會答應，上前兩步，側身去拿秀菊手上的托盤。「不用，還是我來照料娘子。」

「這……」姚氏看向蘇婉，蘇婉沒有說話，便明白了。

這時，許是屋裡人多了，孩子驚醒，開始啼哭，讓蘇婉嚇一跳，無措地輕拍著小傢伙。

「婉娘子，讓我來吧。」

身段豐腴的婦人上前一步，打算伸手接過孩子。

蘇婉微愣，不由抱緊他，姚氏趕緊解釋。「婉娘子，這是三爺找來的乳娘，昨夜哥兒就是吃她的奶。」

乳娘余氏生養過兩個孩子，也餵過別家孩子，自是懂得做娘的心。「婉娘子莫擔心，這時哥兒鬧騰，是因為餓了。您還沒開奶，餵不了哥兒。」

蘇婉聽她這席話，心裡雖是極彆扭，但也知她說得對，便鬆了手。「那妳仔細點。」

余氏應了一聲，熟練地托起孩子，去了屏風後面。

等余氏一走，早已端碗等著的喬勐立刻竄到蘇婉床邊，揚起殷切的笑容。

「娘子，餓了吧？」

「嗯。」蘇婉輕應一聲，努力憋住笑意，裝出冷臉。

她家二爺這個樣子，實在是太可愛了。

姚氏別過臉，輕咳道：「娘子，先讓大夫把脈吧。」

「喔，對對，大夫先請。」喬勐剛餵蘇婉喝了一口湯，聽了姚氏的話，端起碗讓開。

大夫把完脈，開了些調理的藥後，姚氏將人領了出去。

喬勐又上前，繼續伺候蘇婉，嘴裡還說著逗趣的話，逗得蘇婉實在忍不住，露出了幾分笑意。

兩個人都沒有提起喬勐失蹤後的事。

用過早膳，待人撤下後，余氏也餵飽了孩子，送回蘇婉懷裡。

這時，門房派人來報，說是喬家來人。

蘇婉逗弄著懷裡的小傢伙，眼都沒抬。「來了誰？」

下人回道：「說是老夫人親自來了。」

蘇婉微微詫異，不待她反應，一旁的喬勐跳起來，眼神陰鬱。

「她為何要來，安的是什麼心?!」他已經從九斤和蝨子那裡知道喬家對蘇婉做的事。

「二爺何故如此，聲音忒大了些，也不怕嚇著孩子。」蘇婉見懷裡孩子似被驚嚇，癟嘴要哭，連忙去拍，轉頭白了喬勐一眼。

喬勐捂著亂跳的心口，心裡美滋滋的。他家娘子真好看，連對他翻白眼都翻得風情萬種，趕緊也彎下身子，輕輕哄著打著哭嗝的兒子。

「是爹爹不好，嚇著我們哥兒了。哥兒乖，不怕不怕，回頭讓娘打爹爹幾下。」

這幾句又引來蘇婉的白眼，惹得守在門外的九斤他們齊齊低頭笑了起來。

「行了。」蘇婉沒好氣地止住喬勐的話頭，吩咐姚氏。「乳娘，妳去回個話，就說我剛生產完，身子還沒恢復，不便見人，請她老人家回去吧。還有，不要提二爺歸家的事。」

「是。」姚氏應聲去了。

「娘子……」喬勐攥緊拳頭，臉色越發冷了。

蘇婉乏得很，看著襁褓裡漸漸睡著的孩子，對秀菊道：「秀菊姑娘，幫我請余娘子來，把哥兒抱下去休息吧。」

余氏來得很快，等人都出去後，蘇婉便直接躺下了。

喬勐彎身幫她掖被角。「妳好好歇息。」

蘇婉閉眼點頭，但是沒有入睡，對喬勐道：「讓九斤他們把菜芽送到安全的地方，近期不要回臨江和平江。」

「好。」喬勐覺得菜芽這個名字熟悉，卻想不起在哪裡聽過，但娘子說了，他便照辦。

「再讓蓮香帶上鳳尾魚繡圖過來。」說完這句，蘇婉睏意襲來，進入了睡夢中。

喬勐看著她的睡顏，發了一會兒呆，眼底恨意漸聚，想起救他的貴人的提議，心裡做出決定。

他與喬家早已水火不容，是該有個了斷了。

隔天傍晚，蓮香帶著繡製好的鳳尾魚繡圖來到臨江，一併來的，還有蘇母及徐遙。

這兩日，蘇婉對喬勐說的話不多，但較之前的態度已是好上不少。她到底是心疼他，奢求不多，只希望他們一家三口平平安安，順順利利。

喬勐落水後的事，她尚未過問，每每見他身上的傷痕，總心神難安。臨江喬家的事若是不解決，他們絕無安生之日。

蘇婉已經開了奶，剛餵完孩子，外間門房來報，說是平江來人，想著應是蓮香，遂朝守在他們母子身邊的喬勐招招手，示意他把已經吃飽、迷迷糊糊要睡著的孩子抱過去。

喬勐喜笑顏開，張手接過兒子，見他被動靜吵醒，似要癟嘴哭了，趕緊學著蘇婉的樣子，輕輕搖晃起來。

這姿勢，他可是拿包袱練習了一晚上呢。

片刻後，蘇母率先走進來，喚了蘇婉。「婉姐兒！」

蘇婉聽到這聲音，眼眶忽然發熱，頓時委屈起來，不由直起身，哽咽道：「娘……」

抱著兒子的喬勐剛要去迎岳母，又聽見蘇婉的哭聲，轉頭去看，自是心疼得不得了，一時走也不是，不走也不是。

跟在蘇母身後進門的便是蓮香，攙扶激動的蘇母，亦是難掩歡喜之情。

一同來的徐遙並未進門，趙立文把他請到隔壁喝茶了。

第七十二章

姚氏領著蘇母和蓮香進了內室，蘇母瞧見消失數月的女婿，一路上的胡思亂想終是止住，暗暗在心底鬆一口氣。

「我的兒！」

「娘……」蘇婉正靠在喬勐肩膀上垂淚，一見著蘇母，就要掙扎起身。

蘇母連忙大跨步奔過去。「莫起莫起。」

喬勐小聲地叫了蘇母，趕緊站起身，讓位給她。

蘇母坐到床邊，一手握住蘇婉的手、一手撫摸她的臉，兩人皆是眼淚汪汪。

「苦了我的兒。」她似沒聽到喬勐的聲音。

「太太，娘子母子均安，這是喜事，您莫哭了。您一哭，娘子也跟著落淚，不好。」

母女倆淚汪汪的，就差抱頭痛哭了。這架勢，喬勐不敢勸，只得讓姚氏來。

「對對對，不能哭，小心傷了身子。」蘇母聽了姚氏的話，趕緊抽帕子，幫蘇婉拭淚。

蘇婉不好意思地接過帕子，慢慢平復心情。

她真是越活越回去了，都怪喬勐。她鬱鬱地想著，順勢偷偷瞪了喬勐一眼。

無辜的喬勐抱著兒子，一臉莫名。

「是個哥兒吧？」

收拾好自己的蘇母終於把目光挪到喬勐身上，看著他手裡抱的孩子。

喬勐聽罷，把兒子遞給蘇母。「是個哥兒。」滿臉驕傲。

「知道了。」蘇母接過孩子，看著襁褓裡嫩嫩小小的嬰兒，露出慈愛笑容。「這眉毛眼睛像婉兒，這嘴巴像……像姑爺。」

蘇母嘆口氣，終於正眼瞧了喬勐。

「母親說的是，像娘子才好。」喬勐眉開眼笑。

蘇母應聲，看著孩子，越看越歡喜，瞧了好一會兒，才問蘇婉和喬勐。「可有取名？」

喬勐道：「還沒。事到如今，我不可能回那邊了，想請岳父大人幫我兒取名。」

蘇母抬頭看喬勐，除了臨江喬家的煩心事，她這女婿真的沒話說。

蘇家小門小戶，蘇父也不是有名望的人。且喬勐自己就認識諸多才子，找那些名人大家替他孩子取名，應是不在話下。

可他卻選擇門楣不顯的岳家，一方面是看重岳家，一方面是愛護著蘇婉。

「好，晚些我寫信給婉姐兒她爹。」蘇母想了想，應下來。

喬勐謝過蘇母。

母女倆又說了一會兒話，蘇婉想起來站在一邊的蓮香，朝她招招手。

蓮香近身，將隨身包袱遞給蘇婉。「鳳尾魚繡圖已繡成，請師父過目。」

蘇婉接過包袱打開，一塊純白如雪的絹布露出邊角，她和蘇母一齊抖開絹布，絹布上繡了一對色彩斑斕、栩栩如生的鳳尾魚，躍然於眾人面前。

兩條鳳尾魚頭尾相對，姿態親暱。

繡工自是無須多言，蘇婉瞧了瞧便知道，蓮香用盡了心力。

這難就難在繡出活靈活現的扇尾，將繡圖推遠了看，恍然還覺得魚尾像是會動似的。

「師父，怎麼樣？」蓮香見蘇婉遲遲未說話，有些緊張，不由開口問道。

蘇婉又細細看了一下，確認一些小瑕疵無關緊要後，抬頭看蓮香，笑道：「妳對自己這麼沒信心？」

蓮香有些不好意思。「我有信心，但師父畢竟是師父嘛。」這話頗有討誇的意思。

「不錯，挺好的。」蘇婉順從她的心意。

幫蓮香定了心後，蘇婉轉而挑出瑕疵處，讓她以後小心些，蓮香自是應下。

說完繡圖，蘇婉便與蓮香提起讓她前來臨江的緣由，是想讓她帶著鳳尾繡圖去官驛，找前來臨江徵選新絲造局和繡坊的天使。

蘇婉也同喬勐說，讓趙立文看看能不能從中斡旋，又命九斤他們就近保護好蓮香。

喬勐一一應下。「我知曉娘子的計劃，接下來由我安排吧。妳且多歇息，勿再費神。」

蘇婉交代完，已是累極，便順從地躺下。

待她躺下後，蓮香知曉自己該告退了，趕緊將繡給小郎君的平安包拿出來，裡面塞了幾個刻福的銀錁子。

喬勐和蘇婉也沒跟她客氣，笑著收下。

蓮香出去後，喬勐低頭親親兒子的小臉蛋，不捨地把他托給蘇母，要去安排後續的事。

「二爺。」

準備離開的喬勐，突然被拉住。

喬勐轉身。「怎麼了？」

蘇婉拽著他的袖口，眼神略帶擔憂。「你別出去。」

喬勐抓住她的手，握在掌心裡捏了捏。「嗯，我不出去，我就守著妳和孩子。」

「早點回來，你身上的傷還沒好呢。」蘇婉嘆口氣，眼神變得溫柔起來。

喬勐咧嘴笑，他家娘子果然是心疼他的，心疼他身上的傷。思及此，目光停留在他家娘子脖子上已然結痂的傷口，收斂了笑容，目光黯淡下來。

他家娘子跟著他，沒過過好日子，如今為了安全，連幫孩子洗三都不行，是他對不起他們娘兒倆。

「妳睡一會兒，我等等就回來。」

「好。」

過了三日，趙立文動用吳家人脈，使些銀錢，託人帶蓮香他們去見上京來的天使欽差。臨出門時，閒著的徐遙突然也想跟去，蓮香拗不過他，只好讓他跟，不過只許他跟到約定地方的門口。

「徐大家似是真心對蓮香的，蓮香怎麼就不心動呢？」蘇母替蘇婉送走他們，回到內室對蘇婉說道。

蘇婉笑了笑，又搖搖頭。這兩日，蓮香日日過來尋她說話，她們再次聊了關於徐遙的事，蓮香彆彆扭扭講了徐遙待她的好，只是說到最後，依舊沒鬆口答應他。

蓮香的顧慮太多，自己都說服不了自己，沒有勇氣，怎麼可能跨出豎在他們中間的高高門檻。

「感情的事，冷暖自知，由他們去吧。她自己想不明白，別人強求，也強求不來。」蘇婉逗弄著兒子，回答蘇母。

蘇母想想，也明白蓮香的處境，惋嘆一聲，又看向自家閨女。

門不當戶不對，終究要有磨難。高門大戶藏著的齷齪事，真真是讓人齒寒。

母女倆陪著孩子玩耍，喬勐在前頭和趙立文議事。

突然間，烏雲密布，天色陰了下來，大門外傳來急促的敲門聲。

「誰？」蝨子警覺問道。

「是我們，快開門！」門外是九斤的聲音，隱隱還有女人的哭泣聲。

蝨子透過門縫看了看，大吃一驚，趕緊開門。「怎麼會這樣？出什麼事了？」

九斤他們身上血跡斑斑，抬著的人腹部浸染了一大片血水，傷口還在不停流血，啪嗒滴落在門口臺階上，已然奄奄一息。

「快救救他！」蓮香帶著哭腔，死死捂著徐遙的腹部，朝蝨子喊道。

「快去找大夫！」九斤一邊說、一邊帶著人將徐遙抬進門。

「這怎麼回事?!」聽到動靜的喬勐和趙立文也從院子裡走過來，見著幾人的狼狽模樣，心中俱是一驚。「徐大家怎麼會……」趕緊過去幫忙。

幸好這邊備了治傷藥物，九斤他們曾在刀口下討生活，會些皮毛，安置好徐遙，立刻先幫他止血。

但是，大夫還沒來，他們不知道徐遙能不能活命。

蓮香早已哭得上氣不接下氣。

不過，到了自家地盤，九斤冷靜下來，要喬勐他們戒備。

「二爺，我們被人出賣了！」九斤咬牙道。

幸虧徐遙命大，在鬼門關前熬了三天三夜，終於被救回來了。

蓮香寸步不離地守著他，關鍵時刻，她拉著他的手，哭得泣不成聲，只要他能醒來，他說什麼，她都答應。

許是這句話奏效，當夜徐遙退了燒，又緩了一日，便清醒過來。

這幾日，小院裡氣氛如烏雲密布，眾人都在暴怒邊緣徘徊，但因家裡有個剛出生的孩子和需要靜養坐月子的蘇婉，雖是怒極，卻也有默契地一同忍耐著。

那日，九斤帶人護送蓮香去見天使時，在到達目的地前的偏僻巷口裡，突然冒出四個埋伏多時、身手矯捷的蒙面賊人，目標直指蓮香。

眾人見狀，還有什麼不明白的？

九斤這邊，唯有九斤身手可與之論，其他人都不是對手。蓮香是個弱女子，還有個手無縛雞之力的徐遙。

情況對九斤他們來說，非常不利，兩個賊人纏住九斤，一人絆著其他人，為首那人執劍衝向蓮香，那架勢分明不想留她活口。

好在徐遙雖弱，但到底是男子，將蓮香護在身後，連連左閃右避，可體力和身手到底遠不及對方，被對方鑽了空，利劍就要刺向蓮香。

徐遙大呼一聲，腦子裡只有不可傷她這幾個字，立即推開蓮香，接著噗哧一聲，利刃入肉，鮮血湧出。

蓮香懵了一下，尖叫起來。

本就著急的九斤分心看去，入目正是徐遙被刺倒地那一幕，不由暴喝一聲。「跑！」

賊人錯愕地看了依舊擋在他身前的徐遙一眼，聽得九斤的喝聲，便要收劍，孰料徐遙竟死死地握住插在他身上的利刃。

「蓮香，走！」

蓮香被嚇得六神無主，聽見九斤和徐遙的話，跌跌撞撞地向後跑去。

一見蓮香脫困，九斤目眥盡裂，血氣上頭，終於擺脫纏著他的賊人，去救徐遙。

就在他以一打三，連連敗退，對方騰出人手要去追殺蓮香之時，巷口傳來一串急促的腳步聲。

是趙立文那邊的人！

他們早在約定的地點等著，可約好的時辰還不見人來，起了疑心，派人沿途來尋。

賊人見大事不妙，立即撤退。

這幾人訓練有素，身手不凡，顯然不是一般的賊人，撤得很快。早已力竭的九斤等人無力再追。

「你覺得是哪邊的人？」

趙立文聽完九斤敘述完當日的情形，轉頭去問坐在另一邊的喬勐。

喬勐正低頭看著地面，神色陰翳。

趙立文等了一會兒，見喬勐沒有回話，又問一遍。「喬二，你有沒有聽見我說話？」

屋裡靜默，九斤站在下首，蝨子和蠻子坐在側邊，大家看向喬勐，不敢吭聲。

「趙老三，你說，喬知鶴是我的親生父親嗎？」喬勐忽然抬頭，問趙立文。

「喬二……」趙立文有口難言。有些話，他說不得，也說不好。

喬勐冷哼一聲，對上趙立文的眼睛。「他未曾當我是他兒子，喬家也沒有把我當人。」他有血有肉，會疼會難受。

「二爺，太憋屈了！我去找喬家，讓他們給個交代！」

蠻子看喬勐這樣子，心裡很不是滋味，猛地站起來拍桌，暴躁地對喬勐嚷嚷。

沒等喬勐開口，九斤瞪了蠻子一眼。「你坐下，說什麼胡話。」

蠻子要回嘴，喬勐對他揮手。「別吵了，你們心裡想的，我都知道，我不會讓徐大家白挨這一刀的。」

蠻子還想說什麼，又被九斤瞪，只好悻悻地摸鼻子坐回去，終是沒把心裡想的那句「若是二爺下不了手，我來」說出口。

「喬二，你想怎麼做？」趙立文在心裡嘆口氣。

他也思量過，如果自己處在眼下的局勢，會怎麼做？依然百思不解，萬般皆難。這喬家真真是欺人太甚！

喬勐恨極了喬家，但一時不知如何是好，兩邊地位、實力懸殊，喬家於他是參天大樹，如何扳倒？是不是真要聽從那位貴人的話，才能解決這個後顧之憂？

可是……他與蘇婉說好，再也不離開她和孩子。

「去報官！光天化日，朗朗乾坤，竟有人公然劫殺一代名家，這臨江城的治安，未免太不像話了！」

沈默片刻的喬勐，擲地有聲地說出讓在座的人俱驚的話。

這是要跟喬家徹底鬧翻了啊。

九斤露出笑容，立即站起來。「是，我這就去辦！」

喬勐道：「再使人去傳徐大家和繡坊的關係。」

聽到這裡，趙立文撫了撫袖口，看向喬勐，沈聲問道：「你想好了嗎？」

喬勐回望趙立文，眼裡的痛收了起來。「他們想要我死，想要我的娘子死，想要我的孩子死，你說我還有什麼路可以走？」

趙立文起身，走至喬勐身旁，堅定道：「喬二，只要你想好，我便支持你。」接著滿懷歉意地道：「這件事，我也有責任，居然被人鑽了空子，我會給你一個交代的。」

這次的事，顯然是有人事先埋伏在巷子裡，就是為了殺蓮香。

蓮香是個繡娘，整日在繡坊裡做活計，能有什麼仇家？有仇家的是繡坊，是繡坊的老闆，是喬勐夫妻。

趙立文握了握拳頭，心頭也恨極喬家。

「這事難料，不用說這些。只是，看來你的人和我的人都混進了鬼，以後要更謹慎。」

喬劭說到這裡，頓了下，直直看向趙立文，目光幽微。

「趙老三，你現在退出，還來得及。」

趙立文心裡一驚。「什麼意思？」

「你沒有必要跟著我犯險，如今你媳婦有了身孕，你岳家也看重你……」

「喬二，你說什麼鬼話?!」趙立文怒起，傾身拽住喬劭的衣領，沈聲喝道。

喬劭任他拽著，也不怒，只是靜靜看著他。

在這般注視下，原本生氣的趙立文平靜下來，鬆了手。

「喬二，我趙立文不是那樣的人。」趙立文的神情透露著一股狠勁，彷彿要是喬劭再說些什麼，就要衝上去給他一拳。

喬劭心情複雜，趙立文跟他不是親兄弟，卻勝似親兄弟。這些年來，趙立文對他不離不棄，可他真有過一瞬間的動搖。

良久，喬劭靠近趙立文一步，攬住他。「趙老三，我相信你。」

趙立文鬆了口氣。

他有沒有動搖過？他肯定有過，但他不能這麼做。

第七十三章

與此同時，坐在蘇婉屋裡逗弄孩子的蘇母，也頗為感嘆。

「這徐大家，也是個癡情男兒。」

蘇婉一邊吩咐姚氏理著繡布、一邊在繡布上用繡綳繡著百鳥朝鳳中的畫眉鳥，針線在她手中遊走著，一針一線間，畫眉鳥似要翩然飛起。

「蓮香還守著？可依舊不用吃食？」蘇婉手上停了下，詢問姚氏。

姚氏嘆氣。「還守著。不過早上徐大家清醒後，就用些吃食了。」

「那就好，這事是我對不住他倆。」蘇婉說道：「乳娘，妳可要命人幫我顧好了。」

姚氏應下。

說到這裡，蘇母問蘇婉。「妳可還有銀錢使？若是不夠，娘這裡還有些。」

蘇婉搖搖頭。「有，娘無須操心。二爺把家裡的錢交給我管，現在鋪子還是有進帳。」

蘇母搖著搖籃，笑道：「那就好。我看妳這次要給蓮香備嫁妝了，這孩子對妳是一片真心，可不要薄待了她。」

「那是自然，只要她肯答應，我自然是要讓她在徐大家面前擺足了面子的。」蘇婉收了一色線，對姚氏和蘇母道。

三人笑了起來，一掃自徐遙受傷後幾日來的陰霾。

「母親，娘子，妳們在說什麼，這麼高興？」喬勐的聲音從內室門簾後響起，撩開門簾，手負在身後走了進來。

「二爺來了。」姚氏招呼道，去幫他倒茶。

「在說徐大家和蓮香的事呢。」蘇婉見到喬勐，嘴角的笑意更是下不來了。

「這次徐大家也算是因禍得福了。」喬勐走到蘇婉跟前坐下，感嘆道。

他先是關心蘇婉幾句，然後才去看搖籃裡的兒子。

蘇母看著這一幕，心裡自是一百個滿意，聽了喬勐的話，跟著點頭，隨後問道：「婉姐兒她爹可有回信？」

那日說想請蘇父替孩子取名後，便由蘇母寫信，喬勐著人快馬送去蘇家，算算日子，應該有回信了。

「娘，我就是來送信的。」喬勐說著，取出信，雙手奉給蘇母。

蘇母面上一喜，立即接了，飛快掃過，抬頭見喬勐滿臉期待地看著她，不由笑道：「你自己看。」把信遞給喬勐。

喬勐不客氣地接過，看了起來。

蘇婉也有些好奇，伸頭去瞧。「二爺，我爹怎麼說？」

喬勐很快看完，笑著把信還給蘇母，對蘇婉道：「爹說他很高興，等他安排好家裡的事，就過來看妳。」頓了一下，又道：「爹給咱們兒子取了名，單名一個敏字。」

喬敏，敏哥兒。喬勐對這個名字很滿意。

「母親幫敏哥兒取個小名吧。」蘇婉收了針線，俯身戳了戳喬敏的臉蛋，對蘇母道。

蘇母搖搖頭。「妳爹取了大名，小名還是你們夫妻來吧。」

聽著蘇母的話，蘇婉本想讓喬勐取，目光轉向他時，見喬勐面帶喜色，幾欲要開口，恍然之間，想起了喬勐取名的功力，脫口而出道：「就叫元元吧。」

結果，喬勐笑得更加開心了。「娘子與我果然心有靈犀，我想的也是圓圓，妳看敏哥兒這小臉長得多圓，多福氣。」

蘇婉當即又好笑、又想白他一眼。在一旁的蘇母和姚氏也拿了帕子遮唇笑。

「是初元的元。」

喬勐一愣。「哦。」

他還是覺得自己取的小名好聽，但孩子是娘子生的，小名聽娘子的，也是應當，又高興起來，轉身去逗喬敏。

「元元，元元～～」可他還是覺得圓圓好，一家人團團圓圓。

屋內一片溫馨，誰也不想打破。

喬勐垂下眼簾，把來時想和蘇婉商量的事暫時嚥進了肚裡。

「二爺在這裡顧著，我去廚房把娘子的藥膳端來。等會兒敏哥兒醒了，也該餓了。」

姚氏說著，便出去了。

姚氏一走，喬勐坐到她的位置，幫著蘇婉理繡布。

「娘子這繡工是越發精進了。」喬勐覥著臉湊近蘇婉，笑道。

蘇婉淡淡應了聲，轉而問他。「前頭的事怎麼樣了？」

喬勐道：「徐大家能進些吃食了。」

「那就好。」蘇婉鬆口氣。

「我讓蠻子去報官了。」喬勐又道。

蘇婉頓住，放下手中的針線，看向喬勐。「你說，我們安安靜靜地縮回平江，一輩子不再踏足臨江，也不想著去參選，喬家會不會放過我們？」

她是認真地問，真的有些怕了。

喬勐一時不知道怎麼回答。

蘇母左右看看，也不插話。

三人無言間，去端藥膳的姚氏回來了。

「娘子，藥膳來了。」姚氏感覺氣氛有些不對，走到蘇婉跟前，把湯水端給她。「有些燙，小心些。」

蘇婉看看神色複雜的喬勐，沒再多問，接過姚氏手裡的碗，湊到嘴邊吹了吹，然後皺起了眉頭。

「今日這湯，味道怎麼跟前幾日不一樣？」

「啊？」姚氏愣了一下。「不會是壞了吧？可我去的時候，湯正在鍋裡燉著呀。」說著接過蘇婉的碗聞了聞，沒聞到怪味。

「沒壞啊。」

蘇婉又聞了一下，道：「但是這味道好怪，跟我昨日吃的不一樣。」她生產後，鼻子比以前更靈了。

「我來看看。」喬勐從姚氏手裡接過碗，聞了聞，什麼也沒聞出來，便嚐了一口。「沒問題啊。」

蘇婉皺皺鼻子，不知道是不是她鼻子出了問題。

喬敏醒了，哭鬧起來。

「咱們元元醒了喲。」蘇母趕緊抱起喬敏，哄著哇哇大哭的他。

「給我吧，肯定是餓了。」蘇婉示意姚氏幫她收了繡件，朝蘇母伸手，要抱喬敏。

「那這湯……」喬勐問蘇婉。

「你都喝了一口，乾脆喝完吧。」蘇婉顧不上那碗湯了，要給孩子餵奶。

喬勐有些不好意思，他怎麼還吃了娘子的藥膳呢？

不過娘子不喜歡吃的，他來吃也是理所應當，就一口喝完了。

「二爺，你先出去呀。」蘇婉正在解衣裳，見喬勐喝了湯還不走，嗔他一句。
「喔。」喬勐委屈地看蘇婉一眼，聽話地轉身離開。
喬勐剛出了門口，感覺心口有些難受，捶了捶，晃晃腦袋，往前院走去。
走到半路，他忽然感覺一陣反胃，頭暈眼花地嘔吐起來。
「二爺，您怎麼了！」
巡守院子的九斤聽到動靜，趕來查看，看見喬勐正扶著旁邊的一棵枯柳，吐個不停。
喬勐只覺天旋地轉，一邊吐著、一邊想，幸虧蘇婉沒喝那碗湯。
「廚……娘……」喬勐艱難地吐出兩個字。
「我知道了！」九斤會意，緊緊扶著喬勐，朝外頭大喊：「快來人，取皂水來！」
「出了什麼事？」
前頭鬧的動靜有些大，連待在屋裡的蘇婉都聽見了，懷裡吃了奶安靜下來的喬敏，再次哭鬧起來。
姚氏也探頭朝外間看，有些不放心地說：「我去瞧瞧。」
蘇婉一邊哄著喬敏、一邊點頭，心裡慌慌的，希望不是徐遙又出事了。
「苦了妳了，坐月子不好挪動，我總覺得這裡不安生。」蘇母要顧著蘇婉，沒出去，但心口也是一跳一跳的，苦著臉道。

「娘，您別慌，有二爺在呢。二爺在哪兒，我們家就在哪兒。一家人在一起，才是最重要的。」蘇婉抱著喬敏起身，輕輕掂著他，在屋裡來回走動，嘴裡說著安慰蘇母的話。

這話剛落，外間有了聲響。

「姚嬤嬤，我把人捆了放這裡，您幫忙看著。前頭正亂著，我怕有人乘機放走她！」正要出去的姚氏有些慌。「這這這……」

蠻子道：「您別怕，我和蝨子帶人守住，不會讓人靠近這裡傷了婉娘子的。」

姚氏攥緊手中的帕子，小聲問道：「二爺……」

蠻子的臉頓時難看起來，兩人不說話，只有被捆在一起、堵住嘴的廚娘和乳娘余氏的嗚咽，以及屋裡喬敏的啼哭聲。

哭聲突然近了，姚氏心一突，朝門簾瞧去，只見蘇婉和蘇母撩起簾子，站在門口。

蘇婉先看兩人一眼，又看被捆在地上的人，頓時驚疑。「是湯有問題，還是奶……」立時抱緊了孩子。

蠻子回答。「應該是湯。」

蘇婉剛鬆口氣，心又提起來，那湯被喬勐喝了。

「二爺呢？二爺怎麼樣了？」

蘇婉心亂如麻，懷裡的喬敏哭個不休。

蘇母見狀，趕緊從她手裡接過喬敏哄著。

手上一輕的蘇婉顧不上孩子了，提起裙襬就要出屋。

「娘子，外頭冷著呢，您不能出去啊。」姚氏連忙去攔。

蠻子也反應過來，擋在門前。「婉娘子，我來的時候，已經有人拿皂水過去，也叫了大夫，這會兒應該在幫二爺醫治了。」

「對啊，您過去了，二爺也要擔憂。您先幫二爺照顧好自己和小郎君。」匆匆趕來要看顧蘇婉和喬敏的蝨子勸道。到底出去幹活了，又擅長跟人打交道，說話像模像樣，有理有據的。

蘇婉聽了這話，鎮定下來，咬了咬嘴唇，對蘇母道：「娘，您把元元抱進去。」

蘇母應聲，把孩子抱進了內室。

「乳娘，幫我搬把椅子來。」

姚氏連忙去搬，蘇婉坐下後，摸著手腕上的玉鐲，問蝨子和蠻子。「外面是咱們的人，還是趙三爺的人？」

蝨子和蠻子齊聲道：「是我們自己的。」

蘇婉吁了口氣。「那就好。」

廚娘與乳娘是趙立文那邊送來的人。

屋裡炭火燒得足，窗口便留了縫隙。

姚氏怕蘇婉吹風，抱了氅衣跟絨帽來，把她裹得嚴嚴實實，又在她懷裡塞了個手爐。

「取了她們嘴裡的東西。」蘇婉對蠻子和蝨子道。

她安坐在椅子上，摸著套上繡竹報平安外罩的手爐，目光幽幽注視著余氏和廚娘。

不知從何時起，家裡的大小繡件，她開始喜歡繡些寓意平安的樣式。

「婉娘子，冤枉啊！」

「婉娘子，這是怎麼了，為何要將我倆抓起來？」

蠻子拿出兩個婦人嘴裡的布條，兩人同時出聲，喊冤枉的是廚娘，問出何事的是余氏。

「好啊，看來妳已經知道是妳做的好事了！」蝨子厲聲對廚娘喝道。

事出突然，他們抓人的時候，並沒有說為什麼，廚娘卻喊冤枉，豈不是不打自招！

「不不不，事情不是我做的！」廚娘早已嚇得半死，這會兒更是激動地哭喊。

蘇婉斂眉，沒理會呼天搶地的廚娘，把目光轉向同樣害怕慌張的余氏。

「乳娘，妳今日將哥兒送到我房裡之後，去了哪裡？」

「送完小郎君之後，我……我就在房裡休息了。秀菊姑娘知道的，她還來尋我說話。」

余氏剛開始還有些結巴，後面便越說越順。

「沒有去過廚房？」蘇婉又問。

余氏搖頭。「不曾去過。」

蘇婉看向廚娘，廚娘很努力地回想一下，道：「下午只有秀菊姑娘和姚嬤嬤來過。」

「我們沒找到秀菊姑娘。」蠻子突然開口。

蘇婉死死攥著袖口，摸著手爐，思緒亂了一下，很快恢復過來。「你們可有聽說她今日要出門？」

蝨子和蠻子搖頭，被綁的兩人也不知。

秀菊是趙立文的人。前些日子徐遙受傷，查出來後，是因為趙家人裡出了內鬼。

是趙立文也害怕喬仁平，轉而出賣喬勐了？

但奇怪了，秀菊是趙家的人，平時蘇婉對她客氣，亦是信任，這些日子也未曾表現出懷疑趙家的行徑。

那麼，秀菊自可大大方方地離開，怎麼會無聲無息不見了？還是在到處有人巡邏的小院子裡失蹤。

「再去找，她肯定還在這院子裡。」

聽得蘇婉發話，其中一個坐在地上的人，神情出現了一絲慌亂。

而蘇婉也捕捉到了。

蠻子沒有遲疑，立即應下，出門去辦。

蠻子出門後，房間瞬間靜默，原本還要再喊冤的廚娘瞧見蘇婉沈靜的目光，頓時失聲，似又想起了什麼，低下頭。

這會兒，蘇婉其實不如他們所看的那麼鎮定。喬勐情況不明，不過看蠻子和孟子的樣子，應是性命無憂，所以還是眼前兩人更重要。她們身上的答案，關乎喬勐的至交趙立文。

而且，對方每一次都是下狠手，不給活路。

蘇婉暗暗驚慌，這次不成，是不是還有下次、下下次？只要他們不死，威脅便不斷。

蘇婉不開口說話，其餘人也無言，只有內室裡隱約響起蘇母哄喬敏的歌聲。

各人心思百轉，廚娘實在憋不住，想要開口之際，門外傳來了動靜。

蠻子回來了。

他一進門，便沈聲對蘇婉道：「婉娘子，找到人了。」一聲音明顯帶著怒氣。

蘇婉摸摸手腕。「人在何處？」

「在余氏屋中床下。我們找到的時候，秀菊姑娘被人捆住手腳，口裡也塞了布，暈厥過去，現在去請大夫了。」

蘇婉這才鬆了口氣。

第七十四章

「婉娘子，我沒有！」原本鎮定的佘氏終於慌亂起來，朝蘇婉的方向掙扎著。

「那人為何在妳房裡?!」不待蘇婉出聲，蠻子喝道。

佘氏哭出聲。「我不知道。」

就在佘氏否認之時，一旁的廚娘暗暗咬牙，偷瞄蘇婉，舔了舔乾乾的嘴唇，譏笑一聲。

「佘娘子，人都在妳房間裡了，還有什麼好辯解的，趕緊認罪吧！咱們娘子心好，或許還能留妳一命。」

蘇婉有些訝異地瞥廚娘一眼，依舊沒作聲。她隱有猜測，只是一時理不清頭緒。

佘氏只是一個勁兒的抽泣，聽到廚娘的話，哭得更厲害。

「乳娘，幫佘娘子淨一淨臉，平日裡也是個體面人。」蘇婉靜靜看了佘氏好一會兒，對守在她身邊的姚氏道。

姚氏遲疑一下，走了過去。

其他人紛紛看向蘇婉，不是很明白她的用意。

佘氏一把眼淚、一把鼻涕的，頭髮也是亂糟糟。

「婉娘子……」見姚氏真的過來幫她淨臉，喃喃叫了蘇婉一聲。

「妳我相處的時日雖不多，但我瞧妳素來是個安分的人，照顧哥兒也是盡心盡力。若有什麼苦衷，與我說，能幫的我一定幫。」蘇婉抱著手爐站起來，向門簾外跨了一步。這一步，嚇了眾人一跳，齊聲勸阻。

「無事，都到了這分兒上，我還嬌貴什麼？」蘇婉自嘲一笑，擺擺手。

她慢慢走到余氏跟前，拿出自己的帕子，蹲下身，替還在抽泣的余氏擦臉，幫她理了理頭髮。

因為這個舉動，余氏哭得更凶了。

旁邊的廚娘不知是不是因為被她哭煩了，身子突然抖了起來。

蘇婉只裝作不知，繼續對余氏道：「余娘子，這些日子，妳也瞧見我和我家官人現在是什麼情形。妳瞧瞧我。」

她把衣領朝外拉了拉，露出脖子上還沒消去的傷痕。

「妳我都是為人母、為人妻者，妳應該明白我現在的心情。要是今日我喝了那碗湯，再給哥兒餵奶，後果會怎麼樣？我和孩子出了事，這個家就散了。」

蘇婉說得情真意切，心也如同刀割。萬一她和孩子出事，喬勐絕不會獨活，他們好不容易建立的家就沒了。

他們只是想要一個安穩的家，怎麼就那麼難？

「婉娘子，我沒有，我只是……我明明把藥扔了！」余氏終於在蘇婉的注視和話語下崩潰了。

「秀菊是妳綁的嗎？」蘇婉問。

余氏再次泣不成聲，點點頭。

「為何要綁秀菊？」

「婉娘子，肯定是她下藥，您不要再聽她狡辯了！」廚娘往蘇婉的方向挪，大聲嚷嚷。

這一動，讓姚氏他們嚇了一跳，姚氏趕緊一把拉起蘇婉。

蘇婉站起身，轉頭冷冷瞪視廚娘。

廚娘嚇得一個激靈，她從沒見過柔柔弱弱的蘇婉有過這種眼神。

蘇婉斂了神色，又溫柔下來，對余氏道：「說吧。我相信妳，妳也信我，我肯定會護妳和妳家人周全。」

「婉娘子，我家當家的和孩子……求妳救救他們！」余氏恍恍惚惚，想起了她的家人還在別人手裡。

「妳跟我說，為什麼要綁秀菊？」蘇婉居高臨下看著激動起來的余氏，依舊柔聲問道。

余氏看著這樣的蘇婉，忽然覺得，眼前這個女人比讓她來害人的人更可怕。

「因為……她看見有人拿藥給我，我才打暈她。」余氏淚眼婆娑，斷斷續續說出真相。

「我太害怕，沒下得了手。婉娘子，您信我，哥兒也喝我的奶，我怎麼狠得下心害他。」

蘇婉漸漸斂去柔和，神情冷硬起來。「拿藥給妳的是誰？」

「我不知道，她敲了我房間的窗戶三下，把藥包扔在窗臺……」
「哎喲！」余氏的話突然被打斷，在一旁發抖的廚娘喊了起來。
「婉娘子，我肚子疼，許是吃壞了肚子。」廚娘捂著肚子，面色痛苦地哼唧起來。
蘇婉沒理她，對鸞子使眼色。
鸞子上前，再次堵住廚娘的嘴。
「妳來這裡後，沒出過門，是誰讓妳來害我？」蘇婉再問余氏。
余氏咬了咬嘴唇，被廚娘那一鬧，清醒幾分。她的丈夫和孩子還在別人手裡呢。
「婉娘子，您幫我把丈夫和孩子救出來，我什麼都告訴您。」
「那妳為什麼不一開始就告訴我呢？」蘇婉淡淡道。
余氏愣了一下，頓時後悔。蘇婉再怎麼問，她也不肯說了。

這時，門外傳來敲門聲。
「誰？」鸞子走至門邊。
「是我。」門外的九斤道：「二爺沒事了，讓我來看看你們這邊怎麼樣了。」
鸞子小心地打開門，確定是九斤後，放他進來。
九斤進門，瞧見待在外屋的蘇婉，訝異了一下。「婉娘子，您怎麼……」
「我沒事。現在二爺如何？」蘇婉打斷九斤的話。

九斤回答。「藥已經吐出來了，大夫說沒有大礙，只是這會兒還有些虛弱。」

蘇婉一直挺著的腰背，因為九斤的話，一下子鬆了下來，不過面上不顯，掐住微微發抖的手，故作鎮定。

「好，我知道了。」

九斤打量蘇婉，見她面色如常，便沒說多餘的話，目光如炬地看向地上的兩個婦人，眼裡滿是陰翳。

「如何了？」九斤問鸞子。

鸞子看蘇婉一眼，把剛剛余氏說的話告訴九斤。

蘇婉盯著余氏，在心裡嘆口氣，她到底是不夠狠，見九斤來壓陣，便退回簾後安坐。

「哼，妳不說，我們也能查，現在這間院子裡所有的人都被看管起來，消息斷然不會透露出去，要查出是誰背叛我們，只是早晚的事。」九斤冷哼一聲。

今日事發突然，幸好喬勐有交代，在沒亂起來時，就讓他封了院子。更慶幸的是，正好大夫上門替徐遙看診，及時救了喬勐，且並未走漏風聲。

他剛剛已經盤查一遍，護衛這邊都沒什麼問題，那麼問題就出在後院裡。

余氏未出過院子，秀菊被人打暈，那麼只有每日需要出去採買的廚娘……

可是，喬勐曾對這個廚娘有恩啊。

「嗚嗚……」廚娘掙扎著，試圖發出聲音。

九斤要去取她嘴裡的布巾，被蘇婉出聲阻止。「慢著。」

「余娘子，妳也聽到了，現在外面的人還不知道事情敗露。妳知道的全告訴我，妳的家人尚有活命的餘地，不然我立刻讓人去報官，妳說他們見事情敗露，會怎麼做？」

余氏不過一介女流，哪裡遇過這些事，早已慌張萬分，剛剛只想拚最後一口氣保住家人平安，這會兒已然潰不成軍。

原來早在徐遙出事那幾日，她房裡便突然出現一封書信，以及她丈夫和孩子的貼身之物。信中言明，只要她幫忙做一件事，她的家人就會平安。

信上又說，她身邊有他們的人，如果她把事情告訴蘇婉或喬勐，一定會被他們知道，那麼她就只能見她丈夫和孩子的屍體了。

「信呢？」九斤聽完，立即追問。

余氏低下頭。

「不會燒了吧？」在一邊乾看許久的蝨子急道。

余氏連連搖頭，有些難為情。「沒有，我貼身藏著了。」

這屋子裡都是男人，不好要她直接拿出來。

「乳娘，妳帶她進內室取信，不要鬆綁。拿到信就給九斤。」

姚氏應下，與九斤押著余氏走了。

過沒多久，九斤回來，進門便踢了廚娘一腳。

「吃裡扒外的東西！」九斤怒極。

他想過，是不是趙立文的人出了問題，甚至懷疑趙立文，萬萬沒想到，問題出在自家人身上。

廚娘是個寡婦，男人原本也是幫閒，幫過喬勐幾次，後來替別人辦事時，出意外死了。雖與喬勐無關，喬勐憐她孤苦無依，託趙立文給她一個安身的活計，幫他那邊的下人做飯洗衣。近日蘇婉生產，便安排她過來服侍。

廚娘挨了這一腳，明白她做的事被發現了。

她也不想，可她一個婦道人家在這世道存活不易，總是想找個男人依靠。

那人對她甜言蜜語，待她好，買新衣、買首飾，許她安穩未來。喬勐一家眼看著風雨飄搖，她不想捲入這些亂七八糟的事。

廚娘被九斤踢倒在地，連忙往蘇婉那邊爬。「婉娘子，我知道錯了，求您饒我們一命吧，我們也是逼不得已的啊！」

蘇婉看向九斤，示意他說出如何得知是廚娘所為，雖然她心中已經猜到了。

九斤恨恨地用目光剜了廚娘一眼，說起他剛剛出去後的事。

他拿了余氏的信，把家裡所有人召集起來，讓他們一個一個寫出信上的字。

大家覺得莫名其妙，但是都照做了，唯有一人以不識字為由，百般推託。幸好其中有與他相熟之人，立即說出他識字之事。

而且，那人在九斤沒來之前，一直想找機會單獨出門，卻被其他人制止，所以沒尋到機會把院子裡發生的事傳遞出去。

九斤立即把那人綁起來，打了一頓。那人也是個軟骨頭，沒兩下便招了。

原來，被關的那位蔣家管事用前途和銀錢蠱惑他，要他幫著聯絡喬家人。

那人是後來進喬家的，這次跟來臨江伺候，還與廚娘有私情。彼時喬勐帶人入京，家裡人手不夠，才招了人，但也是找與兄弟們相熟的平江人，哪承想，還是被鑽了空子。

重金之下，必有奸人。

蘇婉聽完九斤的話，目光閃閃，再聽廚娘的叫嚷，頓覺諷刺，心中如有一團怒火在燒。人人都是逼不得已，那她和喬勐呢，喬家究竟想把他們逼到何種地步？

「賤人！二爺何曾薄待你們，竟讓你們起如此殺心！」蝨子怒不可遏，踩住廚娘身上的繩子，不讓她靠近蘇婉，叫罵道。

「婉娘子，如何處置他們？要報官嗎？」九斤低聲問蘇婉。

蘇婉緊緊抱著手爐，才壓住心裡的怨憤，沈默半晌，問道：「二爺怎麼說？」

九斤回答。「二爺還乏力，不過有說，院子裡的所有人都要聽婉娘子的。」

蘇婉點點頭，鬆開緊扣著的手指，低垂眉眼思索著。

「先不報官，把那人和蔣家管事關在一起，再問問他們怎麼聯絡的。另外，先想法子把佘娘子的家人救出來。」

九斤沒有猶豫地應聲。

「小心些，別把人弄死。」蘇婉起身，目光瞟過蝨子和蠻子，蠻子不自在地撓撓頭。

蘇婉說完，又吩咐姚氏。「乳娘，妳先帶佘娘子下去洗漱歇息。」然後對佘氏道：「辛苦佘娘子了，不過還請佘娘子明白我的難處。」這話的意思是，還是要把佘氏關起來的。

佘氏恍恍惚惚，只能跟著點頭。

蘇婉交代完，轉身往內室走去。

一進房，蘇婉的身子便晃了兩下，快步走到床邊坐下，捂著胸口大口大口喘氣。

「這……」守在搖籃邊逗弄喬敏的蘇母嚇了一跳，趕緊奔過來。

蘇婉拉住她的手，示意她噤聲。

「娘，您幫我看好元元，我累了，想睡一下。若是二爺來了，就叫醒我。」蘇婉說著，躺進被子裡，閉上眼睛，眼淚順著眼角一點一點無聲流出。

蘇母看著蘇婉背對她一聳一聳的肩膀，無聲嘆氣。

老天爺，這喬家造的是什麼孽啊……

與此同時，一直守在喬勐身邊的趙立文，見他睜開眼，驚喜出聲。

「喬二，你醒了？」

「人抓到了嗎？」喬勐一愣，想起自己為何躺在這兒，立即問道。因為灌了不少皂水，他的嗓子和胃都很痛，說話聲音也是沙啞的。

趙立文連忙倒了水，扶他起來喝。

「已經查出來了……」趙立文把九斤告訴他的來龍去脈說給喬勐聽。

喬勐喝完水躺下，鬆了口氣，又難受起來。他自認待這些人不薄。

「看來，咱們去見天使的事，也是這人傳出去的？」喬勐抿唇。

他說完，等了一會兒，沒聽到趙立文回答，心中一動，轉頭去看趙立文。

趙立文默默地看著喬勐，遲疑一會兒，才開口道：「喬二，你是不是懷疑過我？」

喬勐啞然。

「我知道你肯定懷疑，徐大家出事，我也立時懷疑我自己的人。但是喬二，我們兄弟這麼多年，你應該信我。」趙立文能明白喬懷疑他的心，但依舊很難受。

「趙老三，對不起。我和喬家，現在不是他們死，就是我和娘子還有孩子死，如果今天不是我喝了那碗湯，就是我娘子喝，然後我的孩子……」喬勐說不下去了。他害怕，他早該知道，喬仁平有多狠辣。

對喬家絕望後，他信了秦雲盼的話，去追查當年的真相。結果呢，差點死無葬身之地。現在，除了他家娘子，他不敢再相信人。

「我知道，所以我沒有怪你。」趙立文見喬勐露出痛苦神色，連忙寬慰他。

喬勐抓住趙立文的手，濕了眼眶。「趙老三，以後你就是我親兄弟。」

趙立文點點頭。

喬勐說完，似脫力般，又躺回去了。

房間裡靜了一會兒，喬勐突然開口。「趙老三，蔣家要完了。」

趙立文擰眉。「是因為你在上京……」

喬勐看著屋頂，平靜道：「我這次死裡逃生，本是想著，等娘子坐完月子，我們一家就去海外，再也不回來。什麼蔣家、喬家，與我們有什麼干係呢？」

但趙立文卻不平靜了。「喬二，你想做什麼？」

喬勐凝視趙立文。「我要再去一次上京。」

趙立文跳起來。「你瘋了嗎？那個刺殺你的人，不會放過你的！」

喬勐哪裡不知道，但眼下這個情況，他別無選擇。

「我知道，不過我有辦法。」一都是與虎謀皮，一樣危險。

趙立文皺眉，莫名心慌。「什麼辦法？咱們再看看，實在不行，便遠離這是非之地。」

喬勐閉了閉眼，扯出一抹笑容。「趙老三，人生在世，總要為了什麼去拚搏一次的。」

第七十五章

臨江城裡的兩戶喬姓人家各懷心思，表面上平靜地過了半個月，上京傳來消息——蔣家被皇帝問責，家主已經下了刑部大牢。

喬仁平事先早早為喬知鶴一時糊塗，賄賂蔣家之事上書請罪，喬家因此倖免於難。如今蔣家也不敢攀扯喬家，怕喬家魚死網破，抖出當年秦家的事，那蔣家可能連根基都保不住了。

雖然皇帝放過喬家，但喬知鶴被免官，這些日子被喬仁平拘在家裡。

喬知鶴心生怨懟，恨極了喬勐，他們母子好像就是來討債的，一個害得他只能窩在臨江城二十餘載，一個則害得他丟了官。

黃氏更是話裡話外說著喬勐和蘇婉的不是，喬知鶴哪裡還當喬勐是兒子，頻頻派人去對付他。喬勐一家在臨江過得如履薄冰，若非趙立文暗中救濟，險些斷糧。

喬知鶴對喬勐出手，喬仁平看在眼裡，有些事還是他暗中推波助瀾。

某日深夜，他對喬老夫人說道：「二郎和他娘子，留不得了。」

喬老夫人唸了句阿彌陀佛，隔日便喚來黃氏吩咐。

當夜，蘇婉一家在臨江的小院裡，經由那個被安插進來的人，再次收到了一張字條。

這字條在這半個月裡來了數次，均被那人以最近院子裡看管得嚴，未找到時機為由，搪塞過去。

這日，不只是字條，還附帶余氏丈夫的小指。給的藥也換了，是能致死的毒。

余氏見到這小指，直接暈了過去。

喬勐的心已經麻木了，感覺不到疼痛。

半個月來，他讓那人和喬家人周旋，為的就是找到余氏的家人。這兩日剛有了眉目，正思索如何救出他們時，喬家便送了這個。

自從下定決心後，喬勐面對喬家的所作所為，已能平靜看待。

「他想讓我死，我倒看看誰先死。」喬勐冷笑一聲。

這日，喬知鶴在書房裡悠然地練字。

今早他收到消息，他那個好兒子喬勐瘋了，因為他家娘子和孩子死了。

喬知鶴得知時，惘然一瞬，隨即笑了出來。這一切都是喬勐逼他的，是他咎由自取。

突然，門外傳來心腹的聲音。「大老爺，不好了！」

「什麼事不好了？」喬知鶴放下筆。「進來說。」

心腹推門走進書房，忐忑道：「大老爺，余氏那家人不見了。看管他們的那些人，被綁在咱們府邸門口呢。」

喬知鶴聽完心腹的話，恍然片刻，這才反應過來，他被喬勐耍了！這傢伙哪裡死了，還活得好好的！

把人綁到喬府門前，可不就是明晃晃地說，喬勐知道誰要害他，要跟害他的人沒完！害喬勐的人，不正是他嗎？父子互相殘殺，好一齣戲。

喬知鶴立時拿起桌上的硯臺，狠狠向門口砸去。

心腹嚇得大氣都不敢喘，噼哩啪啦的摔打聲接連響起，過了好一會兒，才安靜下來。

「大老爺，現在怎麼辦？」心腹小心翼翼地開口，輕聲問道。

喬知鶴把屋裡能砸的全砸完了，才發洩出滿腔惡氣。可出完惡氣又怎麼樣，還是要面對眼下的殘局。

事到如今，他才有些明白父親對他的失望，看來他確實不是個能成事的人。丟了官，親兒子與他反目成仇，他真是失敗啊。

「我去見父親母親。」喬知鶴在憤恨和哀怨裡反覆掙扎後，出去了。

這時，喬仁平還未歸家，只有喬老夫人在，已經從管家那裡知曉了剛剛門外發生的事。她還沒讓人去請喬知鶴，喬知鶴便自己尋了過來。

「母親，救孩兒一命！」喬知鶴一進門，便跪在喬老夫人面前哭喊。

喬老夫人轉著手裡的佛珠，看著他這番作態，心裡越發沈重。這是她和喬仁平的第一個孩子，也是最用心教養的，可是怎麼就長成這樣了呢？

她感慨萬千，看著跪在下首的喬知鶴好一會兒，終於開口。「你是我兒，我自然會救你，不過……」

喬知鶴先是一喜，隨後心又提起。「不過什麼？」

喬老夫人緩緩道：「休了黃氏。」

喬知鶴驚訝。「這是為何？」

喬老夫人聽喬知鶴這般問，心放了下來，隨即暗嘆，喬家人涼薄。

「你被牽連進蔣家之事，是她在其中攛掇。你與二郎鬧到這個地步，更是因為她。此婦不賢不仁，當不得我喬家宗婦、當家主母。」

喬知鶴抬頭看向喬老夫人，心裡隱隱覺得她說得對。要不是黃氏總嫌棄他窩在臨江，總是說喬仁平夫妻偏心，他也不會動念回上京。

他和喬勐雖不親厚，可到底是血濃於水的父子。如今不就是因為黃氏說的話，讓他動了那些念頭。

喬知鶴恍恍惚惚地想著，看來父母對黃氏已心生厭棄，他是他們的兒子，只要送走黃氏，他們定會如從前那般對他，官復原職也有轉圜餘地。

再者，棄了黃氏，將一切罪過推到她身上，他和喬勐是不是可以重歸於好？蘇婉那一手出神入化的繡工，再加上喬家斡旋，定能入天使的眼。

到時候，喬勐夫妻的繡坊，不也就是他的，他們可是跟內務府搭上邊的官商，父母跟在上京的三弟一家人，豈不對他另眼看待？

在臨江窩囊了一輩子，他終於要揚眉吐氣了！

喬知鶴越想越興奮，恨不能現在就回去寫休書。

「孩兒都聽母親的。」喬知鶴跪在地上，朝喬老夫人重重一拜，遮掩臉上的喜色。

畢竟是自己親生的，喬老夫人哪裡不知道喬知鶴的性子。當年他能放棄秦柔宜，如今就能放棄黃氏。

喬老夫人閉了閉眼。「你且去吧。」

喬知鶴起身，準備去寫休書。

他走到門邊，喬老夫人又道：「她畢竟為你生兒育女，服侍你多年，給她留點體面。」

喬知鶴面上一僵，悻悻道：「是。」

等喬知鶴離開，喬老夫人吩咐守在一邊的知琴。「明天，咱們去見二郎和他媳婦，妳準備一下。」

知琴滿心疑惑，卻未多問，只是應了一聲。「那就按著二奶奶的分兒來備禮？」

喬老夫人點點頭，心裡著實感嘆，喬勐真是命大，怎麼也死不了。蘇婉也是。

她倒是小瞧他們了。

翌日，馬車徐徐駛往喬劭住的小院子，剛拐了個角，車夫喊了一聲，勒馬驟停。好在馬兒跑得不快，車內人只是身子微微前傾，知琴也牢牢扶住了喬老夫人。

「怎麼回事？」

安頓好喬老夫人，知琴撩簾問車夫，剛冒出頭，就被眼前的景象嚇一跳。

巷口擠滿了人，三三兩兩交頭接耳，卻無人大聲喧譁。車夫站在馬車上，越過人群，向喬劭一家所在的宅院門口看去，竟是門庭若市。

「看來馬車是進不去了。」車夫下車，伸長脖子往前面探了探，轉身對知琴道。

知琴點點頭，回了車內，稟明喬老夫人。

喬老夫人眉頭微蹙，知琴立即開口。「老夫人，您先安坐，奴婢去前頭探探。」

喬老夫人點點頭，知琴便下了車。

蘇婉現在住的小院，是巷口第三家，知琴曾經同喬老夫人來過一次，只是吃了閉門羹。

她剛走近人群，想越過他們往裡面走，就被一個婦人攔住。

「這位姑娘，第一次來？」

知琴不知何意，拘謹地點點頭。

婦人一臉精明，看知琴這穿著打扮，便知道是有錢人家的，諂笑著把知琴拉到一邊。

其他人見知琴被拉走，也不惱。她們剛走開，巷口又來了人，其他人立即圍上去。

「姑娘，妳拿了牌子嗎？」婦人問知琴。

因著婦人力氣大，知琴掙脫不了，只能任由婦人將她拉過去，這會兒聽她問話，更是一頭霧水。

「什麼牌子？妳為何要拉我？我只是路過這裡，去尋人的。」知琴跺腳，喬老夫人還在車上等著她呢，這人攔她幹什麼？

「啊？妳不是去婉娘子家的啊？」婦人一聽，失望地鬆開知琴。

知琴皺眉。「婉娘子怎麼了嗎？我正是要去找她。」

婦人頓時又笑起來，拉起知琴的手。「這不就對了！去婉娘子家，就要牌子啊。現在發的牌子，是後天的了。」

「這是何意？」

婦人見知琴是真不知曉的樣子，以為她是聽到消息的外地人，出聲道：「昨兒蘇繡坊在鋪口貼了張告示，說婉娘子要收山了，準備賣出她親手繡製的百鳥朝鳳圖，還有蓮香師傅最新的繡品鳳尾魚圖。」

知琴更加糊塗了。「賣繡品不在鋪子裡賣，怎麼讓人到宅子裡了？」

婦人一拍大腿，靠近知琴。「妳是從外地來的吧，不知道裡頭的事。婉娘子是咱們太守家的庶孫媳婦，這個喬家真不是東……咳咳，反正，前些日子有人要害婉娘子，不過沒害成。娃霸把她看得跟寶貝似的，哪裡敢讓她離開那院子……」

婦人又將喬家如何迫害蘇婉和娃霸一家，又如何逼得蘇婉一個還沒能出月子的人要提心吊膽在臨江過日子，以後再也不能做繡活的事，啪啦啪啦講了一大通。

「婉娘子說了，她和娃霸決定歸隱山林，不再碰針線，希望喬家能給她和娃霸留條生路。可憐，多好的人啊，我表舅家的三姑的女兒，成婚三年沒懷孕，買了婉娘子的繡品，過了一個月就有了。妳說婉娘子神不神，就是個送福娘子啊！」

婦人東扯西扯，就是不說到正題，知琴聽得心裡五味雜陳，瞥婦人一眼，從荷包裡拿了一個小銀錁子遞給她。

婦人當即笑得見牙。「既然婉娘子不再繡了，那她現在的繡件，不就是絕品了嘛。婉娘子這手繡活，是全臨江人都知道的，求的人多了，可繡品就那麼幾件啊，家家都想要，怎麼辦呢？娃霸便想了個主意，叫什麼拍賣，看誰出的價錢高，就賣給誰。

「娃霸和婉娘子不訂底價，這院子開放三天，讓人看繡品，三日後直接拍賣。」

知琴總算聽明白了，轉身就要去跟喬老夫人說，又被婦人拉住。

「誒，妳若要今天的牌子，也不是沒辦法。」

「什麼辦法？」知琴被纏住，只好順著婦人的話問。

婦人笑得更加燦爛。「我有。」一見知琴滿臉狐疑，又道：「來路正著呢，是我家的人今早排到的，今天拿了牌子就能進去。妳看看前頭那些排隊的人，不知什麼時候能進去。」

知琴被這婦人說得一愣一愣，正打算從荷包裡掏錢時，突然一拍腦袋。

她們又不是來買繡品的，喬老夫人好歹是蘇婉的祖母，人到了門前，還能不讓她們進去？完全忘了上次吃閉門羹的事。

「這位娘子莫急，我是跟我家老夫人來的，需要回去請示。」知琴收起荷包，笑道。

原本滿臉笑容的婦人斂去笑意，點點頭。「行，不過這牌子，我可不會留給妳。」扭著腰，笑吟吟地去找其他人。

知琴暗暗唾棄一聲，轉身走向喬家馬車了。

院子裡，蘇婉坐在窗邊，聽著前院傳來的人聲，淡淡出神。

喬勐坐在旁邊，一會兒逗弄著喬敏、一會兒摸了摸繡筐，顯得有些心不在焉。

「娘子，這辦法管用嗎？真能吸引那個人來？」

蘇婉轉過頭看喬勐，笑了聲，伸手戳戳喬敏的臉蛋。「怕什麼，你連赴死的決心都有，我從此不再做繡活，又算什麼？」

喬勐怕的是，今日有人會趁亂對蘇婉不利。

「我……」喬勐小聲地想辯解一句，話剛冒頭，見蘇婉橫他一眼，便閉上了嘴巴。

那日他喝了那碗被下藥的湯後，痛定思痛，決定不能任人宰割，想要反擊，同蘇婉說了他的計策。

此計頗有破釜沈舟之意，傷敵一千，自損八百。可到了如今，他也想不出更好的辦法。

不過出乎他的意料，蘇婉只是冷冷地看他一眼，說了一句。「隨你的便。」而後三天沒跟他說話。這可把喬勐愁壞了，他寧可蘇婉打他罵他，也不願她這般冷落他。

就在他把滿腔怨憤對準喬知鶴，籌劃著對付他，救出余氏的家人時，蘇婉忽然同他說起她接下來要做的事。

「二爺，咱們是夫妻，做事向來有商有量，所以也把我的想法告訴你。既然我攔不住你，也請二爺不要拒絕我。」

當時蘇婉是這樣對他說的，他啞口無言，沒再說到時讓趙立文護送她去海外的話。

然後，便有了今日這場戲。

「二爺。」蘇婉推了發呆的喬勐一把。「想什麼呢？」

喬勐連忙回神。「沒什麼。怎麼了？」

蘇婉狐疑地看他一眼。「前頭有動靜了，你去瞧瞧。」

喬勐朝外定睛一瞧，見蠻子匆匆走來，立即跳下床榻。「我這就去。」

蘇婉點頭。「忍著脾氣，替喬老夫人把檯子搭起來。」

喬勐笑了笑。「娘子放心。」

喬老夫人從喬家出來時，他便收到消息。

好戲，要上場了。

第七十六章

有喬府下人開道，知琴扶著喬老夫人，順利來到喬家門前。

雖說其他排隊的人有些怨言，但知琴報出她家老夫人乃是喬勐的祖母，不明內情的人，自然再無二話。

不過喬勐身邊的人哪能不知道他和喬家的恩怨，守門人便攔下知琴與喬老夫人。

喬老夫人制止要上前命守門人讓道的知琴。「老身身子骨不太好，還請這位小郎君進去知會二郎一聲，說他祖母來了。」

喬老夫人到底位尊，氣度威嚴，就算刻意裝得慈祥溫和，也不是一般人招架得住的。

守門人猶疑地看看坐在一旁發牌子的蝨子，蝨子瞥他一眼，淡淡道：「去吧。」說完也沒再理會喬老夫人，繼續眼觀六路、耳聽八方地發牌子。

這時，人群裡有人打了個暗號，只見那人身旁不遠處，有三位穿著華麗的男子，是一名年輕男子帶著兩位長者，兩位都有威儀之相，一位有鬚，一位面白無鬚，正把玩著手裡的木牌，打量這間院子。

蝨子手上一頓，鬆了口氣，終於把人等來了，隨即故作不知，依舊默默地發著牌子。

不一會兒，喬勐背著手，晃悠悠地走至門口，似沒有見到喬老夫人，逕自看向蝨子。

「發到幾號了？」

蝨子回答。「二爺，發到一百一十六號了。」

喬勐頷首。「收起來吧，夠多了。」

這話一落，還在排隊的人群喧譁起來，眾人不滿地朝喬勐嚷嚷著。

「吵什麼，我都快死了，沒看人逼到家裡來了嗎？」喬勐哪裡在乎這些話，沒好氣地高聲道。

眾人沒搞懂，會意的知琴漲紅了臉，對喬勐說：「二爺這話是什麼意思？」

喬勐冷哼一聲。「小爺我說的是人話。」不理她，又吩咐蝨子。「放人進來吧，先放前三十八號。」

蝨子立即開始招呼拿到前三十八號的人，這些人中，有不少只留僕役在這裡等候的，也有湊熱鬧來排隊，這會兒乘機把牌子賣給旁人的，場面頓時鬧哄哄。

喬老夫人看著這般情景，眼裡閃過厭惡，顯然喬勐如今連臉面都不要了。

她暗嘆一聲，還是要先把人哄好，再徐徐圖之。

「二郎還在生祖母的氣？」喬老夫人露出慈祥的笑意，開口問喬勐。

喬勐不請她們進去，也不趕她們走，就這樣晾著。

「祖母說的什麼話，孫兒哪敢，孫兒怕夜裡有刀架上脖子。」喬勐倚靠在門框上，懶洋洋地道，祖母和孫兒這幾字咬字重了幾分。
喬老夫人沒想到，喬勐連門都不讓她進，但她要說的話，也不宜在大庭廣眾之下說。
「那二郎是生你父親的氣？」喬老夫人沈默一下，面上沒有怒色，繼續問喬勐。
喬勐嗤笑一聲。「祖母，還是那句話，我不敢啊！」
喬老夫人依舊不惱。「那二郎希望喬家怎麼做，才能不生氣？」
她一副寵愛孫子的模樣，讓喬勐噁心極了，想著蘇婉的囑咐，極力忍耐。
「這麼說吧，你們喬家人，我誰也不氣，我都死過兩次的人了，我不怕，但我怕我家娘子和孩子有事啊。如今我惹不起你們，就想帶著我媳婦和孩子離你們遠遠的，越遠越好。我惹不起喬家人，還躲不起嗎？」喬勐深深吸氣，把早想好的話一口氣說了出來。
喬老夫人想說話，但周圍這麼多雙眼睛看著，耳朵聽著，話到嘴邊，怎麼也說不出口。
喬勐無賴，可喬家還要臉。
人群中，那兩位被喬勐注意的老者，互看了眼，神色略顯訝然。這位在臨江頗負盛名的娃霸，似乎與傳言中的不一樣。聽他口中所言，他與喬家不睦似有隱情，不是喬仁平對外所言，只因此子頑劣不孝。
「安靜，我現在叫到號的，開始進門。」蝨子在喬勐的示意下，放人進去。
喬勐狀似無意地瞥向人群中的兩位貴人，無聲地笑了笑。他家娘子要辦這個收山會，就是想吸引這兩位到來。

果然，人來了。

這兩位正是皇帝派來挑選新繡坊的天使和欽差，陪在他們身邊的是曹通判家的郎君。看來，他家娘子在臨江的名頭還是挺響的，真的引來這兩位。

喬勐抬起驕傲的頭顱，故作不知的放兩人進門。

被擠到一側的喬老夫人眸光一閃，也看出他們不同於一般商賈，氣度不凡，似是官身。她跨出一步。「二郎，這次祖母不是以喬家老夫人身分來的，是以一個奶奶的身分，來看看她的孫子、孫媳和曾孫。你與你媳婦的孩子，奶奶還沒見過呢。」說得情深意切。

可惜這些話，在喬勐耳裡全是放屁。

「那日我娘子差點死在喬家門前時，我的好奶奶，妳在做什麼？」

喬老夫人蹙眉。「二郎媳婦莫名來府裡，說你生死不明，還說是你父親害了你，這不是一派胡言嗎？我想著，她是不是偏信了誰的渾話，受人挑撥，要對付你父親。」

喬勐抱臂。「她怎是一派胡言？」

喬老夫人笑。「二郎這不是好好的？」一活蹦亂跳，嘴皮子依舊那麼不饒人。

從喬老夫人出現後，圍觀百姓便不斷嚼舌根，風向隨著兩人的言語變來變去，一會兒跟著喬勐說喬家的不是、一會兒隨喬老夫人說著喬勐的不是。

這會兒，眾人點點頭，那日蘇婉說娃霸生死不知，大家也極可憐她。可如今，娃霸不是好好的嗎？

喬勐看著騷動的人群，哼了聲，鬆開抱著的雙臂，直起身子，開始解腰帶。
眾人瞠目結舌，不少婦人們開始尖叫捂眼。
「二爺，你這是做什麼？」知琴又羞又怒。
「我的親奶奶不是說我好好的，我讓妳們看看，我怎麼好了……咳咳……」喬勐說著，咳了兩聲，神色委頓，讓人覺得，其實他外強中乾。
喬勐脫得有點慢，內心抗拒，但該來的總要來，一咬牙，狠狠地將衣衫一掀。
那些曾經血肉模糊的傷口，現在已經癒合，可依舊留下令人觸目驚心的疤痕。
傷痕布滿他精瘦的身軀，昭示著他曾在鬼門關徘徊過，他真是死過的人。
滿場譁然，人群的騷動聲更大了，對喬勐指指點點，說些同情的話。
這些話，喬勐根本聽不進去，這裡沒有人能替他疼、替他痛，也沒有什麼真心。過了兩日，他們便會遺忘。
真心疼他的只有他家娘子，他知道他家娘子表面不在乎，卻次次在深夜撫摸著他的傷痕流淚。
這個世上，只有他和他家娘子是一家人，喬家早已在他心裡除名。
喬老夫人的神色陰沈下來，踉蹌著後退一步。
她心裡沒有心疼，只有一個念頭——他們和喬勐，顯然是不能講和了。

門外祖孫倆劍拔弩張，門內倒是一派祥和。

能來的自是愛刺繡，抑或是聰明人，看見了這場拍賣會的價值。

這次主要的繡品是繡到一半的百鳥朝鳳和鳳尾魚圖，但也有其他從平江運來的、以往蘇婉和蓮香親手繡的繡品。

繡品擺在院內臨時搭的幾個涼亭樣式的棚子裡，裝裱起來，掛在四周，供來人觀賞。最重要的兩幅繡品旁邊，由九斤和鑾子看守，防止有人使壞。

兩位貴人一進亭，便瞧見那幅百鳥朝鳳圖，眼裡俱是驚豔之色。

臨江為何未舉薦這位娘子？楊內侍和黎欽差心裡同時浮起這個念頭，朝百鳥朝鳳和鳳尾魚圖靠近一步。

九斤和鑾子知曉兩人身分，只微微伸手攔了下，示意他們不要太貼近繡圖。

兩人點頭，駐足欣賞兩幅繡圖，身後傳來其他進門欣賞繡圖的人說的話。

「蓮香師傅本就是咱們臨江出名的好繡娘，入了婉娘子門下，繡技更加了得。」

「是啊，你瞧這針法，比她之前的繡品更精細。」

「婉娘子這手絕活可不是浪得虛名，我曾經特地去稽郡瞧她繡的雪梅圖，真真絕品。」

最先開口之人露出羨慕之色。「唉，當日我遠在他地，沒能趕上那盛事，實乃憾事。」

「這位郎君，你既瞧過雪梅圖，那與這百鳥朝鳳有無差別？」又有人問道。

這時，所有人都圍到了百鳥朝鳳和鳳尾魚繡圖前面。百鳥朝鳳亦是用雙面繡繡製。

蓮香跟隨蘇婉的時日尚短，只得其形，未能掌其神。這些人可以去品蓮香的繡品，卻不知如何來品蘇婉的繡工。

巧奪天工、唯妙唯肖，一些絢麗的詞句，其他有名的繡品都用過。這會兒用在蘇婉的繡品上，總感覺不對味。那些都能稱絕，那蘇婉這繡工，乃是當世一奇。

「雖然這百鳥朝鳳不是完整繡圖，依然可堪稱一絕。雪梅圖也好，但不如此圖來得出眾。若是繡完，那……那可就是無價之寶啊！」

眾人說著，露出惋惜神情，心底不由暗恨喬家欺人太甚。

普通老百姓不知內情，他們這些人能不知道嗎？

「這婉娘子有一手好繡工，為何沒加入替新后繡製婚服的徵選？又為何要收山？」

問出這兩個問題的人，正是站在最前排的黎欽差，這次是他和楊內侍一同來操辦此事。

臨江這邊的人選差不多定下了，他們不日便要返回上京，這才出來會客遊玩，從陪同的曹家小郎君口中知道今日這場拍賣會的事。

曹家小郎君說得妙趣橫生，兩人卻不甚相信，臨江最好的繡坊跟繡娘，他們哪有不認識的，若是真有本事，為何不來參加這次徵選？許是沽名釣譽之輩。

但曹家小郎君是個實在人，見兩位貴人不信，當下急了，叫人去向曹二太太借了蘇婉親手繡的繡件來。

黎欽差和楊內侍的眼光老練毒辣，一眼便知繡此繡品之人繡工不凡，便讓曹家小郎君領著他們來瞧瞧。

「這事麼，不好說，說了大家在臨江都不好過。」說話的人搖搖頭，不願說。

「唉，婉娘子和娃霸，也是不容易啊。」旁人感嘆一句。

另一個跟他相熟的人拐他一下，那人立即閉了嘴。

「別提這事了，咱們繼續看繡品吧。哎，你後日出不出價啊？」

「出啊，以後都成絕品了呢。不過出多少銀子，我心中有數，你就別想知道了。」

眾人開始你一言、我一語地轉移話頭。

可越是這般，黎欽差和楊內侍越發好奇，就在黎欽差要追問時，楊內侍拉他一下，對他使個眼色，黎欽差便住了嘴。

「這有什麼不可說的，喬家敢做，還怕別人說？」這時，一道聲音突兀地響起。

眾人循聲望去，見一位穿著素淨的小娘子，扶著留兩撇美鬚的高瘦男子從側方走來。

「徐大家！」立即有人認出男子是誰。

這男子正是徐遙，扶著他的女子便是蓮香。

徐大家？黎欽差和楊內侍微微一愣，在腦海裡搜尋起在大和能被稱為大家的人物。

莫非是那位以精湛畫工出名的畫家徐遙？

「諸位安好。」徐遙笑著向眾人打招呼。

「早聽聞徐大家被婉娘子請去幫蘇繡坊畫圖，我還當是謠傳，如今想來是真的了。」有人高聲笑道。

「婉娘子盛情邀約，且平江山好水好……」徐遙看向蓮香。「人更好，我待得舒坦。」

「是是是！」一眾人附和。

「百鳥朝鳳圖也是由徐大家繪圖，我師父繡製的。」蓮香開口道。

眾人詫異，兩位貴人更是驚訝。

蓮香招呼人搬來一張椅子，安置好徐遙，拍拍手，便見後院又來了兩人，捧了畫軸。

蓮香示意兩人打開畫軸，唯妙唯肖、栩栩如生的百鳥朝鳳畫卷，躍然出現在眾人面前。

眾人看完畫卷，不由再回頭看只完成一半的繡圖，扼腕之意油然而生。

「婉娘子……能否繼續將畫卷繡完？」一位愛才之人倒吸一口氣，恍惚地看向蓮香。

「今日喬老夫人不是來了，或許有轉圜餘地？」有人小聲道。

坐在椅子上的徐遙聽了，冷哼一聲。「諸位可知徐某為何受傷？」

眾人你看看我，我看看你，紛紛搖頭。

「徐大家受傷了？何時的事？」

徐遙摸著腹部，眼神幽幽望向眾人。「蘇繡坊原是平江徵選出來，參選皇后婚服繡製的繡坊之一，但名單送到臨江，卻被打回來。其中原因，我想諸位定有明白的人。」

除了兩位貴人，其餘人俱不吭聲，心中了然。

各地入選名單的告示貼出來後，他們一見沒有蘇繡坊，想起前段日子蘇婉在喬家門前那一鬧，自然明白是因為什麼。

「這與徐大家受傷又有何關聯？」有人好奇問道。

「婉娘子的繡工之精，諸位有目共睹。要是換成你們落選，可會服氣？」徐遙繼續道。

「就算我師父認了，我也忍不下這口氣，所以請了徐大家與我去尋上京來的天使，想請他們評評理，為何我們無法入選。」蓮香接著徐遙的話，憤然道。

黎欽差和楊內侍聞言，心中更加驚訝。

前些日子，吳家女婿趙立文託人來說，想請他們見一位繡娘。

因為吳家在士林裡的名聲，他們答應一見，只是到了那日，人卻沒有來。為此，他倆還私下憤慨過。

依眾人所述，那日要來見他們的，難道是這位蓮香師傅？

第七十七章

這時，人群中有人突然變色。

「我想起來，家裡還有事。這繡品我看完了，徐大家，我先行一步。」這人說著，便往外走。「對不起，咱們三日後拍賣會見。」

那人一走，連帶好些人都回過味來，暗暗唾棄一聲，可他們也只想買繡品，不想摻和喬家那些骯髒事。

雖然他們很好奇，但喬仁平畢竟牧守這方已有二十餘載，不敢輕易招惹。

只是買個繡品還好說，攪進鬥爭就不美了。

徐遙見這些人開始找各種理由離開，臉色越來越冷，默默在心裡記下，打算回頭讓喬勐查查他們家的女眷，以後去蘇繡坊買繡品，好好抬價。

嘩啦啦，三十幾人走得只剩幾個，幸好最關鍵的人沒走。

徐遙和蓮香暗自鬆口氣，萬一這齣戲被他倆搞砸了，喬勐會罵死人的。不過被喬勐罵不可怕，可怕的是蘇婉的失望。

「然後呢？」一直未曾開口的楊內侍在一撥人走後，問蓮香和徐遙。

蓮香故作不知他身分，冷著臉道：「不知為何，消息走漏了。去的那日，我們半路被人刺殺，那些人分明是衝著我來的，若非徐大家替我擋下，只怕我早就沒命了。」
楊內侍當下便明白了，是有人不想讓他們見這位蓮香師傅。
是什麼人不想讓蘇婉選上？誰又能在臨江隻手遮天，蒙住他們的眼睛？
答案呼之欲出。
楊內侍回想起剛剛在門外喬勐對待親祖母的模樣，不由有些齒冷，他需要好好查一查這裡面的蹊蹺。
見過蘇婉的繡工，再想想他們選的繡娘，楊內侍便覺得有些索然無味。
若他將這件差事辦得漂亮，便能比過其他內侍，機會似乎就在蘇婉手上。
但是，值不值得呢？
這個想法不僅僅浮現在楊內侍腦海裡，黎欽差亦是。
「看完了嗎？看完了就回去吧。」
黎、楊二人沈思之時，敞著衣服的喬勐走過來，一臉不耐煩地對還留在此處的人喊道。
「二爺怎麼了？喬老夫人不會當街打你了吧？」徐遙捻捻鬍子，狐疑地望向衣衫不整的喬勐。
喬勐無語，沒理他，目光落在兩位天使身上。「幾位請回吧，明日趕早。賣了這些繡品，我和我家娘子就離開這裡了。」

「喬二爺，那你們繡坊還開嗎？」有人問喬勐。

喬勐擺擺手。「開個屁，命都快沒了。」說完也不理旁人，招手讓九斤和蠻子送人出去，他要去後院給他家娘子報信。

呵呵，剛剛喬老夫人離開時，臉色可精采了。

走沒兩步，喬勐忽然回頭，對其他人道：「今日再放一批人進來，明日看完，下午就拍賣。而且不只賣這兩幅繡圖，還有蘇繡坊！」

作戲，就要作全套。

內院裡，蘇婉見喬勐過來，掩上半開的窗，僅留條縫隙，吹得有些冷的臉才暖和起來。

「娘子，應是真的。」喬勐進門就說。

「什麼應是真的？」

喬勐擦淨了手和臉才進內室，先去看熟睡的喬敏，輕輕戳了下他的臉蛋，軟軟的。

小傢伙揮揮手，沒有醒，喬勐的心情才好上了幾分。

「別把他弄醒了。」蘇婉輕打喬勐的手背。

「我曉得。娘子，這孩子真是神奇，一天一個樣。」喬勐不捨地收回手，目光依舊停留在喬敏的臉上。

蘇婉看他這樣，臉上不由跟著露出笑意。「孩子不就這樣。你還沒說什麼應是真的。」

喬勐收回目光，看向蘇婉。「黃氏被休，應是真的。」
今早他們得到消息，喬知鶴休了黃氏，有些意外，半信半疑。
「為什麼這麼說？」
「喬老夫人剛剛在外頭說的，當著那麼多人的面說，應不會作假。」喬勐晃晃喬敏的搖籃，坐到蘇婉對面回道。
方才喬勐放了個大招，露出滿身傷痕，證明蘇婉並未胡言亂語。
喬老夫人不想承認這件事，但事到如今，不想面對也得面對，於是黃氏便被推到人前。她說喬家已休棄黃氏，給喬勐一個交代，未再多說，讓其他人覺得，害喬勐的是他的嫡母，這只是後宅女人的爭鬥，與喬知鶴沒有干係。
蘇婉拿著一枚穿了線的繡花針戳著玩，聽喬勐說了剛剛在門口發生的事，怔怔地思索一會兒，看向喬勐，目光裡帶了幾分探究和揶揄，把喬勐看得毛毛的。
「娘子為何這樣看著我？」喬勐摸摸後頸。
「你們喬家人，也夠狠的。」蘇婉哼聲。
如果沒有喬老夫人和喬仁平這些年的放任，黃氏能囂張成這樣，對喬知鶴的親生骨肉說害就害？她不信。
如今，黃氏沒了利用價值，就這樣被棄，也挺可憐的。
但，可憐之人必有可恨之處。

喬勐的生母亦是，一旦對他們不利，便是第一個被捨棄。

喬勐……不知是不是像秦家人多一些？

「我跟他們不是一路人！」喬勐炸毛了，氣呼呼地對蘇婉道。

蘇婉被喬勐炸毛的樣子逗樂了。「好好好，你跟他們不一樣。」

是不一樣，他們是對別人狠，喬勐是對自己狠。

喬勐見蘇婉這哄小孩的架勢，不樂意了。「妳要是不喜歡我姓喬，回頭我跟妳姓好了，元元也跟妳姓。」

蘇婉瞟他一眼。「嗯，蘇敏是比喬敏好聽。」

喬勐訕訕地摸摸鼻子。

夫妻倆又說起那兩位貴人，不知事情是否能如他們所願。

蘇婉心裡根本沒底，只是在賭自己的繡工。

過了一會兒，蓮香和徐遙來問蘇婉與喬勐，下一步該怎麼做？

兩人現在形影不離，徐遙的傷好得差不多，蓮香依舊貼身照料，對他的態度大為轉變。

徐遙暗喜，這傷沒白受。

「讓人收拾收拾吧，無論事成與否，我們都要離開這裡。」蘇婉沒有回答蓮香和徐遙，而是吩咐姚氏。

姚氏滿心疑惑地應下了。前幾日，蘇婉和喬勐關在屋子裡，說了好久的話，兩個人怪怪的，卻什麼也未對她說，連蘇母也不清楚發生何事。

「師父……」蓮香從徐遙身邊離開，走到蘇婉跟前。

蘇婉挑眉，笑道：「怎麼捨得了？」

蓮香頓時臉紅，又小聲地叫了下蘇婉。

「好了，不逗妳。」蘇婉招來蓮香，坐到她身邊，嘆息一聲。「其實，我最對不住的，就是妳了。」

「師父別這麼說，您對我恩重如山。」蓮香搖頭，認真地道。

「若是明日事成，妳便要跟我一起去上京，榮華與滅頂只是一瞬的事。現在後悔，還來得及。」蘇婉鄭重道。

蓮香知道蘇婉和喬勐的計劃，蘇婉事先問過她是否要參與，她想都沒想，就答應了。她的新生，是蘇婉給的。

「我不後悔。」蓮香急急地站起來。

蘇婉按下她。「若此事不成，我便與妳斷了師徒緣分，妳趕緊和徐大家成親，此後遠離臨江。」

蓮香搖頭。「師父在哪兒，我就在哪兒。」

「到時候我和二爺亡命天涯，妳也要跟去啊？那徐大家怎麼辦？」蘇婉沒好氣地拍蓮香一下。

蓮香紅了眼，轉頭飛快看看徐遙，抿嘴道：「我願意。他……他自有他的大好前程。」

徐遙氣極。「妳說的這是什麼話！」

「好了，事到如今，誰也逃不了干係。明日之事，你們不用過於擔心，無論成與否，我都有法子護你們周全。」喬勐握緊拳頭，拍了下桌子，咬牙道。

他有後手，如果明日順利成事，便用不著太早使出來，那樣會打亂一些計劃。

蘇婉就知道，喬勐還有事瞞著她，冷冷掃了喬勐一眼。

原本被他們說得有些心煩的喬勐，忽然感覺一股涼意，疑惑地看向對他冷眉冷眼的蘇婉，撓撓頭，他怎麼又惹到她了？

好像有件事沒跟她說啊……喬勐晃晃腦袋，一時沒想起來，打算晚上再好好哄她。

蘇婉同蓮香和徐遙又說了幾句，喬勐出去，把蝨子、九斤和蠻子叫到正廳，隔著門簾商量起來。

「平江除了繡坊的生意，我已經與趙老三說好，全轉給他，之後會由他的人接手，你們都隨我們去上京。」喬勐對外間幾人道。

九斤等人應是。

這個決定，除了姚氏和蘇母之外，大家都已經知曉了。

廚娘和余氏都被送走了，這些日子，都是蘇母和秀菊下廚。

「那二郎、大根、木叔、銀杏和白果他們呢？」蘇婉問道。

「我已經讓趙老三安排，他和平江那邊暫時不能動，萬一被喬家人看出端倪，就不好了。到時我們在上京發難，趙老三便會送他們去安全的地方。」

「我爹和我妹妹呢？」蘇婉擔心蘇父和蘇妙，蘇母自會跟她一起。

「一樣。」

「我知道了，萬事小心。」

喬勐沒說安全的地方是哪裡。蘇婉想問，最終還是沒問出口。

又安排完一些瑣碎之事後，喬勐向在座所有人深深作了個揖，蘇婉也隨之起身行禮。

「他日若我們夫妻僥倖活命，必不忘諸位之情。」

「二爺，我們誓死相隨！」簾門外的三人齊聲道。

徐遙嘆口氣，搖晃著起身。「我早已上了你們的賊船。」

待在內室的蓮香捂嘴笑了起來。

轉眼間，到了第二日。

拍賣會辦得說順利也順利，說不順利也不太順利。

原本臨江有不少富商要來，但不知怎的都沒有來。有看在徐遙面上，想兩頭交好的，給徐遙傳了話，說昨晚喬知鶴宴客，請的都是當地富紳。

昨日來蘇婉這邊看繡圖的，多半都在宴請名單上，便去赴宴。筵席上，喬家人說，並不會為難喬勐和蘇婉，請在座的人不要去買蘇婉的收山之作。收山之作賣不出去，蘇婉收山便還有轉圜的餘地。

有了餘地，喬家逼迫刺繡大家的罪名，就無法坐實了。

去參加筵席的都是人精，自然懂裡頭的彎彎繞繞。

不過，喬家人算計這麼多，沒料到的是，喬勐和蘇婉的目的不是用收山之舉去敗壞喬家名聲，也不是真想賣掉那些繡圖。

他們的目的，只是想引楊內侍和黎欽差來一觀蘇婉的繡技罷了。

蘇婉有自信，見了她的繡技，兩位必定會選她。

果然，今日兩人再次來到小院，見小院裡冷冷清清的，並未露出意外的神情。

昨日他們回去後，尋了可靠之人，打聽喬勐夫妻和喬家人的恩怨。

聽完後，他倆只說了一句：妒婦誤家。

在他們看來，事情的起源還是嫡母不仁，容不下庶子，也見不得庶子風光，才引起後續發生的慘事。

如今，喬家幡然悔悟，休棄作亂的黃氏，可見心裡是重視喬勐夫妻的。兩邊修好，只是早晚而已。

如果這次蘇婉選上，入了皇帝的眼，喬家人會更看重他們夫妻，往日齟齬算得上什麼。

二人自恃身分，並未知會喬仁平，直接去了小院，在蕭條的院子裡，對著面上帶了沮喪之意的喬勐表明身分和來意，也表達想見蘇婉的意思。

喬勐演技精湛，從沮喪到驚喜，再變成遲疑，演了個遍。

「我也不忍我家娘子這手藝從此不見天日，只怕我父親知曉後，我們便走不了了。」

黎、楊二人揮手。「有我們在，我看誰敢攔！」

喬勐似是鬆了口氣，引他們去見蘇婉。不過，兩人都是外男，只能隔著簾子說話。

蘇婉自是表現出意外的樣子，隨後又是驚喜，也同喬勐一般，說出對喬家人的顧慮。

黎、楊二人用「一筆寫不出兩個喬字，既然那禍害黃氏已被休棄，將來你們飛黃騰達，還怕喬家對你們怎麼樣？都是一家人」的道理，「勸服」了蘇婉和喬勐。

於是，蘇婉不收山了，跟兩位天使上京去。

因蘇婉還有幾日才出月子，需請黎、楊二人等候，兩人自是無二話。

這時，蘇繡坊也賣給了陪他們來的曹家小郎君，不過蘇婉依舊用蘇繡坊的名義參選。

兩位天使雖是奇怪，卻未多問。

他們不知道，這是蘇婉和曹家二太太早在暗地裡說好的。

為了防止喬家人在蘇婉和喬勐走後對付蘇繡坊，便把蘇繡坊過到曹家名下。

時間過得很快，轉眼到了蘇婉他們隨同臨江所有被選上的繡坊、絲坊一同上京的日子。蘇婉帶了姚氏、蘇母與銀杏。蓮香則帶了大徒弟秀錦，及隨喬勐一起的徐遙。喬勐不放心蘇婉，以要護送她去上京的名義，混在隊伍末方。

而蘇婉及蘇繡坊被兩位天使看中，破例舉薦，無須再參與臨江各項徵選，直接入上京的消息，在黎、楊二人同蘇婉說好後的第三日，傳遍了臨江。

過沒多久，黃家傳來消息，黃氏死了。

說是自縊的，但誰知道呢？越是高門顯貴，內裡越髒。

一路順利到了上京。

蘇婉隨一眾女眷進京，開始一道又一道的評比。

因有黎、楊二人擔保，蘇婉能把喬敏帶在身邊。喬敏許是知曉娘親的辛苦，並不怎麼鬧騰，乖乖跟著蘇母和姚氏。

就在蘇婉帶著蘇繡坊進入最後一輪評比時，喬勐孤身來到上京府衙門前，一聲聲敲起了登聞鼓……

第七十八章

「堂下何人？因何擊鼓？」

少尹坐在堂上，堂下眾差役手持水火棍，肅穆立於兩側，衙門前圍了一些被喬勐擊鼓吸引來的百姓。

喬勐跪在正下首，面色沈靜，聽到少尹問話，拿出事先寫好的狀紙，雙手舉過頭頂。

差爺立即上前呈於少尹。

「小民喬勐，今日擊鼓乃為兩事。其一是狀告臨江太守喬仁平之子喬知鶴窩藏先帝罪臣秦中隱之女秦柔宜，與秦中隱之幼妹秦雲盼。

「喬知鶴藐視朝廷王法，明知秦柔宜身分，依舊納其為妾，並與她生下一子。而後為掩蓋此事，想以秦雲盼替代秦柔宜，並設計謀害秦雲盼。孰料秦雲盼僥倖逃脫，隱姓埋名，忍辱負重多年，輾轉尋得小民，告知此驚天秘密。小民便要在今日揭露喬家欺君面目。」

喬勐說得正義凜然，慷慨激昂，堂前百姓及上首少尹卻是鴉雀無聲。

半晌，外間才開始有人竊竊私語。

少尹神情鎮定，內心卻是駭然。無論此事是真是假，都頗為棘手，沈吟片刻，打斷了喬勐的話。

「且慢，本官有話要問你。」

「大人請問。」

少尹審視喬勐。「你說你姓喬，喬太守與喬知鶴，與你有何關係？」

喬勐坦然一笑。「從血緣來說，喬知州是小民祖父，喬知鶴是小民父親。」

「什麼？子告父?! 這有違常倫，此子大逆不道！」

「我看似有隱情，勿亂言，再看看。」

堂前哄然，百姓頓時議論紛紛。

接著，喬勐又道：「小民正是秦中隱之女秦柔宜與喬知鶴所生的孽子。」

「你可知子告父有罪，需受懲後方可告？」少尹威嚴地問。

喬勐點頭。「小民知道，小民願受。」

少尹也不廢話，直接喚人。「來人，鞭五十！」

上京一處豪院內室裡，一名貌美婦人未著釵環，一身素服，神情悽惻，含淚俯跪於華服男人膝頭。

「王爺何時知曉我是秦家女的？」

此婦人正是喬勐的外姑婆秦雲盼，而坐在軟榻上，此時把玩著秦雲盼一束髮絲的華服男人，乃是當今皇帝的親叔叔臨安王。

當年，喬知鶴怎會因為官兵來了就放過秦雲盼，那樣豈不是自尋死路。秦雲盼自然明白，所以選擇了跳崖。

好在崖下是一條河流，她被衝到山野裡，靠著野草野果，在一處洞穴裡提心吊膽過了一個月，形容枯槁，實在熬不下去，才偷偷下山，開始乞討。

或許她命不該絕，在小鎮上遇見了臨安王。

那時，秦雲盼人不人、鬼不鬼的，醜陋至極，臨安王沒有認出她。在他眼裡，秦家女只有秦柔宜，秦雲盼是何物？

秦雲盼故意接近臨安王，她到底是秦家女，眉目間隱約有秦柔宜的影子，臨安王便把她帶回去，做了外室。

她從未說過她是秦家女，許是因為那段山野生活誤食了避子草藥，她一直未能有孕。靠著十幾載的青春，熬出臨安王的一點憐惜，兩年多前，終於有了自由。

這麼多年的日日夜夜裡，她恨她怨。

臨安王停下手裡的動作，輕輕將髮絲勾至秦雲盼耳後，柔聲道：「妳早該告訴我的。」

兩年多前，他給她一些自由後，就發現她的不對勁。見她在查蔣家，便順水推舟讓她查，還給了不少方便。

他把暗衛明雪安排到秦雲盼身邊，供秦雲盼驅使。秦雲盼的聰明讓他訝異，恩威並施下，明雪甚至忠於她。

明雪向他坦白，他讓明雪照舊行事，若有難處可與他說，但不可說出他已知曉內情。

結果，秦雲盼越查，他越是吃驚。當年秦家滿門抄斬，幕後指使者竟是蔣家，還有差點與之成為親家的喬家。

真是有意思，蔣家膽子也真大，利用他牽制喬家，最後將喬家拉下水，還害了自己心愛的女人一家。

年輕時的他是多麼自負啊，皇帝從小當兒子養大的弟弟，自是寵愛有加，他在上京向來要風得風，要雨得雨，驕橫跋扈。

唯一挫敗的是，心愛姑娘心有所屬，他不願強人所難，但不妨礙他整一整喬知鶴那個偽君子。

但他哪裡會想到，蔣家敢利用他對喬知鶴的不喜設計他，從而引起之後的悲劇。為了救秦柔宜，他第一次低聲下氣求皇兄，但皇兄因為太子謀逆之事大怒，沒有答應他，還把他囚禁起來。

等他被放出來的時候，秦家已然覆滅，但聽說沒有找到秦柔宜。而後數年，他都在尋她，秦雲盼便是他在尋秦柔宜的途中找到的。

聽聞秦柔宜被官兵發現後，跳崖自殺了，他不相信，一直在那一帶尋找。

結果顯而易見，他無功而返，只帶回有秦柔宜兩分影子的女子。

那女子說她姓雲，名卿。

直到他得知她派明雪去見喬勐和蘇婉，才知曉她是秦雲盼。當年，秦柔宜沒死，給喬知鶴生了個兒子，最後死在喬知鶴和他的娘子手上。

「告訴王爺，王爺還會再來見我嗎？」淚水從秦雲盼眼角緩緩滑落。

以她對臨安王的了解，如果他知曉她是秦柔宜的姑姑，可能會多幾分憐惜，但心底必然有疙瘩，再也不登她的門。

臨安王幽幽一嘆。「所以妳就想先殺了那個孩子？」

喬勐從上京回平江途中遇刺，不單單是蔣家人出手，還有秦雲盼的人。

原本喬勐必死無疑，好在臨安王的人及時趕到，救走他。

臨安王討厭喬知鶴，更是看不起他，但面對長得有些像秦柔宜的喬勐時，卻生不起氣。

不過，他沒打算放過喬家和蔣家，還告訴喬勐，他可以替他扳倒蔣家。但喬家，得由他自己對付。

那時，喬勐猶豫了，但這次到上京後，卻給出不一樣的答覆。

「王爺……」秦雲盼低低地叫了聲，心裡滿是苦澀和怨恨。

這麼多年，她伏低做小才得臨安王幾分寵愛，可秦柔宜的兒子一出現，就得到他的關注。現在還要她出去幫秦柔宜的兒子作證，他有沒有想過，她會被牽扯進去？

「去吧，乖一點，本王保證不會讓你們有事。等時間到了，本王親自去接妳。」

臨安王摸摸秦雲盼的頭頂，柔聲細語裡，帶著不容反抗的威嚴。

「就當妳還了我收留妳這麼多年的恩情，妳隱下身分之事，我也不會再計較。」

秦雲盼聽了，放聲大哭，她最終還是失去了他。

今日是內務府徵選繡坊的最後一關。

同蘇繡坊競爭的另外兩家，是湘南頗負盛名的春來繡坊，以及來自蜀地、擁有家傳絕學的望繡樓，三家各有特色。

這次的比試在宮內，一家繡坊派三個人去。

天還未亮，進宮的馬車便在她們住的別院門口等著了。

蘇婉帶著蓮香和蓮香的大徒弟秀錦上車。

過了一會兒，其他兩家的人也出來了，分別登上其他馬車。領頭的內侍喊了一聲出發，眾人便在顛簸中前進。

蓮香坐在蘇婉對面，小心地打量她一眼，見她面色凝重，不由去拉她的手，安撫道：「師父，二爺一定不會有事的。」她知道蘇婉不會擔心這次比試，只擔心喬勐。

蘇婉笑笑。「我沒事。今日咱們最重要的就是好好比試，我不會分神的。」

今日喬勐去府衙遞狀子，是他們商量好的，這樣才能保證，萬一蘇婉被牽連，還能有轉圜的餘地。

車聲轆轆裡，眾人終於到了西宮門，把守門口的士兵肅穆凜然，讓人望而生畏。

蘇婉一行人下車，被這氣勢震得不敢說話，只覺宮牆巍巍。

宮門開啟，兩個嬤嬤走出來，看看眼前的九位娘子，個個孑然一身，微微點頭。

「跟我們來吧。不要說話，不許亂跑亂看。」

進了宮門後，兩位嬤嬤把她們帶進一處院子。九人被依次叫進房間，雖是未帶其他物品，但依舊要查驗。

能走到現在的，都是靠著手上的真本事，自然沒有人犯傻。

檢查很順利，嬤嬤們依舊板著臉，但神情鬆快了幾分，讓繡娘們在這處等候召喚。

三家繡坊雖知道彼此的名號，但前面比試都是分開來的，對彼此不是很熟悉。

蘇婉有心事，並未多觀察其他兩家。

其他兩家倒是對她很感興趣，若非聽人說過蘇婉貌美柔弱，還以為她身邊的蓮香才是傳聞裡有一手雙面繡絕技的婉娘子。

蓮香本就年輕，蘇婉看著更年輕，而且太柔弱了些。

一炷香後，又來了人，將她們帶到一處花廳裡，裡面已經布置好了。

繡架有三臺，用兩座屏風隔開。架上是白色繡布，旁邊擺放備好的各色繡線、繡針，但沒有繡樣。

三家抽籤選擇繡架，蘇婉手氣不佳，抽到最後一個，是有些偏暗的位置。

蘇婉未多言，帶著蓮香她們入座。

等人都坐好後，三位大宮女同一位托著太后懿旨的內侍走進來。

蘇婉同眾人跪下。

懿旨的內容是這次比試的題目，很簡單，以牡丹為題，在四炷香內繡出一幅繡圖。

越是簡單的東西，越難出眾，在場的繡娘沒一個露出輕鬆的笑容。

內侍命人點上第一炷香後，道：「諸位娘子，開始吧。」

有個小內侍拿把椅子過來，請內侍坐下。同他一起來的三位大宮女，分別站到三家繡坊的繡娘身邊。

不說別人，蘇婉也覺得這題目不容易，卻向有些害怕茫然的蓮香和秀錦投去安撫的眼神，示意她們別慌。

「師父，您有什麼想法嗎？」蓮香挪了挪繡墩，小聲問蘇婉。

蘇婉捏捏眉心，有些猶豫，是要繡出新意，還是老老實實地比繡工？她不怕比繡工，就怕人家也不怕。

不過，前兩日喬勐託人帶信來，信上只有一句話，說當今皇帝和太后性子相似，喜歡本分的人。

雖然聽不清聲音，但蘇婉感覺到，屏風旁的其他兩家正在極力地想圖樣。

她抬眼，朝身邊的兩人看去，咬咬牙，拿起畫筆，開始畫樣子。一邊畫、一邊告訴蓮香她們用什麼繡線。

兩人雖有些詫異，但沒有阻止蘇婉。她們堅信她一定能贏，跟著討論起配色來。

一炷香燃盡時，蘇婉已經勾勒好圖樣。

這次，她依舊是拿出絕活雙面繡，由她主繡，蓮香勾邊，秀錦打下手。

她們不知道別人是繡什麼樣的，眼下只專注於自己的繡品。

蘇婉和蓮香愛極這件事，全然忘了身在何處。

與此同時，挨完五十鞭的喬勐皮開肉綻，血肉模糊，卻硬是沒叫一聲疼，讓圍觀的人看得直打哆嗦。

隱在人群裡的九斤和鑾子咬牙忍耐著，雙目發紅望向喬勐。

喬勐原來的傷還沒好全，這五十鞭對他的身子來說，更是雪上加霜，但他忍下來了。

他滿腦子想的都是蘇婉和孩子，唯有想著他們，才能讓他忍住這些痛。

差役行刑完，看向少尹。

少尹揮揮手，讓他們退下。他在行刑時看完了狀紙，心裡暗自鬆口氣，因為這件事他管不了。

「大人，小民還有其二未言呢。」喬勐嚥下嘴裡的血，艱難抬頭，慘白著臉扯出笑容。

「其二，小民身為秦家後人，要為前朝翰林學士秦中隱申冤！永嘉二十一年，他遭人誣陷參與太子謀逆一案，滿門抄斬。其主謀者乃是左諫議大夫蔣源一脈，藐視朝廷，結黨營私，為除異己不擇手段，不惜殘害忠良。請官家徹查此案，還我外祖清譽，嚴懲惡人！」

喬勐字字泣血，說完，重重地在地上磕了幾個響頭。

滿場譁然。

「嚴懲惡人！還秦家清白！」

人群裡，九斤和蠻子高聲喊了起來，其他人也跟著喊。

少尹看著鬧哄哄的堂外，敲了下驚堂木。「肅靜！」

圍觀的百姓立即閉嘴。

「你可有證據？」少尹看向喬勐。

喬勐趴伏在地，虛弱道：「有。」

早已在外等候多時的徐遙和筆刀先生，從人群裡走出來。

兩位成名多年，自是有認識他們的人，立即向少尹說出他們的身分。

少尹見多識廣，定了定神，按規矩問話。

兩位大家將當年喬家設宴，無意中見到秦柔宜之事說出來。

「當日為何不向朝廷舉報？」少尹厲聲道。

筆刀先生上前一步。「回大人的話，當年只覺那女子面善，後來問過喬知鶴，他說不是。且當年他和秦家姑娘有過婚約，我們以為，只是尋了個相像的養在房裡。」

「那你如何確定那人是秦柔宜？」

徐遙道：「沒多久後，那女子便死了。若只是相像的人，如何就要了她的命呢？」

少尹皺著眉頭，這話雖有理，卻不是充足的證據。

「你二人所言，有何憑證？」

徐遙和筆刀先生對視一眼。「並無。」秦柔宜畢竟是女子，他們雖見過，但無往來。

這時，堂外人群裡有人喊道：「大人。」

少尹瞇了瞇眼。「何人叫嚷？」

那人高大面正，腰間佩劍，朗聲道：「小人是臨安王府的人，替喬小郎君送人證來。」

少尹心下一驚，怎麼又扯上了臨安王！今日真是倒楣，府尹不在，只能由他出面升堂，一來就是個大案，臨安王還來插一腳，不知其中有什麼關聯。

少尹還年輕，並不知道二十多年前臨安王與喬知鶴的過節。

那人說完，側過身，示意身後戴著帷帽的女子過去。

女子款步走上堂，到了喬勐身邊，停下腳步，取下帷帽，露出一張恬淡氣質裡帶了幾分哀婉的臉，正是秦雲盼。

喬勐斂目，臨安王真的讓她來了，沒有失約。

少尹突然福至心靈，一絲猜測浮上心頭。「妳是……」

「小婦人是僥倖逃脫的秦中隱胞妹，名雲盼。」秦雲盼向少尹行禮，緩緩道出身分。

「何人能證明妳的身分？」

秦雲盼回答。「查一查當年與我家交好的人家，應能尋得認識我的人。」

秦雲盼靜靜地站在堂下，沒有看喬勐一眼。

她做不到不去怨恨和秦柔宜相關的人，死了還霸占別人的心，連兒子都被愛屋及烏。呵，她這麼多年算什麼呢？但她不按臨安王的話去做，就什麼都沒有了。

最關鍵的人物秦雲盼已經出現，那麼接下來就是查驗她的身分了。只是現在牽涉眾多，少尹不敢亂決定。

「此案茲事體大，牽扯眾多，豈能憑你們一家之言，就定下這幾位朝廷重臣的罪名。此事已超出本官職責，需向官家請示。」少尹淡聲對喬勐說道。

「謝大人，請大人定要還我外祖清白。」喬勐也是夠狠，額頭都磕破了。

「雖然你遞了狀子，可也是罪臣遺孤，本官還是要將你收押進府衙大牢。」少尹又對秦雲盼道：「妳亦是。」

喬勐來時已做好準備，此時自然無二話。「小民明白。」

秦雲盼也應聲。

差役過來替喬勐和秦雲盼套上枷鎖，把他們帶走了。

少尹又看了狀子一眼，深吸一口氣，喚差役去尋府尹。又命人備轎，找到府尹便進宮。

第七十九章

宮內，蘇婉正全心投入在刺繡中。

第四炷香燃到一半時，太后和幾位宮妃，以及宮裡最善刺繡的宮人走了進來。

蘇婉她們沈浸在刺繡中，一時未察覺她們到來。

內侍剛要叫人，被太后抬手制止。

太后坐下，對身邊的人示意，一位宮人輕輕向繡娘們走去，沒有出聲打擾，只在外圍看一看。

走到蘇婉她們這邊時，宮人發現她們已經繡得差不多了，細看繡架上花團錦簇的牡丹時，不由露出驚豔的神情。

早聽說這次來了位由黎欽差及楊內侍共同舉薦的刺繡高手，今日一見，果然非比尋常，這牡丹看著就是活生生的，讓人想摘下花瓣，以辨真假。

宮人走了一圈後，返回太后身邊，俯身對太后耳語幾句。

太后挑眉，望向蘇婉，看不見蘇婉手裡的繡圖，只從低垂的臉上看出她定是個美人。

誰不愛美？不知是何家兒郎有幸，娶了這麼貌美，又有好手藝的娘子。

後宮裡靜悄悄的，皇帝這邊，就是雷霆暴怒了。

年輕的皇帝繼位三載，正是勵精圖治，抱著雄心壯志，準備一展鴻圖之時。

前些日子，因為蔣家的事，他已經收拾了一幫人，這會兒看到上京府衙送來的狀子，先是愣了一下，覺得不可思議，最後便是暴怒了。

不可思議的是，到底是喬勐這個兒子忤逆，還是喬知鶴這個爹太不是東西，竟然逼得兒子來告爹。

暴怒則是因為狀子上列的蔣家罪狀，一樁樁皆是有理有據。

「好好給我查，刑部和大理寺一同審理！」皇帝把桌子拍得啪啪響。

「是！」

「時辰已到。」

四炷香燃盡，九人全部停手。

蘇婉整個人都僵掉了，轉轉發出咯咯響的脖子，抬起頭，正好對上太后的目光。

她失神一瞬，立即站起來，去叫還在恍神的蓮香和秀錦。

「太后娘娘金安。」三人一齊跪下。

其他人聽到她們的動靜，再看看前方的太后，俱是一驚，跟著跪倒。

「免禮，起來吧。」太后端坐在黃花梨交椅上，懶懶地道。

眾人起身，站到一邊。

宮女從繡架上取下三家繡品，依次放入托盤中，拿到太后面前。

「去看看吧。」太后同幾位擅長刺繡的宮人說道。

春來繡坊的牡丹，繡在仕女的鬢髮上。

望繡樓的牡丹，則是在牡丹花旁添了兩隻戲水鴛鴦。

蘇繡坊的牡丹，就是一枝牡丹。麗而不豔，靈動不失端莊，頗有國母風範。

所有人看見這枝牡丹，都是這麼覺得。

宮人將蘇繡坊的繡布遞到太后面前，太后面色頓時柔和下來，拿著繡圖細看。

看完蘇繡坊的，再看其他兩家的，便有些索然無味。

「幾位行家說說吧。」太后心中有了決斷，但面上還是要請懂的人點評一番。

幾位宮人領命，論起春來繡坊和望繡樓的繡品。到了這步，自是誇讚的多。

太后突然問：「怎麼只評了兩家？」

幾位宮人行禮回道：「奴婢們沒有資格評論婉娘子的繡技。」

這話一落，連蘇婉都覺得驚訝。

「若是太后允許，我等想拜婉娘子為師。」宮人們又道。

蘇婉呆住，她是來比試，不是來收徒的啊。

太后先是一愣，哈哈笑了起來，其他宮妃們也跟著笑。無須多言，結果顯而易見。

蘇婉成了最後的贏家。

就在這時，門外匆匆來了個小內侍，叫走太后身邊的宮女。

一會兒後，宮女回來，俯身對太后說了幾句話。

隨後，小內侍將其他兩家繡坊的人請出去，只餘下蘇繡坊的人。

剛剛小內侍出現，蘇婉的心就開始劇烈跳動，心裡隱隱有猜測。當太后問出這句話時，侍閒雜人等退下，太后凝眉看向蘇婉。「喬勐是妳何人？」

反而平靜了下來。

「是我家官人。」

「妳可知他今日之事？」

「知道。」蘇婉答完話，抬頭看向太后。「娘娘，他今日之事，與我能過這道比試，有何關聯？」她憑的是自己的本事。

「妳家官人是罪臣之後。」宮女斥道。

「我家官人不是罪臣之後，是來申冤的。」蘇婉回答。

「大膽，還敢狡辯！妳和妳家官人是何居心？一個混入徵選，一個竟狀告朝廷命官。」

「民婦說的是事實，也是憑自己的本事走到現在，如果有什麼居心，便是有顆怕死的心……」蘇婉說著，淚流了下來。

太后瞧見了，忍不住想叫人遞帕子給她。

「我看妳也不是那般惡人，妳官人為何要子告父？」太后好奇道。這實在有違倫理，要不是蘇婉是個美人，又有好手藝，她早讓人把她打出去了。

蘇婉不怕別人問，就怕別人不問，為難地將「家醜」說出來。

饒是在宮裡過日子的，聽了這一樁樁事，都不由側目，喬家也太不是人了。對此時挨了五十鞭、奄奄一息躺在大牢裡的喬勐充滿同情。

太后更是對蘇婉招手，把她叫到身邊，拉住她的手安撫，心裡想著，若是喬勐出事，大不了讓他倆和離，完全忽略蘇婉撒謊的可能。

她拍著蘇婉的手，道：「好孩子，官家定會徹查此事，妳安心替皇后繡婚服吧。」

蘇婉深深拜謝。

不消一日，上京的人都知道了喬家有子告父，又為外祖申冤之事。

徐遙和筆刀先生露了面，有人請他們赴宴，筵席上便聊起這些事來。

兩人也不添油加醋，只把喬家如何對待喬勐夫婦的事說清楚。原本因為親兒子告父親這件事而不喜喬勐的，聽了不由對他多了幾分同情，畢竟虎毒還不食子呢。

一時之間，眾說紛紜，有人說喬勐做得對，有人說他不應該，也有人不偏不倚，只論國法的。

上京裡，除了臨安王，還有一個喬勐的熟人，曾受過他的恩惠。

昔日，喬勐為了不牽連他，謀劃此事時，沒有登門求助，但他不是不知恩圖報的人，知曉此事後，立時寫了奏摺，遞到皇帝案前。

此人正是稽郡才子孟益。

當初他寂寂無名，是喬勐助他上京赴考。

如今，他已過省試，而後得了二甲第十的好名次，被欽點入了御史臺，更是被自家上峰相中，覓為乘龍快婿。

孟益的上書裡，先是說起喬勐慷慨幫助多位寒門子弟讀書科考的事，讚他說話做事頗有文人之風，不像坊間所傳的那般頑劣不堪。至於為何會落得如此名聲，還請皇帝裁斷。

而喬勐之妻蘇氏，亦是一位賢人，雖手握絕技，但不恃才傲物，為人謙和淑良，與喬勐勤懇操持家業，憑藉自己的雙手積攢財富。

後面文風一轉，說起喬仁平一家。

御史有聞風奏事之責，他就喬勐子告父之事開頭，將自己知道的，及坊間關於喬勐和喬家恩怨的傳聞，洋洋灑灑寫了一大篇，認為喬家有過，還請皇帝嚴查。

皇帝自然要查，點了大理寺、刑部、御史臺，三法司聯合審理。孟益自然也參與其中。

蘇婉雖在太后那邊過了關，但皇帝心有芥蒂，看在太后的面上，召見了她。

「一筆寫不出兩個喬字，妳丈夫就不怕成為喬家的罪人嗎？」皇帝盯著眼前看似柔弱，目光卻十分堅定的婦人問道。

蘇婉不卑不亢地回答。「回官家，以小婦人拙見，先有國，才有家，國法在前，家法在後。我家官人先是您的子民，而後是喬家人。喬家有人欺君罔上，他瞞而不報，才是罪人。「再者，雖說一筆寫不出兩個喬字，但字寫得堂堂正正，還是歪歪扭扭，取決於寫字的人。人心不正，無德無能，寫出來的字便糟蹋了，所以要及時剔除惡端。」

皇帝聽了，不由正視起眼前的婦人，打量她半晌，露出贊同之色，連道三聲「說得好」，對喬勐更加好奇起來。

蘇婉不著痕跡地擦了擦手心裡的汗，聽到皇帝的三聲好，才鬆了一口氣。她賭對了。

蘇婉見過官家後，內務府對外宣告，將由蘇繡坊來繡製皇后的婚服。絲造坊也選定了，是江南和蜀地望族的產業。

這與蘇婉關係不大，好的刺繡大師，什麼樣的布料都可以繡。

之後，蘇婉帶著蘇繡坊的人住進宮內的尚衣庫，開始趕製婚服。

喬勐的事沒有影響到蘇婉，但她沒被允許去探望他，幸好得了太后准許，可以把喬敏帶在身邊。她也刻意不去打探喬勐的事，怕自己受不住，會分心。

眼下她要做的事，是繡好皇后的婚服。這婚服將會是皇后冊封、大婚、參祭、朝會時所穿，其衣裙、鞋襪顏色、花紋圖案，袖、領口、衣邊繡樣都有規制，需用心繡製。

喬劭沒事，每日待在上京府衙的大牢裡，除了吃就是睡，偶爾被審案的官員叫去問話。他的傷無大礙，入了大牢後，臨安王便讓人送來上好的金瘡藥，買通裡面的牢頭，每日替他上藥。

第一個月。

喬劭狀告喬知鶴一事，在驗明秦雲盼的身分之後，喬知鶴便被下獄。喬仁平也受到牽連，皇帝讓他來上京申辯。

喬劭這邊，人證物證輪番送上，喬家人辯無可辯，只能一個勁兒把事情推給已經自盡的黃氏。

皇帝不想聽他們狗屁倒灶的家事，免了喬仁平的官，以待觀察。

喬知鶴被關進刑部大牢，臨安王去看了許多次。沒多久，喬知鶴就變得瘋瘋癲癲。

在京的喬三老爺因為不知情，但也被申斥，罰了俸祿，心裡既怨喬劭，又怨喬知鶴和喬仁平，對喬老夫人遞來的求助信置之不理。

另一樁申冤案牽涉甚廣，又事隔多年，且涉及先帝在位時判的謀逆之罪。幸好此案不是為了推翻那樁謀逆案，進展還算順利。

第二個月。

蔣家陷害秦家之事，逐漸有了眉目，當年秦中隱的友人確實留有書信，但是沒在秦中隱手裡，而是在那位友人的遠房後人手中。

於是，三法司順藤摸瓜，摸出數件蔣家貪贓枉法、縱親欺壓百姓、結黨營私、殘害異黨之事，朝野上下為之動盪。

第三個月，婚服即將繡製完成。

蔣家陷害秦家之事，終於水落石出。

起初蔣家險些倒臺時，顧忌頗多，不敢咬出喬家。

可這次不一樣了，蔣家向三法司告發喬家對秦家的所作所為，臨安王也被牽扯其中。

不過，臨安王是被利用的，皇帝也拿這個叔叔沒辦法，只口頭斥責幾句。

蔣家就慘了，抄家的抄家，砍頭的砍頭，流放的流放。

喬家未能倖免，喬仁平和喬知鶴流放嶺南，喬老夫人摘去誥命。喬三老爺連降兩級。

喬家敗落了。

這場鬧了三月之久、以子告父引出的一樁樁大案，終於告破。

隨之而來的，是帝后大婚。

蘇婉她們在婚期來臨之前，趕製好禮服。衣為深青色，蔽膝，腰封同色，衣裳繡有翬翟。衣袖、領口是紅色，花紋秀麗，大氣端莊。

眾人發現，蘇婉的繡工又比三個月前更上了一層樓。

皇后欣喜，當即賞了蘇婉及蘇繡坊。

蘇婉用賞賜和家當，在上京買了處宅子，和一間小小的鋪子。

蘇繡坊入了內務府，添了皇商的名頭，在上京聲名大噪。平江蘇繡坊的繡娘，沒有家室累贅的，全隨著銀杏來上京，進了即將重新開業的繡坊。

蘇婉打算等喬勐回來再開業，現下被太后留在宮裡，教導幾位未出閣的長公主做繡活。

平江的火鍋店重新開張了，蘇二郎、蘇大根他們暫時不想來上京，所以白果沒有來。

蝨子他們也沒有動，留在平江幫襯蘇二郎。亦是因為上京買的宅子不大，暫時住不了那麼多人。

蘇父倒是來了，告了老，帶著妻女與老僕來替蘇婉掌家。

蘇繡坊的繡娘一來，便忙著做各種繡活。皇商不是那麼好當的，內務府開出來的單子，夠她們忙的了。

上京有待嫁女兒的勳貴人家，更是連連登門，請蘇婉或蓮香幫忙。畢竟她倆是替皇后繡過婚服的人，要是能請她們幫自家女兒的嫁妝繡個幾針，豈不是讓女兒在夫家極有面子。

一時之間，蘇婉在上京炙手可熱。

帝后大婚後，大赦天下，喬勐和秦雲盼被放了出來。

喬勐出府衙大牢那天，蘇婉抱著孩子，親自去接他。

喬勐走出來的時候，大概是因為長久待在陰暗的牢房裡，忍不住抬手遮了下眼睛。

蘇婉恍神片刻，原本蓄在眼眶裡的眼淚瞬間收住。

眼前這個白白胖胖的男人是誰？

她以為自己會看見形容枯槁、憔悴頹廢的喬勐，完全沒料到，出來的是一個隱隱可見雙下巴的男人啊！

為了避嫌，九斤和蠻子只在喬勐被關進大牢的前幾天去探望，後來如何，是聽臨安王府的人轉告。

誰也沒想到，喬勐被養得這麼好！

「娘子！」喬勐等眼睛習慣了外間的光亮後，朝遠處看去，一眼就瞧見抱著孩子的蘇婉，驚喜地叫起來。

嗚嗚，雖然在牢裡吃得好、睡得暖，但是沒有他家娘子啊。他可想她了，日日夜夜地想，這就想胖了呢！

喬勐撲到蘇婉身邊，一把將她和孩子抱個滿懷，腦袋擱在她肩上胡亂蹭著。

喬敏突然感覺身上一重，嗚哇哭了起來。

「二爺，你先鬆手，元元哭了。」蘇婉哭笑不得，只好拍拍喬勐的背，哄他道。

可惜，想娘子的男人一點都不想離開自家娘子，依舊抱著她不撒手。

喬敏哭得嗚哇嗚哇，路人側目看著他們，旁邊的九斤、蠻子、姚氏、蘇母，還有特地趕來的趙立文，都忍不住看著他們笑。

蘇婉哄了喬勐好幾聲，見他怎麼也不肯放手，喬敏又哭得凶，乾脆對著他的後腦勺拍了一下，然後揪起他的耳朵。

「是不是我很久沒揍你，我說話，你都不聽了？」

「疼疼疼，娘子疼！」喬勐忙不迭地喊疼，依依不捨地鬆開了抱著蘇婉的手。

姚氏見狀，趕緊上前，把喬敏接過去。

喬敏得了自由，不鬧了。

喬勐委屈巴巴地看著蘇婉，他是真的很想她啊。

蘇婉看他如小狗般濕漉漉的眼神，心下一片柔軟。

她何嘗不想他呢？

「二爺，我們回家吧。」蘇婉上前一步，抱住了喬勐。

這是她的二爺啊。

喬勐受寵若驚，得寸進尺地環住她，又開始蹭她的頸窩。

「好了，都過去了。我們有新家了，屬於我們自己的家。」蘇婉摸摸喬勐的後腦勺。

平江的三進小院雖然也是家，但那裡靠著喬家老宅，有諸多不愉快的過往。

從平江走到上京，脫離喬家，重新安了家，如獲新生。從此海闊憑魚躍，天高任鳥飛。

「好，我們回家。」喬勐的頭依舊埋在蘇婉肩膀上，悶聲回答。

蘇婉沒辦法，只好任他這樣抱著，慢慢挪到馬車邊，上了車。

抱著喬敏的姚氏和蘇母也進了馬車。

車簾落下，馬車慢慢前進時，蘇婉突然感覺到肩膀處的濕意。

喬勐哭了。

蘇婉沒有出聲，對有些擔心的姚氏和蘇母搖搖頭，示意她們不要問。

喬敏吸著拇指，好奇地探出腦袋看向抱著自家娘親不撒手的人，伸出小手指著喬勐，咿咿呀呀叫喚。

喬勐聽到喬敏的聲音，默默吸了吸鼻子，抬起臉，看著自家兒子，心裡一鬆，握住他的小手。

蘇婉也伸出手，覆在喬勐的手背上。

一家三口笑了起來。

番外

隆平十四年。

日麗風和，河面波光粼粼，兩岸人聲絡繹不絕，一艘客船緩緩行進。

此時，一對夫妻站在船頭上，眺望客船行進的方向，面露懷念之色。

「十年了啊。」

「是啊，十年了，不知道現在平江變成什麼樣子。」

「日子過得真快。」

「是，我們二爺都成了美髯公嘍。」

說話的人正是蘇婉和喬勐，如今喬勐蓄上了自認漂亮的鬍鬚，可蘇婉總嫌它扎人。

「娘子卻一直沒變，一如當初嫁我的模樣。」喬勐認真地凝視蘇婉，想從她臉上尋找十年歲月留下的痕跡，可惜沒有，反而比十年前更加明媚，有風韻。

「自從你在巡防營裡當差後，嘴巴是越來越甜了。」蘇婉嬌嗔著橫他一眼。

前年她生下女兒樂姐兒後，發福不少，但喬勐只覺得她越來越美，成天膩在她身邊。

當年蘇繡坊在上京安頓之後，喬勐先是幫著趙立文和蘇二郎打理上京的火鍋店分店，而後又帶著蝨子他們跑船，做起貨運生意。

等一椿椿生意穩定下來後，用不著喬勐插手，便閒了下來。

他閒，蘇婉可不閒，雖然不輕易幫人做繡活，但上京勛貴滿地，她也不好得罪。幸好有臨安王在前面擋著，她便專心替宮裡貴人做繡活，閒了再挑一、兩家勛貴的做。

越是這般，求她繡品的人越多。上京貴婦們聚會，若手上沒個蘇繡坊的東西，暗地裡都會被人取笑的。

也有不少人家特地請她或繡坊裡的繡娘去給自家姑娘上課，結果那家姑娘就成了她徒弟或徒孫，讓她哭笑不得。

喬勐和臨安王，仍是不鹹不淡地相處著，不親近，也沒交惡。畢竟當年的事，臨安王有一點責任，但他也是被利用了。

而秦雲盼則是同喬勐一起買回秦家老宅，搬回去住，只是兩處也不怎麼來往。至於她和臨安王之間的事，喬勐沒有問，也不想問。

後來，喬勐閒著沒事，去考武舉人，沒想到竟讓他考中了。

皇帝喜歡他，直接讓他進了守衛上京的巡防營。十年之間，他已能單獨領一路兵馬，巡防上京。

這次，他是向皇帝告假，和蘇婉一起回歸故里。

「娘親，妹妹餓了！」

身後傳來一道稚嫩童音，兩人回頭，只見喬敏牽著癟起小嘴要哭的樂姐兒向他們跑來。

「慢點慢點！哎喲，我們樂姐兒醒了啊，餓了嗎？爹爹帶妳去吃東西。」喬勐趕緊半蹲下來，張開雙臂，把女兒摟進懷裡。

旁邊的喬敏滿臉無奈。他知道自己大了，爹爹也說他是個小男子漢，但他還是忍不住羨慕妹妹。

他曾經聽外婆說過娘親生他時的凶險，和那段不好過的日子。自他能記事起，爹娘也總是忙忙碌碌的。

直到前年，娘親生下妹妹，爹娘才慢慢閒下來。有了妹妹後，爹娘對他的關心，也多了起來。

雖然他偶爾羨慕妹妹，但也十分喜歡妹妹。

樂姐兒臉上紅撲撲的，把臉蛋埋進喬勐懷裡，小手去拉蘇婉。

「爹爹，娘親，樂姐兒餓了。」小姑娘的聲音甜甜糯糯，像要把人甜化了。

喬勐素來偏寵閨女，當下一把抱起她。「欸，我的小祖宗！」說著親了親她的臉蛋。

蘇婉看得直搖頭。

他們往回走，準備帶樂姐兒去吃東西，迎面遇上拿著一大一小披風的姚氏。

姚氏不年輕了，但身體還算康健，雖然家裡多了不少下人，但她還是執意守在蘇婉身邊。現在，又到了樂姐兒身邊。

「乳娘，我們要進去了。妳不是有點不舒服嗎？還是多休息。」蘇婉連忙過去攙扶她。

前些年，蘇大根的媳婦生了孩子，她特地送了擅長照顧產婦的嬤嬤過去，沒讓姚氏回平江服侍。

如今姚氏在喬家當著半個主子，大小事無須她操心，就是守著蘇婉和樂姐兒。

「大姊，姊夫，姚嬤嬤。」

聽到外面說話聲而跟著出來的蘇妙，見到他們，笑著招呼。

「妙姐兒，妳該出來走走，在船上做針線容易傷眼睛。」蘇婉關心道。

蘇妙算是她收了蓮香之後，第二個正式的徒弟。天分雖不如蓮香，但是性子靜，肯下工夫學。

說起蓮香，這會兒，她應該在平江碼頭上候著了吧。

大約小半個時辰後，客船駛進港口，蘇婉他們就聽到了岸上的呼喊。

大家微微訝異，不由出了船艙來到甲板上，見碼頭上烏壓壓的都是人，最前方有三人揮著繡了字的旗幟。

等離得近了些，蘇婉發現，旗幟上分別繡著——歡迎婉娘子、娃霸，回平江。

喬勐看見娃霸兩個字，立時扶著額頭抹汗。多少年沒聽人叫過這個綽號了，有種回看自己幼稚往事的感覺。

蘇婉倒是樂了，笑倒在喬勐身上，往事忽然歷歷在目。

「爹爹，娘親，娃霸是誰啊？」十歲的喬敏已經認得不少字，瞧見旗幟上繡的大字，好奇地問自家爹娘。

他問著，旁邊的樂姐兒也仰起小腦袋，朝他們看去。

「是你爹爹。」蘇婉抿著唇，努力收斂笑意，摸著兩個孩子的腦袋回答。

「為什麼爹爹叫娃霸啊？」喬敏又問，覺得這兩個字放在一起很奇怪。

蘇婉看著臉色略帶尷尬的喬勐，決定替他在孩子面前保全做父親的威嚴。

「那是因為……這裡的人都很喜歡你們爹爹，才這麼喊他。」

樂姐兒不懂，但覺得一定是她爹爹厲害，趕緊抱住喬勐的大腿。「爹爹，樂姐兒也要做娃霸！」

童言一出，船上的人都大笑起來。

喬敏已經到懂事的年紀，感覺事情應該不簡單，趕緊拉住樂姐兒，讓她別再說了。

笑鬧間，船隻靠岸。

蘇婉看清了岸上的人，有蘇二郎、蘇大根他們，還有徐遙夫妻。

蓮香和徐遙成親後，非常恩愛，去年回來打理臨江與平江的蘇繡坊。

其他忠僕與名士們也各有各的歸宿，蘇大根一直留在平江，蘇二郎成婚生子後，跟著趙立文在全國各地跑，到處開火鍋店。

如今趙立文也是兒女雙全，與喬勐各自忙著自己的生意，情誼不改。

蘇婉常與吳氏有書信往來，吳氏曾來上京看望她，兩家成了通家之好。

這次蘇婉回來，是想將十年前便計劃繡製，如今終於完成的平江風景圖獻給平江，順道回來看看故人、故土。

「婉娘子，妳都沒怎麼變啊，但娃霸老嘍。」

「婉娘子如今是蘇大家了，是我們平江的驕傲。」

「就是就是。婉娘子，我可是你們蘇繡坊的老顧客了，我把女兒送給妳，妳能不能也教教她？」

平江百姓七嘴八舌地同蘇婉說話，吵得蘇婉一時不知該回誰好，卻無比心安。

她待在平江的時日不久，但這裡是她穿來後最初落腳的地方，如她之根，無論離多久、多遠，都永遠記掛著。

「師父，歡迎回家。」蓮香揚聲對蘇婉道。

蘇婉笑著拉起喬敏的手，喬勐一手牽喬敏、一手抱著樂姐兒，待船靠岸，走了上去。

——全書完

2021年1月出版

巧匠不婉約

文創風 916～917

想到高門大戶得遵守的繁文縟節，
她就覺得身在農家，也是一種幸運。

一技在身，不怕真情難得／賀思旖

一睜眼，她穿成了個小農女「薛婉」，還遇到了大危機。
原身爹被人下了套，欠下賭債還不清，只得向奶奶求助，
可奶奶分明存款頗豐，居然想直接賣了親孫女還債！
以致薛婉寧可自殺，也不願被賣進富戶，可見那高門內的凶險。
穿越後的她憑藉上輩子的機械設計專業，加上好運氣，
幫助一位貴公子做出彈簧為馬車避震，賺足了還債的銀子。
度過緊急事件，她與母親商量著演了一齣和離戲碼，
順利地讓家裡能作主的爺爺發話，成功地分家單過。
分家後的生活舒適，不過日常開銷就成了接下來的問題。
為了自己與弟弟成長期的營養，以及弟弟上學堂的束脩，
她趁著春耕時，磨著有木匠手藝的父親幫忙改造出新犁，
打算在縣裡的大木匠鋪賣個好價錢，用以補貼家用。
好巧不巧，這鋪子的少東家竟就是那位貴公子——陸桓。
「此物精妙，不知薛姑娘師承何人？」他微笑著問。
「只是碰巧看過幾本雜書啦！」連兩次遇上同一個人，她孬了。
這人不只是少東家，還是縣老爺的兒子，她可不想露出馬腳……

文創風
929

金牌虎妻 3 完

國家圖書館出版品預行編目資料

金牌虎妻 / 橘子汽水著. --
初版. -- 臺北市 : 狗屋出版社有限公司, 2021.02
冊 ; 公分. --（文創風）
ISBN 978-986-509-186-6（第3冊 : 平裝）. --

857.7 109021489

著作者	橘子汽水
編輯	安愉
校對	黃薇霓
發行所	狗屋出版社有限公司
地址	台北市104中山區龍江路71巷15號1樓
電話	02-2776-5889～0
發行字號	局版台業字845號
法律顧問	蕭雄淋律師
總經銷	知遠文化事業有限公司
電話	02-2664-8800
初版	2021年2月
國際書碼	ISBN-13　978-986-509-186-6

本著作物由北京晉江原創網絡科技有限公司授權出版

定價260元
狗屋劃撥帳號：19001626
網址：love.doghouse.com.tw　E-mail：love@doghouse.com.tw